U0458378

行走文丛

水在水之外

葛水平 著

上海三联书店

图书在版编目（CIP）数据

水在水之外 / 葛水平著．—上海：上海三联书店，2019.12

（行走文丛）

ISBN 978-7-5426-6785-4

Ⅰ．①水… Ⅱ．①葛… Ⅲ．①散文集－中国－当代 Ⅳ．① I267

中国版本图书馆 CIP 数据核字（2019）第 203311 号

水在水之外

著　　者 / 葛水平
责任编辑 / 程　力
特约编辑 / 许　峰
装帧设计 / 鹏飞艺术　周　丹
监　　制 / 姚　军
出版发行 / 上海三联书店
（200030）中国上海市漕溪北路 331 号 A 座 6 楼
印　　刷 / 三河市中晟雅豪印务有限公司
版　　次 / 2019 年 12 月第 1 版
印　　次 / 2019 年 12 月第 1 次印刷
开　　本 / 640×960　1/16
字　　数 / 153 千字
印　　张 / 17.5

ISBN 978-7-5426-6785-4/I·1543

定　价：42.80元

前言：人间平安

蜡梅已萌出黄色的花苞，独自一人坐在旧长条凳上，旁边是河岸，我能闻到河水的湿气和柴薪的味道，无叶的垂柳，很节制，很懂得简单和缓慢的道理，只是阳光与风依旧很冷。

平安夜，算来已经很近了。我会坐到傍晚，会回一间小屋，会打开一瓶红酒，会点燃蜡烛，会听一种音乐，或许今夜有许多热闹，我没有，我的对面是墙，墙上有佛，佛是我的窗口。

平安夜之后，陈旧的大地上显得格外明亮。

少女的辫子，腰身，春风刮在旷野的柳树上，大地是没有人看守的，如果爱，人可以一生游牧。漫长的岁月如同等待，面对无数个日子，如果一切都在预料之中，那么，我们的一生永远都在路上。

人世间我们不是谁，来过人世一遭，往前走，四时分明地，首先走过的是春和景明。人既然有“动物”属性，就该有植物的环境。不用想着天黑前回家，家在旅途，有水草、种子、果实、兽，我们都是过客。

走过俗世，修我的生。

是宿命的。注定在俗世中修行。修得不好的，只能在轻风和土尘中荡世。伶俐的人越活越明白，原本一切都是“赤裸裸，净洒洒，无牵挂”。

那么，“得失之心，是非之辩，都一起抛掉吧！”

我在行走中认识了青色的水，我说：兄弟姐妹，我要下跪了，天地间，下跪的长影是我对上天的一个长谢！看看那青，那青色的水吧，看看，人世间冰窖似的悲凉和抑郁难堪的苦闷；看看，茫茫无尽的怅惘和茫茫无尽的不由我们选择的人类处境；还渴求得到多少呢，得到多少才够满足呢？那终古滋润着浊世人群心田的青色的水哦，给了世人多少灵明的心目！

依赖走读认知记录自己的生命痕迹。读读古人留下的文字，他们对自然近乎一种谦卑的情怀。山水使人理智清明，走读使人心身康乐。

以最简练的行走，道出人生理想的活法。在人世间，一切只是一种仪式，日影消逝，月光的夜晚，落落寡合，兼备不近情理的顽劣，那么，我想到了水也许在水之外活着！

目录

立冬

农家的院墙上有一排铁钩，上面挂着犁耙锄锹，一年的生计做完了，该挂锄了。庄稼人脸上像牲口卸下挽具似的浮着一层浅浅的轻松，农具挂起来时地便收割干净了。

阔亮的地面上有鸟起落，一阵风刮过来，干黄的叶片刷刷刷刷往下掉，入冬了，落叶、草屑连同所有轻飘的东西都被风刮得原地打转。早晨和傍晚，落叶铺满了院子，还有街道，远处重峦叠嶂的山体恰似劈面而立的一幅巨大的水墨画屏，霜打过的红叶还挂在一些干枝梢上，怕冷的人已经裹上了冬装，袖住了手。

秋庄稼入仓，那些留在地里的秸秆和茬头堆积在地当央，火燃起来时，乌鸦在飘浮的灰烬中上下翻飞，它们在抢食最后一季逃飞的蠓虫儿。天气干爽得很，空气就像刚擦洗过的玻璃窗户，乌鸦的叫声，拨动了人敏感的神经，孩子们追逐着乌鸦，想把它们驱赶到高处的山上。

每个人手里都拿着一根长条竹竿，那些抢食的乌鸦在孩子们的驱赶下飞往远处。

谁家的马打着响鼻，河岸上未成年的柳树是挽马的马桩，青草在入冬之前衰败，如一层脱落的马毛，马干嚼着，不时抬头望着热闹的人群，马肚子里装了村庄人成长的所有故事，每个人的故事马想起来都觉得好笑。

要立冬了。

一个知道季节的人牵着他的毛驴走在村庄弯月形的桥上，他要翻越山头去有煤的地方驮炭，冬天，雪就要来了。

村庄里的铁匠铺热闹了，家家户户提着农具往铁匠铺子里走，用了一年的农具需要“轧”钢蘸火。用麻绳串起来的农具挂在铁匠铺的墙角，大锤小锤的击打声此起彼伏。取农具的人不走了，送农具的人也不走了，或蹲或坐，劣质香烟弥漫着铁匠铺。轧好钢的锄头扔进水盆里，一咕嘟热气浪起来。龇着牙的农人开始说秋天的事，秋天的丰收总是按年成来计算，雨多了涝，雨少了旱，不管啥年成，入冬就要歇息了。

冬天是一个说闲话的日子，冬天的闲话把历史都要揪出来晒两轮儿。

村庄里的土狗聚集来铁匠铺，狗打闹着，有公狗抬着没有重量的蹄脚架在另一只母狗屁股上，追来追去的，按照自己的意愿去做事。周边围着的狗极骚情，个个都是情场老手的模样，而母狗极享受地接受它们的挑逗。铁匠铺子里的人望着这些畜生们，极有情意地笑。

村庄里的闲话一下就又拐到了另一条路上，说到土地，说到人吃地一生，地吃人一口，土地不动声色年复一年，还是老样子，人都几茬了。

生产队长从门前走过，铁匠铺里的人喊了一嗓子：“立冬该唱一场戏了。”

队长站在铁匠铺门口眯着眼望门里，谁说下的立冬就该唱出戏？有人答应说，早几年唱过，自从你当了队长就不唱了，小官也得为民服务对不？一群人起哄说，小队干部是国务院最低一级领导机构，怎么能说是小官呢？生产队长突然意犹未尽在想什么，初冬的太阳再能巧也难把积累了一个夏天和一个秋天的渴望抚平整了，铁匠铺里的人突然发现队长的脸上皱起了笑，听见他说：咱就重拾庙会给立冬唱回戏吧！

快乐来得太直捷了，所有铁匠铺子里的人来不及回神，门口就只剩下空荡荡的阳光了。

暗夜里下了立冬前第一场雪，没有一丝一缕的风，下雪天很安静。透过玻璃窗格看外面，细碎的声音灌入耳膜，天光把人的目光迷幻得很虚，地上有些微的光明，雪把村庄里的人心揪了起来。雪可是不能下得太大了，雪厚了，一冬不化，剧团进不了山，唱戏的事情就要泡汤了。

“好大的雪啊！”应了这一声喊，左邻右舍，家家户户接连不断哐哐当当把门打开，一时间便有了更多的惊叫和惋惜。一些人开始往大场上走，大场上有一座舞台，舞台前大雪纷飞。“雪大了”，先到人的声音比往日压得瓷实。

中国的乡村，除了那些藏在沟里的山庄窝铺，“村”或“庄”，几乎都建有戏台。因为“娱神”的缘故，村庄都有自己的庙会。民间一直把“神”看得很高贵，爱着、敬着、怕着、哄着。神不过是无数人的一个不言语，却“娱”得喜怒无常。神住在村庄的寺庙里，戏台大多建于寺庙神祠之内，多是坐南面北，对正殿而建，戏台下一般有高低不等的基座，以方便神平视瞻赏。神啊，离谁家都很远，离谁家都很近，与富贵与贫穷都有着深刻的血缘关系。

神管不了天，天很有耐性，雪整整下了三天，雪已经铺絮得看不清万物了。

队长站在舞台上说，不是小队不舍得出钱，是老天罢工了。雪看上去有一尺厚，村庄里的人哀巴巴看着雪，半晌雪住时，男人们急不可耐扛着扫把来扫雪。雪很轻很软，扫起来不费力气。人们一边干活一边高高低低说着话。从舞台上放眼望去，被雪覆盖后的重重叠叠的大山，白花花一片，天地一色。扫雪人身上似乎涨满了力气，雪屑在空中旋转飞舞着，不知哪个提议去扫山路，扫开山路就能唱戏了。扫雪人的鼻子、耳朵、脸蛋子冻得通红通红，因为扫雪头发里冒着热气。

每个人头上都顶着一个气团子，如同神头顶浮着的云团。

大人和孩子疯子一样从村口开始往山外扫路。不知谁裤口袋里装了一台袖珍收音机，黑壳，大小不过半手掌，收音机里播放着地方台，一开始播放的声音嘈杂不清，大家注意力就不集中扫雪了，盯着收音机等听到清晰的广播，拧着就出来了地方戏。有人破喉咙沙嗓子跟着吼，吼戏的人额头青筋暴突，脖子伸得很长，有人就想叫他住口。

一个雪团子打过来，正好打在吼戏人的头上，对方便骂开了。

扫雪的人们乱作一团，有人觉得这样下去不是扫雪，是打雪仗，建议分段扫。分配到山顶上的人二话不说，“呼哧呼哧”踩着雪走了。

晚夕时分，路上的雪扫净了，走回村庄的人们一个个都比往常生动鲜活。女人们端了簸箕拿了笤把领着娃娃们出门碾谷，路一开，就要唱戏了，几年不遇的好事，亲戚朋友都要来看戏了，碾米磨面，那是要坐鏊子炸麻花呀。

乡下的好，明清建筑高门大院是一个好，叽吵打逗呼儿唤女声挑开屋脊，也是一个好。有戏唱必然是集会，村庄的石板街道两旁搭满了棚子，卖饭的、卖菜的、卖农具的、卖杂货的、理发点痦子的，密实实排过去，阳光下，赶会的乡下人面孔绛酡，劳动的双手满是纵横的纹理，吆喝声结实有力，像练过嗓子的演员，热闹掀翻了以往村庄的寂寞。几年不见的冬日庙会像捻子一样被点燃了，热闹稠稠的，能让寂寞了大半年的村庄喝饱。

从小生活在村镇的那一代人，回忆起从前的日子来那是有很多说道的。

每一个节气到来都要先敬神。

天地间与人掰扯不开的神是农家院子里的天地疙窑子，虽然敬奉的是天地人三界尊神之位，最主要的还是天神、地神。

万物的本源，没有辽阔的土地，人们便会失去生存的根基。

我们的上古神话有盘古化生万物，盘古以肌肉化成田土，用血液滋润大地，后来又出现了后土。乡民们开工动土时先要献土，土为“后土”。后土是谁？共工氏有子曰勾龙，为后土。因为共工氏统治天下时，他的儿子能够平治九州的土地。后土有凭尊贵和功劳享受庙宇的资本。乡民院子里的天地疙窑子由专门工匠造就，大户人家都在自己正房的门脸前，有的在进大门处，有石雕和砖雕样式。拜祭地神与拜祭天神是对应的，天地合称为“皇天后土”。

作为司农神的后土神，常和土地的出产物——五谷神合在一起祭祀。谷神最早祭祀的是“稷”。《风俗通义·祀典》说，稷者，五谷之长。五谷众多不可遍祭，故立稷为代表。在交通不便的方国之中，人们对农作物的需求是一致的。敬神是护佑来年风调雨顺，看戏是农民与金钱无关的耳福和眼福。

台下人头攒动，是一张张凝神上望的脸，台上，生旦净末丑，正演绎着一场场沧桑岁月的人生大戏，让人们感受着人生的喜怒哀乐、生死荣枯。历史上可真有这样的事啊，那些千真万确的不同寻常，留得住生，留不住死，看戏的人开始为生欢呼雀跃，开始为死悲从中来。一段哭腔唱得人心入骨疼，唱得好呀，戏到此时不是演了，是唱，是说演员的唱功，五音六律揪扯得人心战栗。一场接一场看，误了吃饭也不误了看戏。

台上关公手举大刀追杀华雄，从戏台上踩着锣鼓点一鼓作气追到台下。

两位演员在观看的人群中穿梭，那时节，一个胸前挂着鼓，一个臂弯上挂着锣的乐队跟着他们，有一下没一下地敲打着，他们绕场子边打边跑，一时又跑到了场子外的街道上。鸡们狗们家畜们，老者站在村边的路沿上，下巴颏一翘一翘的，嘴张着笑不出声来，笑在肚子里乱窜。一群大小娃娃跟在后头，走进村街，关公和华雄沿途随意抓取摊贩的瓜果梨桃，边吃边打，觉得寒风并不都是凉风刺骨，亦有千姿百态。打一阵子，摊主笑逐颜开地再一次扔给他们吃食。

舍得，是福报，是大吉大利。

一群娃娃横晃着膀子钻到演员前面，两张挂了油彩的脸齐齐对着娃娃们，吓唬他们，说是要杀人啦！娃娃们呼呼四散，敞亮的空地上，把历史演得玩儿似的轻松。

敲锣的敲鼓的，不时吼一声，此时打斗到了戏台下。演出快要结束时，跑得满头冒汗的关公和华雄重新登上戏台，关公大刀挥舞，斩下华雄首级。

民间剧团就像一个走街串巷、流动的表演群体，演员与观众融为一体，演出气氛高潮迭出。表演者和观看者相互追逐，村子有多大，戏台就有多大。

通看《三国志》（包括裴注），提及“华雄”这个名字的只有一处，出现在《三国志·吴书·孙破虏讨逆传第一》里，确切地说是在孙坚（破虏将军）的传里，只一句话：“坚复相收兵，合战于阳人，大破卓军，枭其都督华雄等。”说的是（梁东一战后）孙坚重整旗鼓，在阳人大败董卓军队，杀了董卓的都督华雄等人。显然，华雄是因为被孙坚的军队打败而被杀的，虽然具体是谁下的手不得而知，但绝对不可能是并不在孙坚军中的关羽，甚至极有可能真正的华雄终其一生也与关羽毫无瓜葛。

历史给戏剧最重要的一点是戏说。民间奔田地、奔日月、奔前程的普通人，能知道多少历史中的事情真相？看戏看热闹，热闹中那些非想，闭眼、睁眼、醒着、梦着，黄尘覆盖着的村口大道，一出戏明晃晃亮过来，历史中的真真假假对后来人没啥坏处，那就娱乐吧！涂脂抹粉，更换各种鲜亮的戏装，放开喉咙的歌唱和扭动肢体的耍弄，民间没有严肃，严肃在简单的民间是犯忌的。

谁见过这样的演出！无论过去还是现在，走至村口的人都要愣愣站站，步子里显出几分怀念，盼一个节气到来，一场戏开始，不光是人，鸡了狗了的，都盼。

乡村的戏台经历了完整的嬗变过程，它是热闹的中心，于平淡平常之中系着撕心裂胆、揪肠挂肚的乡情。要说什么地方最能体现乡村的味道，肯定是戏台。只要唱戏了，生活就进入了最饱满最疯癫的时刻。很多人平常想不起来，在你就要忘掉的时候，一转身却和他在戏台下碰见了。天涯海角走远的家乡人，到了过会的节点上，再忙也要找一个借口，回乡看戏去。回乡看戏，啥时候念着了，心吊在腔子里都会咣咣响。

一场庙会结束时，冬天真正开始了。村庄成了麻雀的世界，它们把饥饿和焦躁嚷嚷得满世界都知道。冬至将至，“交”子之时的“饺子”家家户户都要吃，这意味着冬天要数九了，九天里的乡村就像黑白电影，而在生活中交谈的人们，无异于在重复从前的每一个冬天，他们抑制着自己的情绪，在黑白世界里想着明年春天地里的莺飞草长。女人们冬天里看不得男人闲着，日常生活中会施以一些小惩罚，女人们总喜欢制造一些生活的叽吵打闹，喜欢在冬天里交出眼眶中的泪水。

柴烟延续着平常的日子，也用柴烟描绘着特殊时光。冬至过后，旺盛的日子，一天胜似一天，一直到入了腊月。腊月里的灶间少有消停，杀猪、宰羊、磨豆腐，还要买新衣裳，家家都忙乱得很，一个最大的节日在等着，那是一个样样儿不能耽搁下的好日子：年。

傍近年根，你到北方的村庄里去闻吧，翻过山头便闻见了肉香。“紧锅粥，慢锅肉”，一锅肉从午后开始炖，一直要炖到天色模糊。不管孩子们多嘴馋、多心急，大人们总沉得住气，非要等那走外的人回来，非要等年三十晚才吃那一口香。人最大的本事就是把寒冷的冬天过成一个温暖的期望。

立冬是反映季节变化的二十四节气之一，我国古代将立冬分为三候：初候，水始冻；二候，地始冻；三候，雉入大水为蜃。蜃，蚌属。意思是立冬之后，北半球获得的太阳辐射量越来越少，由于此时地表夏半年贮存的热量还有一定的剩余，所以一般还不算太冷。

等数了九，北方的地是实冻了，村庄里的娃娃们就开始争抢着在河道里溜冰。有大人们在木板上缠绕了洋铁丝，没有木板坐骑的就从旧戏台上偷拆一块瓦片，厚瓦包着屁股蛋子，从河道的高处溜下来，一河道奔逸绝尘。河道里有时候也会传来哭声，屁股下的瓦片碎了，硌疼了屁股蛋子，那泪不及时擦干净就会冻成泪珠子。这样的日子要延续到年三十。长大的孩子回想此时，会生出一种病叫“思乡病”。知道童年的冬天是与身相随的，思乡只在独自和安静时才显现。

一个节气就是一个季节的驿站。

我反复回忆那个冬天的夜晚，我是那个冬天里舞台上的一枚花旦，甩着长长的水袖，为我的故乡唱戏，为一个节气唱戏。

我的乡亲们从大地的深处缓缓走入，那样地不约而同，寒凉的空气里有尘屑擦着光照飞翔，暮色斑驳迷幻，一轮明月升到孩子们仰望的高度，远山肃穆，凝聚着山外的声色犬马。不等饭毕，大人和孩子们齐齐聚在了场子上。一方戏台，一个腰肢纤细、头戴花冠、袭一件镶边水红绣花长裙、在戏台当中走台的女子吸引了山里人的眼眸。星光与夜鸟的鸣唱在彼此胸腔汹涌。那时间，我们觉得大地上的声音开始乱了，村口的老槐树黑黑地站在夜幕里，横杈上落着一层来看戏的乌鸦。

旧去了，走在灰秃秃的现在，辨不清蛛网密布的老庙内是否还有戏台在演戏，我站在现代文明的中央，四围尽是塌落的旧砖瓦，风物已是比不得昨日，上下八方，村庄都少了人烟，谁还记得老庙内的从前，谁还知道节气！一声老腔，突然地在一个什么地方响起，如同放逐的囚徒——咿呀！丝丝寒凉，余音袅袅拖拽得很长、很长。

那一嗓子的余音还缭绕着，我害怕一丝声息都会惊吓那些雕梁画栋上糟烂的木纹和色彩，有鸟扑簌簌直刺天空，巨大的空间，看不见的风在剧烈地运动着，羽毛落下来，风是一种力量。

村庄，青砖地面，几代农人走过的脚印重重叠叠、大大小小，生命存活于瞬间真实，有多少节气走过了？

我们在时光推攘的路上，谁又能够忍受得了时光的驱赶和道路的驱赶呢？

门前福喜

石雕这玩意儿，也曾风云际会，却总不是骨子里的东西，一时兴过，眼前便真的旧在了那里。或许，在多少年之后，万物萧条，生灭有道，再赏繁华之后的古建骨架，也许让你顿时一痴，半天无语，复叹真正骨子里的东西原本就该如此的“旧”，“旧”到传统的老根里去。热爱它的人谁敢说它不是自家精神底色里的那束光芒？！只有它，方有“如故”和“旧知”的惊喜，都是“门前”的故事，形式虽简约，而意趣却雅儒。

先说发现的第一只石头小兽吧。它在草丛中隐约着等待现世，脸上还挂着一坨干牛粪，我的眼睛无风起浪。风已经软化了它的蹄脚，噪声在空间里升高，我小心刨出它，如同捡拾到一尊宝物，想象着让世俗一下就静了。

老天，它在荒径中藏了多少年？

那个黄昏，夕阳的晚照下，它如一堆美好的文字推动着我的感情不断地向前滑动。对于收藏物件，一直找不准自己的喜欢，比如那种剧烈的喜欢，总有一种寻觅一直蛰伏在内心最深处。小兽的出现明确了我的方向，爱上了石雕。

有一种庸常生活的底色下的光亮，记录着日常人家炕头锅灶边的家族史，它在并不富裕的人家门前，守望麦熟茧老李子黄，一座老屋，一条老街上，它寄托了旧时代的灵魂。抚摸着能感觉到它从远到近地走来，有响动，有重量，有意趣。

从河道走往村庄，遇见的乡民总是乐观的，河流给了他们性情，给了他们生机，给了他们无比荣华。他们并不在意明天是否还会守着一条河流，面对河流，思绪飘然的是我，对于乡民们，世俗、安稳、守成，也有期待和向往，或许他们的愿望是走出去，把河流遗忘在身后。

生命在时间转换中成长，富于创造天赋、有着高贵心智的石匠们，顽石虽愚，“聚天地之精华，得日月之灵气”，雕琢之下，必将以另一重生命形式获得新生。先说石狮子。在衙门、豪宅、民居，有门出入的地方，一般都是成对出现。往往是左雄右雌，迎合了人世的思维逻辑：男左女右。雄狮子左蹄踩球，俗称“太师”；雌狮右蹄抚幼，俗称“少师”。狮子的毛发卷成疙瘩状，称为“螺髻”。一般而言，“螺髻”的数量因宅院等级不同而有严格规定。一品官府门前石狮头可雕十三个疙瘩，称为“十三太保”。每低一级就要减少一个。七品以下官员门前摆石狮即为僭越。虽然关于石狮子的形象和配置从唐宋之后就有了较为固定的模式，但是，在民间不仅有左脚踩幼狮的“太狮子”，还有远远超过十三个螺髻的石狮子。

由此可见民间的装饰中，所谓“形制”等并不具有绝对的约束力。石匠的世界是一个创造的世界，否则就不会有如此众多的珍品奇物造出来。斑驳日影下，看那些历经年月的狮子，它们的螺髻贴着人的体温，长期触摸下泛着冷光。尽管这些创造历史、创造文化的石匠们，最后连名字都未能留下来，但他们持久的付出已经嵌进了石头的纹络。

顺着河流走过去，老屋子门前的柱础散乱地在街道上扔着，随处可见。岁月湍流自可以将人世兴衰冲刷得无影无踪，然而廊檐下的柱础，时间却被永远凝固在它的花纹上了。一对上好的柱础，伫立呆看，只觉一股气势迎面扑来，形制各异，动人心魄，让人为匠人的胆识与智慧而激动。眼下，可惜村民的离去，这经年累月沉睡的石头一时为商家所看中，借“文化”之名红了起来，“市场”了起来。原本简单的东西，突然地令缱绻醉眼的俗世“狗撵兔子”似的乱了方寸。

一户村民说，夜里听得外面的柱子下有声响，像是给轮胎打气的声音，屋子里的人大气不敢出，一早见柱子下支着两个千斤顶，柱墩不见了。毁坏总是比新建来得快、准、狠。坐在廊檐下猜想着当时的情景，不想原谅人，失义取利，人是很喜欢把自己降低到动物本能的。欲望总是让人热昏昏的，那么好的东西，是谁一定要安排它这样的结果？喜欢的东西一定要拥有吗？历史是与人同在旅途上的，不曾拥有才有想象。所幸人一辈子的时光很快就过去了。

柱础实用功能是传递柱子上部传下来的荷载，对下部可阻挡地面返潮波及柱脚朽烂和人为碰损，同时具有提升柱子壮观形态与装饰效果。一座老院落的门脸反映着主人的地位和权势，所以一个家族或家庭的名望被称为“门望”，就门的形式装饰来说，门前先有上马石和拴马石，讲究的人家上马石脚踩的水平面上都有浅浅的浮雕。尤其是拴马石上那只猴子，马上封侯，历史有了寓意，历史才会动人。青石台阶、门枕石、门头、门脸，长方形的门枕石，一头在门内，托住大门的转轴，一头在门外，起着平衡的作用，为了避免大门转动时不致产生位移，露在门外的一段多比门内那段长而厚。这段露明的石墩，大都雕有狮子，并列在大门两侧，沁河岸边的人叫它们把门狮子，不是那种衙门前的狮子，这样的狮子比独立的狮子更为自由，有站立、蹲坐、趴伏，表情上也不只是一种凶狠状，显得嬉笑、顽皮一些。

从衰落的大户门前看到门枕石大多为鼓形，为何是鼓形？设想一下，沁河流域曾经是舜的活动地带，舜时期作为政治上的开明时期有“尧设谏鼓，舜立谤木”之说，谏鼓是朝廷为听取百姓意见在大门前设一大鼓，百姓有事可击鼓进谏，此抱鼓石和彼谏鼓是不是带有欢迎来人的意义？匠人在世上留下了手艺，手艺能流传下来，变化的岂止是形式，一定还有内容的起承转合。

看那些门枕石，从粗硕到细腻，从简朴到繁富，从就地取材到取材青石、取材白矾石等，演变过程跟随人的财富变化而提升。

雕刻在石头上的图案含有吉利寓意趣事，那时的人活着真是有太多美好的精气神，太多的梦想从院子里走出去，睁眼闭眼，就会看到想到的寓意，走向世界。哪怕是从田间走回院子，也是从丰收走近了喜悦。生活在尺度最集中的区域内，他们把过下去的日子设计得细长而深远，满目都是富贵。站在这些石头艺术前，如此怀念旧时光，怀念一个家族把重复演绎为完美，演绎得子孙没有力气和“老屋”说再见。

沁河古院落的柱础的规制大体是能看出年代来的。唐宋至明清早期柱石多为下呈正方形，上呈隆起盆状，有如覆盆，也有叫覆盆式。随着朝代的不同，其柱石下端正方形展开幅面大小亦不同，年代越久远，展开幅面越阔，其柱径亦越粗，年代与今天越近，展开幅面越小，其柱径亦越细。元代柱础的特点是多为不加雕饰的素覆盆式素平柱础。素覆盆式上端隆起较低，则周边呈圆弧形渐收起，呈“扁形圆盆”状。因为无论是从其柱础、构架用料粗硕和古拙程度，明代遗存的用料中总还能看出元的影子。

沁河两岸的柱础从平面看，造型有圆形、方形、六棱形、八棱形和上圆下方等形状。即便同一形状，其组合方式与体积大小，又有许多不同，因建筑的大小不同，院落的进深不一，更因为是不同性情的匠人所造。看那些雕刻，有的清新淡雅，少了一些利禄功名、骄奢纵物的世俗浊气，有的也许是自家手艺不精湛，或主家给少了米面，做工上明显是徒弟的学徒手工。考究人家砌房造屋，对于要雕凿的石头是很有讲究的。

听一位年老卧床的石匠说，讲究的人家，雕凿石头的日子里不能见怀孕的女人，也不能见寡妇。怀孕的女人如知道谁家有石匠活，一定要绕开走，怕一些心会神通的石匠一时起了邪念无端给自己雕凿一个残缺的娃娃出来。雕凿好的建筑装饰，无论是压窗石和别的构建，点香磕头放鞭后，匠人开始放置它们，大的柱础和门枕石，一般要请了阴阳先生来，在柱子柱脚与柱础之间要放上一枚铜钱或银元，是吉利也是镇物。

石匠家族广博深邃的文化内涵，主要蕴藏在以浅浮雕、离浮雕和圆雕、透雕等雕刻手法雕就的各种器件里，那些雕刻涵盖了动物、植物、人物、器物、文字、几何形图案及其他自然物等方方面面，有人说石匠的手艺是民俗文化的万花筒，我觉得还有一个更为隐匿的角色，完成一种自然的转换，精神在现实里托物寄情的过程。

在晋城玉皇观近旁的关帝庙看见过石制圆柱，雕花圆柱上布满人物，那样的手艺，打远处看真叫人敬畏和尊重。能感觉到时间的重量，它启悟未曾有过的感知，甚至会想，我活着的意义与匠人相比多么的平庸。它就那样存在，静默不言，以艺术的方式取得了盛气凌人的效果，同时加强了它的最高礼制性质。

在我童年每一天的期盼中，最持久最迫切的愿望是坐在别人家的门墩上，阳光照得暖暖的，傍晚的时候阳光还能把影子照进他们家的青砖地面上，屋里进进出出的人踩着我影子或用他们的影子重叠着我的影子，我的影子看上去就像一只守门的狮子。

老宅的门墩，坐禅入定，悟道明心，守着一份时间中涩涩的苦味，投身在门的两侧，旧时的影子，将我带进一种透亮与舒畅中。

如今即使豪宅的门前已经不见门墩了，没有门墩的门，光秃秃的，显得那么不安定而又弱不禁风。门，是一座房子的文明尺度，在中国古代，进什么样的门，是有身份讲究的，门墩也有高下荣辱之分。四壁合围，高墙环堵，朱门红墙，一对儿门墩守着一代一代人在它里面生长，把生命喂养得强壮，让生命静守着它的雄奇和贵重，也静守着它的牢靠和厚实。

当然，还有那沁河女人喜爱的炕狮，她是炕上女人用来压小孩被角的，神态各异，都是匠人随心随意的物件。可现在炕狮少了，原本是家家户户都该有的东西。少，说明了它存在的不重要性。

很奇怪，血脉相连一定要在有了一定阅历之后才能理解，我理解了吗？炕上的那个看小孩儿的狮子，潜藏着充沛生命密码的解读，它在接近文明的曙光中消逝掉了。

太多的消逝叫人背负着沉重，是因为炕没有了吗？炕上睡着的人该是穿白袄大襟衫，黑布裤子，打裹腿，小脚，直贡呢布鞋，一脸的欢喜定格在炕上，因为炕，因为睡炕人的走远，一切都成了从前。

走过村庄，看到石桥，石桥上坐着几位年长的女人，她们说话的声音被走过来的我冲淡。傍晚的雾霭浓稠得像米汤，她们一个挨一个坐在石桥上，一边压低了声音说话，一边看着我走来。

石桥的望柱上雕刻着狮子，那狮子几乎可说是一个幻影，只能去想象了。女人们坐在桥栏上，我真希望夕阳挣出雾帐辣辣地泼在她们身上。借着最后的夕阳我看那望柱，盆口粗的柱子被岁月刮削得瘦骨嶙峋，看那些透空雕刻的花卉华板，已经是什么都看不清楚了。

日本建筑学家黑川纪章说："建筑是一本历史书，我们在城市中漫步，阅读它的历史。把古代建筑遗留下来，才便于阅读这个城市，如果旧建筑都拆光了，那我们就读不懂了，就觉得没有读头，这座城市就索然无味了。"

每个时代的文明都在城市建设中留下了自己的痕迹，石头是大地的纸张，也是岁月的记忆，保护历史的延续性，保留人类文明发展的脉络，是精神文明建设的要求，也是传统老根的守护。

陌上桑，水蛇腰

文字斑驳地记录着老时光。

来自北方的桑皮麻头纸，再生环保。我还记得童年，植物的纤维，每次被平筛托起，即成一张纸。纸，有厚、有薄、有疏散、有凝聚。手工的纸，粗放里蕴含细腻，细腻里潜藏豁达，和风丽日中晾干，融入了阳光的色调，乡人叫：黄草纸。

冬天的黄草纸糊在窗户上，整个村庄都很怀旧，镰刀似的月亮挑在树梢，猜不透，窗外雪地上一长串狐狸脚窝，它的三寸金莲盛满了各种故事，与生活有关，与风霜有关，与情感有关，糊窗纸没有捅破之前，我听到一个女人喊：

“雪啊，凉啊，屁股蛋子挂了霜啊。”

空空荡荡的，站在千年文化的凝结点上，需要和黄草纸一样悠远沉静的心境，才好去抚慰岁月。

想不到的是若干年后，我用黄草纸作画，那些浮动的桑皮经络，亲切得让你觉得如体内的血液流动。我似乎又想起了从前，从前的心爱之物，阳光裹起密集的尘土，慢慢涌动着，我的亲人们穿梭在中间，有一点儿生存的荒凉味道，风吹动他们的衣襟，而笼罩在这一切之上的是一股扩散开来的牲畜味儿，那一瞬间我惶惑了，最好的命运被篡改了，是什么样的魔术手破坏了原有的秩序？

奇怪的是，事隔多少年我站在乡村的舞台，舞台上的一些事，或是由各种关系将我的从前联系在一起的人，或许不曾有过任何生活的记忆，或许因为不曾记得的矛盾，甚至一场单纯的口角，彼此那么多年过去了，我还记得他们舞台上的形象——妖娆。

这些记忆是扎了根的，在心里，有时候做什么事情，也不知为什么就感觉那种从前的舞台就非常熟悉地来了。

绽开来，仿佛颓败的美好越来越大地溯洄开去。我把他们框在脑子里，很久之后，就想把他们一一画出来，可惜我没有那么多的天赋。我想，就随性而画吧。

想象一种情景时，脑海中出现的画面不是出自自己的视角，而是像灵魂出窍一般，因为真切地感受过他们的喜怒哀乐，动笔之前，他们只是视觉上一种强烈的刺激带来心尖上的一阵颤抖，墨落下时，黄昏跟随寂寞爬满了我的小屋。

一件事情开始之后，我总是怀揣着一个很大的抱负，看着纸上的他们，突然明白，抱负只是暂时被替换了，我还是一个写作者。天边光线的层次穿过云层诚实地映射到我的脸上，我是我，我的画只是内心的一份不舍。不管怎么说，只要写作，只要画画，都可以洗涤我脑海中的一些烦恼。

想起童年，乡下的岁月弥漫着戏曲故事，炕围子上画着的“三娘教子”“苏武牧羊”“水漫金山”，寺庙墙壁上的“草船借箭”“游龙戏凤”“钟馗嫁妹”，八步床脸上更是挂着一座舞台，人人都是描了金的彩面妆，秀气的眉与眼，水蛇腰，风摆柳，或者水袖，或者髯口，骨骼间飘逸着秋水、浓艳般的气息。

伴随着日子成长，后来又学了戏剧，可惜没有当过舞台上的主角。

庆幸的是，更多的日子里是站在台子下看戏。风云变幻的历史，折射的却是社会的风情变迁，人生前无论怎样显赫、辉煌，尘埃落定后都将成为过眼云烟。“饿肚皮包容古今，生傲骨支撑天地”。正值好年华，那时候，有村就有庙，有庙就有台子，有台子就有戏唱，有戏就会唱才子佳人。舞台上人生命运错落纷纭，连小脚老太都坐着小椅子，拿着茶壶，在场地上激动呢。我看台子上，也看台子下，台子下就像捅了一扁担的马蜂窝，戏没有开场时，人与人相见真是要出尽了风头。

台子上，一把杨柳腰，烘托着纤纤身段，款款而行，每一个出场的演员一代一代，永远倾诉不完人间的一腔幽怨。

人这一辈子真是做不了几件事，一件事都做不到头，哪里有头呀！我实在不想轻易忘记从前，它们看似不存在了，等回忆起来的时候却像拉开了的舞台幕布，进入一段历史，民间演绎的历史，让我长时间徜徉在里面。

尘世间形形色色的诱惑真多，好在尘世里没有多少东西总是吸引我，唯有唱戏的人和看戏的人，沉入其间我没有感觉到缺失了什么，比如人生缺失了什么都是缘分，都得感恩！

乡下，浮游的尘土罩着山里的生灵。春天，河开的日子里，觉得春风并不都是诗情画意，亦有风势渐紧的日子，活着的和曾经活着的，横晃着影子走进我的文字，岁月滴滴答答的水声，消歇了一代又一代人，那些走老了的倦怠的脚步，推着山水蠕蠕而动。那些风口前的树，那些树下聊家常的人，说过去就过去了，人是要知道节气，是不是？

记忆如果会流泪该是怎样的绵长！

亲人们让我懂得什么是善良、仁慈和坚忍，我庆幸我出身在贫民家里，繁华的一切成为旧日过眼的云烟之后，身后无数的山河岁月，心目所及，我的乡民，只要还想得起他们明澈的眼睛，不久就会是丰收的秋天了。

对于乡下人，收获的秋天就是一场戏剧“秋报”的开始。台上台下，台上是疯子，台下是傻子，生动的脸，无疑让我有了绘画感觉的获得。

岁月如发黄的黑白片色调，想画时，感觉并不沉重，它是清清淡淡、丝丝缕缕地由心底生起，像一声轻轻的叹息，单色调更像是彩色作品的底子或者说是逝去日子的旁白。那些清新的人间柴烟味道的生活，让我再一次回到尚不算遥远的青春时代，回到那些已经在无数次的记忆中经过过滤留存下来的明月当空的日子，那些日子里有我们共同的卑微。是的，一种挥之不去的惆怅，我总得抓住光阴做点什么，以便对自己的生命作一个交代。

一生一世，时间的距离使追忆成为对现实感受的提炼，只想对他们深切地关注，他们都是我曾经认识的熟人熟事，入文入画都不如入心来得疼痛，我在画案前，我在书桌前，我们一起坐着天就黑了。

岁月是如此曼妙而朴素，世上万物都有因果，在村庄里感受生命里的爱，我便懂得了一个人的灵魂因饥饿而终于变得坚强，因富足衰弱得像煮熟了的毛豆，听不到爆壳声，嗅不到生豆的味道。

无论现在和从前，鸡狗畜生，都知道走至河边会感觉村庄格外的平整敞亮。那些庄稼人的屋子总是朝着太阳，男人和女人担了生活的苦重时，天空落下的碎金子般的阳光，这就是戒限了，他们懂得，那些节外生枝的人生也许是另一番天地，但是，只有回到朝南开的屋门前才有勇气喜怒哀乐。

写作和画画都是怀恋从前，都是玩儿的生活。人生是一条没有目的的长路，一个人停留在一件事上，事与人成了彼此的目的，互相以依恋的方式存在着，既神妙莫测，又难以抗拒，其使命就是介入你、改变你、重塑你，将不可理解的事情变成天经地义，如此就有了自己的成长历程。

成长，其实也是寻找自我，不断靠近或远离自己的过程。

现在，我手上握着一支羊毫，尽管我只是一个初学者，很难操控我对好的绘画偷窥，很害怕自己喜欢上了别人的东西，很怕被人影响，但是，不影响又能怎样？喜欢的同时又觉得，别人那么画挺好，我喜欢，但是，不是我心里的东西。我想画什么，技艺难以操控我的心力，或者说心力难以操控我的技艺，唯一是，想到我经历过的生活，我感到我自己就不那么贫乏了，甚至可以说难过，有些时候难过是一种幸福。

因为，我活不回从前了，可从前还活在我的心里。

文人学画，其实是走一条捷径。即便是诚心画，许多难度大的地方永远过不了关，简单的地方又容易流于油滑，所以画来画去，依旧是文学的声名，始终不能臻于画中妙境。

我始终不敢丢掉我的写作，画为余事。

想起张守仁先生写汪曾祺，题目叫“最后一位文人作家汪曾祺”，说，汪曾祺的文好、字好、诗好，兼擅丹青，被人称为当代最后一位文人作家，这是因为天资聪颖的他从小就受了书香门第的熏陶。汪曾祺之后，谁还是最后一位文人作家？我自称文人画，有些时候我会脸红。其实，我只是觉得从前还有那么多的牵挂，在精力的游移不定中，文学和画，都是我埋设在廉价快乐下面的陷阱。我为之寻找到了一种貌合神离的辩解，随着日子往前走，有如河床里的淤泥层层加厚，我厚着脸选择了我的生活，而你们给了我一个最高的褒奖“文人画”。我只能说落入任何陷阱都是心甘情愿的。

我相信任何一门艺术都是有灵之物，它会报答那些懂它的人，它在夜与昼交替之间，控制了未知，并一次次浇灭体内因欲望而生的焦火。人到中年，再一次靠近自己的兴趣，我才发现，写作和画画于劳力的人，确实有份实在的功效，天气、物、光线，都是无法复制的，尤其是入画时的那一刻的静，风的节奏，就连性格也比平常内敛。一辈子的好时光都留在了从前，那些我认识的故人，还有他们的恩情，我怎么好一个人执意往前走呢？在我从来就没有真正寂寞过的世界里，夜与昼之余，一种很幽深的精神勾连，让我犹如见到菜籽花般的喜悦。信不？世界上最美好的事情就是这样，相互依存。

春天了，风吹着宣纸，飞花凌空掠过，一层景色，一番诗情画意。浪漫而不无虚荣的记忆中，与生活有关，与风霜有关，与情感有关，站在千年文化的凝结点上，需要有和宣纸一样悠远沉静的内敛，我才好去抚慰岁月。

墨脱，藏语意为花朵

2013 年 10 月 31 日，墨脱公路通车仪式在岗日嘎布山南坡海拔约 2100 米的西藏自治区墨脱县达木乡波弄贡村举行，标志着墨脱县正式摆脱全国唯一不通公路县的历史。

墨脱公路起点为林芝市波密县县城扎木镇，终点为墨脱县城墨脱镇，所以墨脱公路又叫扎（木）墨（脱）公路，墨脱镇是我国最后通公路的一个县城。

虽然墨脱不通公路的历史已经结束，但由于自然条件所限，这条公路仍然还不是全年全天候畅通的道路。

沿线季节性受雪崩、泥石流、滑坡、山洪等自然灾害危害的危险性依然存在。在墨脱县及其周边，大致以马蹄形大拐弯的雅鲁藏布江为界，江南属喜马拉雅山东段（主峰海拔 7782 米），江北属念青唐古拉山（主峰 7111 米），以西属冈底斯山脉东段郭喀拉日居山（主峰 6288 米），以东属岗日嘎布山（主峰 6882 米），受喜马拉雅山、岗日嘎布山等重重雪山峻岭和雅鲁藏布江大峡谷（包括其支流帕隆藏布峡谷）的阻隔，历来墨脱的交通闭塞，被形容为高原孤岛。

墨脱，藏语意为花朵，因外人难以到达，对其了解不多而被称为隐秘的花朵。

通往墨脱的道路有 6 条：

由米林县派镇翻多雄拉（海拔 4221 米），经背崩至墨脱。

由波密县大兴越金珠拉（海拔约 4570 米）至墨脱。

由波密县翻索瓦拉（也叫随瓦拉，海拔约 4400 米）至墨脱。

从波密县城扎木镇沿嘎隆北曲上行，翻嘎隆拉（4311 米，人行小道）、多热拉（4304 米，公路），沿嘎隆南曲经波弄贡、沿金珠藏布经冷多、沿雅鲁藏布江至墨脱。

从派镇顺雅鲁藏布江进入大峡谷到白马狗熊，从白马狗熊上山，翻西兴拉（3692 米），再下到大峡谷沿江至墨脱。

沿帕隆藏布、雅鲁藏布江至墨脱。

除了上面的 6 条，1965 年，曾开工修建沿帕隆藏布至雅鲁藏布江通往墨脱的公路，但由于山势太险而被迫停工。

前 4 条道路都要翻越 4200 米以上的高山隘口，由于冰雪封冻，每年只能通行三四个月；而后 2 条路，虽不翻雪山，但要穿行于雅鲁藏布大峡谷之中，面对悬崖峭壁和深切的沟壑，道路更为险要。

这里地名中常出现“拉”字，“拉”是隘口（山口、垭口）的意思。藏语中“拉”是敬词，用在这里表示对山的尊敬，对大自然的崇尚。

从 20 世纪 70 年代起，西藏交通部门组织力量多次修建该路，终于在 1993 年 10 月将初具公路雏形的“毛路”打通至墨脱县城，实现了公路初通，并有一辆卡车开进了墨脱。

但由于泥石流、滑坡和山洪等自然灾害，使初通的公路很快就大段被毁，全线又处于瘫痪状态。

开进墨脱的卡车再也没有开出来。

几十年来虽然屡屡投资，几经修建，数十人为之付出宝贵生命，但墨脱通往外界的这条简易道路，仍然只能每年分段、分季节勉强通行 3 个月左右，即每年 6 至 9 月多热拉积雪融化时，汽车可经此翻越岗日嘎布山进入墨脱；但这段时间刚好又是雨季，泥石流、滑坡、山洪等山地灾害极为活跃，时常造成道路中断。

2010 年 12 月，全长 3310 米的嘎隆拉隧道顺利贯通，从此避免长达半年之久的大雪封山、雪崩等灾害对公路交通的影响，使被茫茫雪山阻隔的墨脱人与外界交流。

在此以前，墨脱需要的各种物资，一是在有限的时间段内通过勉强通车的扎墨公路运进；二是从米林县派镇（海拔 2950 米）由人力肩背和马帮驮运，经过多雄拉（4221 米），翻越喜马拉雅至墨脱。此路为小道，路况差，不少路段十分危险，安全隐患大，配合运输和接应进出墨脱的工作人员，墨脱县政府专门在派镇设立了一个转运站。三是由马帮走前述的第二条路，即翻越金珠拉（4570 米），至墨脱。

墨脱虽近在咫尺，却是遥不可及的地方。

当路经嘎隆拉冰川侧碛垄时，山地研究专家们毫不犹豫登了上去，站在上面能清晰地听见“咔咔”的撕裂声。

这个声音是冰层断裂的声音，表明脚下的冰川正在运动。

站在侧碛垄上观察冰川的弧形拐弯，感觉更壮观。

扎墨公路就从冰川弧形拐弯顶端的侧碛垄边缘通过。

2007 年 8 月 5 日，正值盛夏，树木枝繁叶茂，从嘎弄北曲口至 24K，公路在茂密的原始森林中穿行，满目青翠，赏心悦目。

8 月份进入墨脱和 5 月份进入大不一样，冰川雪水滋润的高山湿地水草茂盛，牛群散落在茵茵的草地上吃草。

24K 实际上是墨脱县在这里设置的一个接待站，主要为翻越嘎隆拉或进出墨脱的人员服务。

沿途有三个高山湖泊出现在眼前，这就是嘎隆拉山顶冰雪融化形成的冰湖，当地人称为嘎隆拉天池，像三颗晶莹透亮的蓝宝石镶嵌在山间，公路在它们边上旋绕。

这是三个冰碛湖，为冰川末端消融后退时，嘎隆拉冰湖挟带的石块砂砾在地面堆积成四周高、中间低的积水洼地。

没有见过的蓝，湖水折射出天空的蓝。

湖面水平如镜，没有一丝涟漪，倒映着山岩和天空的云朵，美得令人窒息。湖的周边是高山草甸，山坡上野花艳丽夺目，远处的山坡上发育着悬冰川。

在湖边的一处山坡上，开满了雪莲花，雪莲花周围还开放着很多不知名的小黄花、小红花。

高山雪莲是一种适应高山环境、具有抗寒特性的花朵，充满神秘之感。

如今嘎隆拉隧道打通后，进出墨脱再也不用翻山了，但路人也与山顶的冰湖等美景失之交臂了。

公路不仅很窄，而且崎岖坎坷，外侧是悬崖。这一段属危险路段，主要危险来自坡陡弯急和雪崩及冰雪路面等。由于嘎隆拉隧道（扎木端高程约 3780 米，墨脱端约 3650 米）的贯通，从 24K 到 52K 距离缩短了约 20 千米，所以 52K 现在应为“32K”。进入墨脱后的另一个感觉就是瀑布多，有的路段瀑布高悬在公路上方，汽车直接穿越瀑布通过。

52K 以下不远处的森林中，有成片的树木顶部都是光秃秃的，这是冬季大雪压断树枝甚至折断树木留下的痕迹。随后，进入山地灾害多发区，泥石流滑坡、落石、山洪等成为主要危害公路安全畅通的因素。从扎木镇到墨脱县城途中 80 千米的地方，里程数字比村名更响亮。

夏天，嘎隆拉山冰雪古冰川 U 形谷中的 52K，驻扎着 52K 的公路抢险队。

从 80K 可以进出波密，但因为是雨季，80K 到墨脱镇的路上泥石流、滑坡、山洪等灾害频繁，道路基本不通。

夏天结束，雨季过了，基本不再有泥石流等山地灾害，可以进出墨脱镇，但是嘎隆拉与多热拉又大雪封山了。

与蚂蝗遭遇是进入墨脱或者墨脱工作人的新常态。

墨脱的蚂蝗为旱蚂蝗，主要生活在草和灌木的叶子上。墨脱的蚂蝗外表暗绿色，大的身长有 3—4 厘米，一弓一张地行走，也会一弓后一张弹跳，雨后特别多。

蚂蝗没有吸血时，像一根牙签粗细，吸饱血后，最大的可有人的小指般粗。叮上人体吸血时，它会先分泌一种蚂蝗素，既有麻醉作用，让人感觉不到被叮，又有稀释血液稠度的作用，便于它吸食。

蚂蝗素能破坏凝血酶，使血液的凝结力显著降低，即使蚂蝗吸饱血掉下来，创口还会好长时间流血，所以它对血小板低的人危害更大。

蚂蝗身体柔软，拿在手里软绵绵的。它富含胶质，韧性很强，研究人员曾用协助工作的门巴人的腰刀去切割蚂蝗，但使劲切也没有切断。

崎岖的山路上，马帮作为一种运输工具，时至今日仍然是不可缺少的。

说到马帮，又让人想起了蚂蝗。蚂蝗不仅吸人的血，也吸牲畜的血。马要吃草，灌木草丛中蚂蝗多，蚂蝗很容易跳到马的身上。

马的皮厚，蚂蝗就找马身上皮薄或没有皮的地方吸血。

当地人亲眼见到的马帮的马匹，发现有蚂蝗叮在马的肛门和眼角吸血。

墨脱马帮的马匹真的很叫人心疼，它们既要负重行走在险峻的山林之中，又要忍受蚂蝗吸血，所以马都很瘦。

比起感受爱的能力的限度，人类感受幸福的能力显得更为有限。幸福和快乐每天都会消耗，痴迷一个地方总是像雪球一样越滚越大，而且常常会因为一些莫名的理由，或是没有理由，不远千里去往，无视路途险阻，无惧透支生命。

也许这就是去往墨脱的理由！

采桑的女人顺着河走了

三十年前跟着父亲坐班车路过沁河岸边的端氏古镇，车停下来拉人，一股黄尘荡进来，透过黄土缝隙瞄窗外，端氏的繁华在尘埃落定下丰富起来，小摊小贩在桥的两边，青菜萝卜豆角，桥下的沁河水清澈得一展到底。

扒开车窗居然可以看到带有颜色的河卵石，那些长成须的青苔在流水间快意地摇摆着，那一刻我很想下车买一个烧饼或橘子什么，口水在我的嘴里汹涌澎湃。

荡进车里的黄尘叫我激动，多么繁华的大地方呀！

我的一个本家叔叔就住在端氏西街，他叫葛王八。因为小的时候大人怕不好养活，起个赖名字神鬼讨嫌。记得很小的时候跟随父亲搭村人的驴车来走过亲戚，第一次见本家爷爷站在胡同口喊着："王八，王八，爬回来吃饭。"

那时候王八正是捣蛋的年纪，从胡同口出现的时候，一张脸烧红了半边砖墙。

三十多年过去了，没有再去走过亲戚，只知道葛王八青年时修自行车，中年转修汽车，是不是发了不知道，只记得当时问过他端氏有多大？他说："端氏大，有多大，没天边。"

我和父亲站在桥头等驴车，两只眼睛看不全端氏，然而端氏在我的眺望中诞生了幸福：幸福就是大，就是无知。幸福是自大、自满、无知。

葛王八在河道里，望着桥头上的我们喊一声："哥——"一步赶一步往上跑，我怕他跑快了喘不上气来，刚一张嘴驴车来了，父亲提起我放进了车篓里，赶驴人一声"得"，驴夹紧尾巴一阵风似的就把我带走了。

葛王八在父亲的视线内越来越小，端氏镇在我的视线内背过弯儿不见了。

端氏有多大？我问父亲："没天边在哪？"

父亲说：眼皮关生死也关没天边。

闭上眼睛时，我无法抵挡睁开眼的光亮，我不想关掉没天边。

端氏有多大？隋朝至元代它一直是县治所在地，千年兴盛，还一度为州治，用朋友的一句话说："红得尿血。"

兴盛就是大。端氏东依嵬山，隔沁河与榼山相望。古县河由北而来，至端氏汇入沁河；沁河由西而来，至端氏南折而去，留下一块三角洲沃地，端氏建于其上。

端氏是沁河的中游，是沁河流域第一重镇，是沁水的富庶之地。

沁河流经沁水县境内一百三十余里，自三郎始，至尉迟终，全沁河之锦绣，几乎全聚于此地了。光绪《沁水县志·山川》记："又西南数里，有嵬山，西下数里滨于沁河，而端氏镇在焉。嵬山与榼山东西相望，翠巘争奇，而沁河绕其中。故自端氏而下，二十余里之间，民居稠密，人文蔚起，灵秀所钟，盖不偶矣。"

一个"稠密"二字把端氏镇大到没天边的形容挤兑得傲慢十

足。

说端氏是旱码头，是因为它的声名在外。

一个人的声名，是这个人把本事亮给了世人；一个镇子的声名，是它神色不动站在那里饱经沧桑的模样。

其县治从西汉至元延续一千多年时间，既是沁河岸边最繁华的商贸之地，也是沁河流域的文化中心。倘若置换成视觉形象，热闹在起伏跌宕的吆喝声中激动了多少代人奔涌而至？

岁月让人们把钱财投向了广阔的社会，钱财散尽，声名与热闹比肩而行。

从端氏镇风格迥异的历史建筑中发现，摆布看似杂乱无章的镇，却无形当中构筑了无数个不同的视角，可以叫你想象，古人占地是颇具匠心的，不像今人，粉饰的斑驳仅仅能遮住骨子里的钢筋水泥。

还记得小时候往沁水县走时看到河岸上的桑林，稠密的树，阔大的叶片，日夜不息的河水，采桑的女子跟着水走。

那时候的沁河两岸家家户户养蚕。据说早在唐代，在古老的端氏东街就集中着众多的缫丝、织绢等手工业作坊。后来，才有那些和人们生活生产有关的粮店、日杂店、骡马店陆续发展起来。

耕种五谷得以食，植桑养蚕得以衣。

“遍地罗绮者，不是养蚕人。”养蚕人没有衣穿罗绮的奢侈，他们穿棉花线做成的粗布。

蚕商起源于皇帝元妃西陵氏嫘祖，嫘祖是在中条山的夏县发明蚕桑业，考古学者曾在夏县发掘出半个蚕茧化石。

沁水临近夏县，翻过历山就是沁水，通婚通商，蚕茧是神赐给这一方土地上的幸福。

因为打丝，端氏镇整个秋冬季节，大朵大朵生丝一样散乱在天空的云朵因水雾积聚着，家家户户逼仄狭小的地锅前，蚕茧在铁锅里煮沸，一双手逗弄着丝线，一同逗弄的还有日子往前走的热望和奢想。

青雾在端氏镇上空歇足，一路顺河而来的乡民，抵达端氏镇的脚步是散乱的，当他们看到端氏镇上空吊挂的青雾时，他们的步履不由得飞快起来，同时还有加速的心跳。

硕大的云影落在沁河里，有骆驼驮走打成麻花样的生丝，有人见过八驮的驼队，麻纸、盐巴、生丝、药材，小山头一样沿着沁河一昂一昂走远。

因为打丝，端氏的声名在时间之外延伸，无比广阔。当年哪家女子出嫁，娘家人不来端氏买几床洋红缎子被面？

有老人还记得1958年在端氏村小河西筹建端氏缫丝厂，正是大闹食堂、大炼钢铁的时代，东西沁河两岸的女子进厂大闹生丝。1960年建成投产，当年生产十九吨，经上海商品检验局审定达到了3A+38级梅花牌厂丝。桑叶用来养蚕，桑皮用来做纸，沁河畔手工捞纸作坊开有十几家，原料大多用桑皮、绳头、麦秸生产绵纸、土纸。有人计算，三个捞纸池，每天可生产2×4白绵纸3捆，每捆折合小米五斤，年生产总值折小米一千三百五十斤。1944年春，端氏河北自然村捞纸池有八个，年产量三千一百二十捆，年产值折合小米一万四千斤。

小米是北方人们日常最主要的粮食，从生养的女人喝下一碗谷子水开始，小炉台的砂锅里小米熬出的米油子不仅养月子里的女人，也养奶水不足的子孙。小米，金黄中浸出光泽，温软、厚实，甜香沁鼻，有了小米，其他农作物都淡了。

有很长时间端氏镇人因为缫丝来钱快，谁家还种庄稼！

沁河两岸人只有最没有出息的家户才种庄稼。

米香让端氏每一条街道的犄角旮旯都朴素而温和，但是，在生长的时间里那些腰身笔挺、横眉竖目的人依然不是种地人。

有了蚕茧，谁还舍得大片的土地不去种桑树。

盛夏，细密的纸浆铺陈在沁河岸边，被光芒铺亮，一种气味在空气中走得晃晃悠悠，明亮的、冷艳的，在固定的地理位置上以自己的方式变化着四季的不同色彩。

端氏因为蚕，成为最锦绣的地方。

端氏镇的浪漫以一种燃烧的姿态装饰了举目远眺的“没天边”。

手工业的繁华如现代文明一样，极易抵达的热闹瞬间开始了。

再一次走进端氏，“萧瑟秋风今又是”。

在端氏桥上遇见一位干瘦的老人，岁月抽干了他的生气，他挽着篮子，篮子里装了花生，他想绕开我，桥并不太宽，但绝对不窄。

晚夕的光尘包裹着他的身体，他的躲避无用，我迎上去，我只是想买他篮子里的花生。他说话的时候，我看到他眼角的泪往外渗，他说：“人老了，得了风眼，见不得刮风。”

站在桥头上说话，往来的车辆呼呼呼，一股一股煤灰袭来。

老人说：“自从有了高速路，这路上的拉煤车就少了，煤把乡下人毁了。”

话到深处老人还记得端氏镇有“复兴楼”，金银首饰制作店铺兼营丝行，有“源顺祥”布店、“资源和”布店、“同兴和”烟坊、“聚汇源”烟坊、“育合昌”油坊、“源茂公”油坊、“复兴昌”麻铺、“东顺合”油坊以及染坊、糖店、药房等等，当时在城东从郑庄、朗必沿沁河至西古堆、东西峪、十里至柿庄河、玉溪河，从端氏以下沿沁河至阳城县的广大地区均为端氏商业的贸易市场。

相应而起的饮食、旅店等服务行业也增多。老人说，当时端氏进出商品以绸缎为大宗，以油品、粮食、黄丝为多，仅端氏粮食市场日销米、麦、豆、芝麻即可达百余石。

那时流行着：“梳分头的不戴帽，镶金牙的见人笑，戴手表的露手腕，穿皮鞋的挽裤脚。”

多少人路过端氏镇都要住下来，旅店里养了“姑娘”，姑娘们个个儿风姿绰约。站门的姑娘常叫男人感受到一股春风迎面涨潮来，他们为此痴狂，好端端的人就骨软腿酥了，不在端氏逗留几天就不叫“出门人”。

那时去端氏镶金牙成为一种时尚，两颗大而鲜明的金牙，天光下一忽闪一忽闪的，紧挨着吐出的话，听话的人能听见金属和气息之间那一声呼哨声。

老人豁牙露口讲故事，牙掉完的时候即将把他的生命带走。

想象不出他五十年前的青皮后生样子。黑干细瘦的手指着桥下的沁河，生命在岁月和欲望的摧残下，河水已经失去了优雅和尊严。

旱码头也有冷下来的时候。

当热闹满溢出来，社会仿佛被一股粗莽的力量牵扯着，来得太容易的私利像一地无法聚拢的心事，人心不足蛇吞象，当伸出去的手无法收回来时，沁河记忆里是否藏着曾经染绿过的河岸？

老人说，听过去的人讲，1916 年“东裕合”盐店缺斤短两，被群众抓了秤杆，当时聚众闹事的人有几百人。“东裕合”盐店是端氏望族贾家背后支持的盐店。贾家长子贾景德是阎锡山的红人（秘书长），出了这种事是要叫人妒脑凹的（指着脑袋骂）。

自古官家就好在自己的官位上兴风作浪，人家一句话，河东盐运使便要求仓销阳城、沁水两县盐务，随后立马关门。

后来贾又在端氏开了“积成厚”盐号，总号就是现在端氏的盐店圪洞，共设四个分店，他怎么去台湾的，不给阎锡山上号（行贿）他能过了海？不在生意上做鬼他能上得起号？从来都是：“官商一张嘴，两张脸一个屁眼，屙！”

老人的言谈固执而决绝。面对政界的腐败瘟疫和商界犯罪之潮，似乎官商结合才是成功的强有力手腕。

在城市我们能看清什么？去看看乡村的破败，从前狗见了陌生人，叫得很凶，现在狗看见陌生人打远处一脸和颜悦色，人一走近和它笑就能把狗笑跑。

一条老街悄无人声，一座老屋黯淡在怀旧的惆怅里。

狗多么热望门前的热闹啊。

从前的狗叫声点捻子似的，一串响儿引爆一村的屋檐，檐头飞花，村庄的幸福是一种背景，世俗在灵动的青山秀水间，寂寞下来的一个“闹”字因狗叫爆了。

世事更迭的无奈，一镇子的古物都叫现代人敷衍过去了。人的习性自古都是一样的，权利面前人都喜欢自顾自地表演，可是，古时候啊，那住那行那日常那诚恳，所有发展都是围绕着耕读传家理想家园开始的。

现在的人真是一群演技高超的演员，好端端把村庄搭成了布景。

我和老人一起往镇里走，想去看看贾景德的住处“贾谷洞”。

贾景德故居坐落在镇内东西老街之北隅。由于其父辈在清朝为官，属于当地有钱有势的大户。1934 年，贾景德任太原绥靖公署秘书长时，回家乡大兴土木建筑“贾府”，同时整修祖茔并亲撰墓志铭。除了贾府，端氏还有南门里、聚江园、史家院、曹家院、贾宅院、大花院、盖家院，这些富贵都尘封在往事中了，任由观者的眼睛与想象力天马行空地去感受，我看到了什么？除了乡愁，我什么也找不到了。

书上说由于战争及历史原因，临街的豪华大牌楼和许多建筑已被毁。现仅存一院三排古式砖木结构的房子，以及人称“贾谷洞”以北的一座门楼。房子均面阔五间，进深两间，青砖砌墙，屋顶复素板瓦，从外表看显得古朴大方。院东南仅存的门楼，为歇山式屋顶，上置琉璃青瓦，斗拱相叠，美观精致。可惜门两侧的石鼓、石狮子早已不存，但仍能显示出当年官宦人家的威严和气势。

走到这里，记忆突然复苏了，若干年前我来过，王八叔叔家在拐过去的那个弯道里。

王八他爹我的爷爷，一个会唱戏的老艺人，他作为贫下中农分下了贾家一座偏院。他唱上党梆子，专攻大花脸，一生尝尽江湖之险恶、艰辛，甚至屈辱。

外头传言他底功瓷实，每到一处演出，常常有掌声潮起的场面。

老人说他认识王八，说他不如他爸，他爸在世时是个硬人。

传说有一年夏天夜里赶戏，剧团拉行头的毛驴车走到贾家的坟茔前突然有老者出来挽留唱戏，青花瓷盘里放着金元宝，哪有艺人见了不眼馋的。随即扯起大幕，演员化装，台下的男男女女老老少少叽叽吵吵乱开了。

这边厢因为赶台口路过端氏王八爹留宿在家，想着明天晚上的夜戏不误，正在炕上睡囫囵觉，那边厢剧团差人来隔窗叫王八爹快快起床。王八爹随来人赶往舞台前，一时想不起来这是哪个村庄？来不及问就被团长按在了化妆桌前。

大花脸几笔勾成。戏是《秦香莲》，他演包文正。陈州放粮途中遇见状告陈世美的秦香莲，王朝马汉上场，包文正手拿马鞭，一捋髯口二道幕穿一袭黑蟒袍上场，不等第一句唱开腔，他突然发现台下之人个个都是骨头架子，叽吵声是沁河的哗哗流水。

包文正在舞台上大喝一声："小鬼作怪！"霎时灯灭幕谢，一干人待在一大片广阔的河滩前。

说假如唱下来会怎么样？老人说，到最后都落进沁河喂王八。

沁河曾经是有王八的。王八是河水的寄宿者，也是河流的生灵。什么时候我们的河流少了王八呢？

在 1958 年"大跃进"期间，端氏村就开始安装锅驼机，提水灌溉。引北城后河水沿村中到南头挖池蓄水提灌，当时只能浇三十亩土地。延续到"文革"后期，从 1968 年开始正式建立高灌站，到 1975 年已建立十三座电灌站，挖建大型水池六个，最大容量为一万立方米，最小为一千二百立方米，加之曲堤水轮泵站的东灌区灌溉，全村当时两千亩土地全部实现了水利化。

沁河两岸何止一个端氏镇在实现水利化？做机砖、炼铁、挖煤，人开始与土地疏离，与河水疏离，与村庄疏离，疏离使人对大地的感情萎缩，谁能喝住虚荣的野心？

有时候想，一个村庄的繁华一定要看它曾经拥有了多少庙宇，端氏最早的庙宇是寨上的庙院和法门寺。明、清两代，又修有汤王庙、城隍庙、端阳祠、文庙、南佛堂、铁佛寺、关帝庙、黑虎庙等八大寺庙，分别坐落于镇内的东、西、南、北、中。而且在镇的东街，还修有大、小两座阁楼，分别矗立于古街的南北。

由于古镇寺庙的不断修建，使城内街道逐步形成了完整的丁字形布局。

当年的端氏是活在规矩里的。

可惜数百年的岁月流逝和村镇的发展，毁坏，从诞生之日起就构成了重而有力的刺激之能事。每一个朝代，每一个运动，每一项手工业的遗失，每一次推倒重建，因为明天的到来从未有过时，甚至还颇有可发展的前景，因为它的爆发力和宣泄的合理程度，都来自人的身体内部，摧枯拉朽。

有时候只是扭了一下头，连叹息都没有，一切就都变得萧瑟了。

繁华永远不能战胜造化的轮回，利欲呢？都在沉默的大多数里蠢蠢欲动。

选择秋天走进端氏镇，喜欢秋天的繁华，喜欢看剥麻晒蕨的农人，喜欢檐头下挑起的新剥下的玉米棒子，喜欢破败糟烂摇摇欲坠的老屋。

天黑下来时老人黑得像一截木桩，寂寞地站在寂寞的端氏镇，像入定的老僧，他已经无奈了。

端氏镇，曾经有过的消失对于我有一种割肉般的伤痛。

街巷深处

隐于历史建筑之间的小巷是幽寂的。

你可以忘记在村庄生活了多少年，但是，你忘不了小巷。小巷的魅力在于其切割了村庄的空间层次。灰黄墙壁夹出的一路青苔，漏出的一枝绿树，一举睫、一闭目之间是寂寞的，总觉得身后拖曳着明明灭灭的故事，你也不知道为什么会那样，所有都扎根在了记忆里，并将成为永不重复的往事。

如今的巷子只是排房之间的过道，像乌龟的腿一样短。

巷子是家宅之间的路，家宅是当时人们最重要的财产。

大规模的宅院是有钱人彰显身份的方式，越有钱的人巷子越幽深。

村庄的过渡空间在完成高度变化的同时，也完成了使用功能与私密程度的过渡，更完成了院落生活与街巷生活的相互渗透。

如果拿杨盖儿《交往与空间》所论述的标准来评判，巷子是有活力的完美街巷。多少年之后才知道，有钱人喜欢建造串院、三合院、四合院，所有的方向上有建筑围合，屋后通往别院的路就叫巷子。那些巷子大都是由各个院落退让形成的道路，随村庄生长而自然形成。

巷子也是院落与院落之间内部的道路，有时候巷子里会放一根长木头，许多人走过会知道这根木头是谁家的，长在什么地方，或引申到那家人更有意思的生活情景。

孩子们会在那根木头上望着巷子口，自己家的大人会是否出现在那里。

旧时代的巷子在晚夕中常常拽着怕，有一种情景在身后，一滴水、一束阳光全都在巷子的尽头。黄昏眼乱的时候，有人扛着一捆草走过，草擦着巷子的墙，孩子们便开始进入想象：

有一个白衣女人，她的名字叫“鬼”。女鬼走过，裙裾擦着地面，人听不到她的声音，当听到声音时，看不见她人影。

就这样，黄昏的巷子是一段没有人敢走的路。

有些传说都在王姓家族那棵老槐下开讲，月明在槐树的枝梢间，月明走开的时候，似乎身后的那条巷子永远都不再有人走过。

人喜欢在河流的避风处居住，河流不会留下人的脚印，多少年自然界万千气象都是河流生出的。记忆是孤独的。当村庄将一个人带回从前，更多的时候是巷子里走动的图画。

麻雀飞离树梢，墙头上两只猫望着叶片一样扬走的麻雀心怀难过，而它们爪子下的村庄的繁华，是巷子连成的。那些自然街巷和非规划街巷是走向外部的道路，共同构成方格网式的道路系统，连接各个院落，在院落之间进行交通疏导。

女人在旧时代都长了一个模子，杨柳身材，薄嘴皮樱桃大小，杏核眼淡眉毛，一袭锦衣，走过巷子，一束青白色的光颤颤的，能挑逗出巷子的轮廓。

过去的巷子是密闭的，女人专供通道，可以在巷子里随意行走而不会阻挠。巷子是女人的生活场所，你可以去交往、去拜神，巷子的长度是你满足的长度。巷子的自发性和控制性相互统一、融合的过程中有男人的规约。

那些自发性都是先于控制性的。自发性大体是指在村落整体格局的形成过程中，道路不作为主体目标进行规划和建造。这种自发性的过程是明显区别于现代化规划过程的。控制性则指道路经过微观的调整，包括路面铺装、人们在修建房屋时有意识地与邻居房屋退让、房屋建成后为保证道路的使用相应地调整和改造等。

男人一直企图改变这个世界，他的改变从内部开始，因此，街巷最初都该叫宅内路。有如此规格的村庄大都出过富贵人家。富了贵了，最后告老还乡，一是要告慰自己的祖宗，再是要告慰乡党。人活着就该是来世上扬名的，人一生只是为了炫耀而活着。从古到今，有很多人前仆后继地探寻和追寻一种大同世界的乌托邦梦想，只是我更喜欢旧时光。

在沁河岸边的上庄村看到一条水街，街门楼永宁闸上所题“钟秀”二字，是对水街最恰当的形容。水街的灵气源于自然的河流形态，水街的端庄来自两旁沧桑的历史建筑。当地有人喊它“巷道”。水街的空间特质独特，从形态上看，称水街为“庄河”似乎更恰当。

它的魅力源于再现了村民的真实生活。

村民在水道里取水、洗涤，在平台上聊天、吃饭；大人们相互调侃，孩子们奔跑嬉戏。

假如没有预设，这些活动似乎更适合发生在巷子里。

建筑与街道之间存在一个过渡空间——巷子，同时为创造有生活气息的水街提供了物质环境主宰者——人。

看到这些美好时，对于这个村庄，我是一个局外人，不管自觉还是不自觉，它曾经的风情气韵已经进入我的眼睛，激荡起我的感官喜悦。回想它的从前，那是一个有着诸多隐秘的从前，它的水流声里有一条条生命游动，性急的孩子们等不得伏天到来光溜溜地早已跳进了有水的巷道。

岸上的女子，你的手臂白皙凝脂，你的脖颈如玉兰花开放。那些充满人间烟火气的大院，院门开合之间一张生动的脸探出来冲着河道喊一声，要巷道里的小心瞧着，看鱼儿咬了你裤裆。

雨天来临时，人坐在巷子的廊棚下听雨，猫啊狗啊的，一巷子蛙鸣声浮起来落下去，月升月沉，那些享受过这样好日子的人真是有福了啊。

朝思暮想，是欲望把我们的日子翻得断了线了。

在村庄，人们没有街道的概念，除了巷子，就是山沟、河道。村落中大多数建筑沿河道修建，也成了村庄的轴线。水街是自然形成的，因此，它没有中国传统中轴线的形式，当然也不具备中轴线的意义。村民告诉我，1980 年前，它虽有黄沙满河，清溪中流，很浅，还能叫水。20 世纪 80 年代末期彻底断流。眼下河道里堆满了建筑垃圾，那些建筑垃圾都是水泥材质。原来的宅内现在成了宅间，于规划街巷逐渐成为外部道路，拆的拆了，谁也没有说不对。巷子内我看到成群结队的苍蝇，一只屋脊上的兽头跌落下来，它的眼睛鸾铃一样，呼吸似乎已经很困难了。

成长是一条无比艰辛和充满未知的道路，成长又是很愉悦总有快乐会在明天发生的迫切心念，成长是要有代价的。

同时，成长也对你宣布，就在此刻，生活和历史开始了并且结束了，你什么都没有觉得，连体验都谈不上。人在欲望、诱惑、无形的逼迫、生存原则和价值观的熏陶中慢慢变得功利、现实，然而，经过时间的沉淀酿就的洇了黄的旧时代，我们再也拽不回它曾经的绝代风华。

看戏去

想起四月便想起桃花挑开的月色，一壶热茶退隐到呼应的气息之后，一群女子挽腰搭背吆喝着看戏去。

戏在民间，让历史有一种动感。大幕二幕层层开来，开，好端端的历史开合在人间戏剧里。乡间的风花雪月都是在舞台上和舞台下的，舞台上的行事带风，一言一行一招一式，都程式化，“上场舞刀弄枪，张口咬文嚼字”“台上笑台下笑台上台下笑惹笑，看古人看今人看古看今人看人”。

《三堂会审》剧中苏三受审那场戏，潘必正问：“鸨儿买你七岁，你在院里住了几载？”苏三答：“老爷，院中住了九春。”刘金龙问：“七九一十六岁，可以开得怀了，头一个开怀的是哪一个？”苏三答：“是那王……啊郎……”苏三那兰花指一跷，那些花荫月影下，照他孤零，照奴孤零，轻弹浅唱出奴给你的温柔就全部洇出来了。那是“情”之一字贯穿古今的热闹啊。兰花指，挑拨岁月的一种味道。兰花指，纤长而优雅，举手投足间便有了一种情绪、欲望的指向。我极喜欢那一跷。在古代，跷兰花指是男人的专利，是他们显示男子气概的标志，如今，男子极其单调且流于僵直的手势，怎么看都缺失了一种内敛的气质。

戏是用来教化人的，看戏的人很会看出戏剧人物的深刻。生活中的吕不韦是大流氓，流氓的行径都出自一个套路，偷而奸。说他是大流氓，是因为他钓得一个难得的女子，这个女子生了一个皇帝，不是一般的皇帝，是始皇帝。好像没有后来者，有偷而奸者，没见生出过皇帝。帝王家的史料并不能直接产生艺术感染力，它必须经过戏剧化转换之后，才能作用于观众的情感，吸引观众的感性关注。

真或假？“以史说为内核，以戏说为外衣”，说是“戏”，可人人都相信始皇帝的爹就应该是吕不韦。我一直觉得吕不韦之后再没见过超越他的商人。吕不韦画像中，大多把他画得很丑，奸诈干瘪的瘦老头儿，太卡通，有点无厘头。人不及的人，都会产生厌倦、妒忌，站在矛盾中，以虐待来享受那些优秀者。其实，古时选拔干部大都要相面的，做生意也一样。戏剧中的吕不韦和始皇帝相比有极大的反差，很戏剧，反而有点伤了历史的筋骨。

除了演绎历史，戏剧脸谱也好看，来源于生活，也是生活的概括。生活中晒得漆黑、吓得煞白、臊得通红、病得焦黄的人脸，在戏剧中勾勒、放大、夸张，成了戏剧的脸谱。关羽的丹凤眼、卧蚕眉，张飞的豹头环眼，赵匡胤的面如重枣，媒婆嘴角那一颗超级大痦子等，夸张着我们的趣味。不管怎么说，历史都是一张面具，戴着面具离审美才会很近。

上海有一位艺术家，因人权问题，常没事琢磨把秦桧弄得站起来，不管缘由对否，这不是拿棍子在广大人民的精神心理积淀层搅乱时局吗？戏剧是啥东西？就是老不正经。

早几年我在京看人艺一台话剧《俄亥俄小姐》，是以色列重要剧作家、导演、诗人哈诺奇·列文的作品，讲的是一个老乞丐，一辈子都梦想找一个高档次的美国妓女——俄亥俄州小姐，共度浪漫良宵。70 岁生日这天，他决定送给自己一件可以安慰一生的礼物，可由于囊中羞涩，他只能找一个街头流萤纾缓一下饥渴的灵魂和肉体。戏剧就这样不正经，一面是美好的理想、崇高的理想，一面是肮脏的现实、卑琐的行径。剧作家的本事就是在充满矛盾和多样性中并不惮撕开来给大家看，让你笑，让你哭，让你感慨，让你妥协。戏里演绎的看似生活，实际是梦幻的殿堂。

从前的舞台上没有麦克风，声音不装饰，将自身作为人物的一部分，尽量让音乐从人烟当中响起，热闹糟乱到极致，现在不是了，梦幻多变的灯光让戏剧花里胡哨。我很迷恋戏剧里的戏文，有时候听一段唱，不无寂寞面对着空无学两句，在一个时间段，我觉得只有戏剧才是人性的，看电视，我只看戏剧频道和少儿频道。《功夫熊猫》看了好几遍，每每琢磨熊猫有那么细小的一个爹就想笑。美国人居然如此理解了中国的戏剧化。

历史上乱世英雄，都是来历不明的飞贼，都是由戏剧演绎出来的。

《苏武牧羊》里苏武，一身单薄的青衫，天地苍茫间，大片的雪花飞落在他身上，他手握那根汉使节杖，那一声“娘啊——”会叫我难过好久。再看那演员，一切酸苦都隐藏在那副严峻的面孔后面，一身单薄，一身骨节，一个最有意志的人，一身尘埃，一身岁月，世间没有一个人能从精神和信念上战胜他。幸福是一种心境，我刻意追寻和揣度的苏武应该是一个真实的人。有一段时间，苏武就是我喜欢的那种男人的样子：瘦、高、耐冻，最主要的是有一颗满怀对君王无限忠情的种子，生长期间宁肯让自己的世界变得狭小。历史中有些人物天生就是来入戏的，现实中真要有那样个人在，爱起来怕也吃力。

看戏多，且老与乡间观众坐在一起。戏看进去才有味道。看戏看热闹，台下的看见哪个女子水灵了，一涌一涌，涌到人家跟前，拉人家手一下，有些时候两个人就往庄稼地去了。生活和戏剧一样，只要能动情，合理性也是要大胆忽略的。舞台上唱到激动处，舞台下男人们沉重的咳嗽，妇女们尖利的噪音就小了。苏武牧羊，贝加尔湖的北海，那一声异族的声音响起："你什么时候能让公羊生下小羊，我就放你回去。"就这句为难人的话，我就觉得苏武就是整个汉朝的气节。看到这里台子下常常是嘘声四起。

戏剧演奏乐器里我最喜欢二胡，真要能配合上演员的唱是板胡，各个剧种有各个剧种的头把。京剧里有京胡，两根弦，拉出来的音千娇百媚。我无端地喜欢悲情的东西，二胡很适合对我煽情。现在戏剧乐队里增加了许多西洋乐器，只是还没有钢琴。舒伯特和托赛里的小夜曲也好，但我还是喜欢二胡。克莱德曼的钢琴曲也好，比较下来，我也还是喜欢二胡。我根本就是个山汉么！小时候，家里喂养了一头猪，生了小猪，不知何故不愿意喂小猪奶，我爸用他自己做的二胡在猪圈上坐着拉，狗脖子竖着，不能发出正经音调，我爸拉了一段梆子戏哭腔，那声音灌满了整个村庄，那段曲子拉完后，母猪主动靠墙躺下叫小猪吃奶。

人养一个定乾坤，猪养一窝拱墙根。猪是家庭中最没出息的家畜，也懂得艺术。我认定是二胡特质的美感动了母猪。

戏剧乐器里没有箫，有笙。汉人的箫极好听。比筝和古琴都早。是否与剑和简书同一时代产生？箫是竹子做的，很适合淡薄仕途的人吹奏。也有神仙眷侣的戏中出现箫，但只是一段落落寡合地吹，不和众多乐器合奏。徐悲鸿先生画过一幅《箫声》，作于20年代，那幅画很唯美，据说画中的青年女子是他的前妻蒋碧薇。朦胧的色调下那个吹箫的女子很娴雅，有云端的意境，犹如遥远的天籁。箫的独奏名曲有《妆台思秋》《鹧鸪飞》等，很适合月下或空谷里孤独吹奏。不知为什么，我一听箫音就感到山水要起雾了，大概箫声中有古典文化气息吧，喜悦和哀愁都是淡淡的，有一种含蓄的内敛。箫有安详知足、与世隔绝的大美，辽远空阔，但我好像没有见过在麦地或稻田里吹奏。陕西出土过一种乐器——埙。陶做的，粗粝，不匀称，甚至有些变形，吹出来的音也很古远。戏剧里的乐器是可以进入岁月的，凡是能入了岁月的东西都很适合生存。能存活下来的入了戏，存活不下来的，只能停留在某一个时期顾影自怜等待入了小说中的传奇。

舞台是一扇窗户，如果你是演员，你可以由此而向外观望；如果你是观众，舞台是四维空间，它是你选着观望历史和现实的途径。不知为什么我特别喜欢看《两狼山》。《两狼山》是杨家戏，由杨家衍生出来的戏很多。杨家的男子、女子，就连风烛残年的佘太君最后都要向她的国家交还一把骨头，有大国子民的气魄。杨家戏在舞台上用得最多的是马鞭，马上马下，奔波于疆场要依靠的是他们强悍的马匹。马是龙的近亲，工业文明没有到来之前，农耕文明推动了战争，良马可以使萎靡的军队振作起来。

我的一个本家爷爷喜欢唱戏，也算民间把式，唱《两狼山》里的杨继业，唱到《苏武庙》碰碑那场戏，台上台下遍地哭声。盖世英豪，撩起征袍遮面，一头向李陵碑碰去！叹坏苏武，愧煞李陵。苍天啊，泪雨漾漾，洒向人间都是怨！

我的本家奶奶，性子滚烫，地里做工不输男人，搂茬割麦、打场，没有人敢把她看作女子。家里也是一把好手，做黄豆酱、腌萝卜芥菜，捎带做醋，日常生活拿得起，还要赶会，看丈夫唱戏。有一年看丈夫唱《两狼山》，在台下看到丈夫碰碑而死，她托小腰，一步三晃，走上舞台递一罐头瓶泡了胖大海的水给她的丈夫，台下笑场。

人间纷扰，形形色色的诱惑比仙界多得多，白蛇变化成白娘子下凡来了，想过人间的日子，说白了，是下凡找性爱来了。《白蛇传》是佛和俗展开的内心搏斗和尖锐的世俗交锋。人生会有这样的世俗情景，它需要某个人成全某件事，假如没有法海，一本戏就泄了；假如没有许仙左右摇摆的性情，两个人的爱情则无戏可演。断桥是《白蛇传》里的重要背景，背景对于剧情有非常重要的凝神作用，极大地形成了故事的向心力，告诉我们爱情是在雨中诞生的。一把伞是道具。下雨的时候，关于天空是什么颜色我好像觉得就是灰蒙蒙的，伞下是什么颜色？是两个人的气息。气息之下呢？是一层雨水，摇曳着无数的雨涡涡。昏沉沉、冷飕飕、脏兮兮、湿漉漉，而这是尘世里才有的东西，云朵之上谁见过有雨？

戏剧就是这样，在熟识的世界里尽量叫你感觉陌生化。

西湖最美好的季节是秋天，道路两边长满了粗壮的金桂树、银桂树，地上星星点点，树上爬着一遇冷风就射尿的蝉，蝉鸣声却很有感觉。白蛇就在此出入。我一直不喜欢许仙，没有啥好喜欢的，动不动就来句："啊呀呀，娘子救我——"倒得牙一嘴口水。

戏剧讲究"无巧不成书"，一个"巧"字，就有戏看了。我喜欢去恭王府的戏园子，它暗藏着青砖莹润内敛的霸气。享受在演出中，有昂贵的欲望，那是和珅的府邸。嘉庆四年正月初三太上皇弘历归天，十日后嘉庆褫夺了和珅军机大臣、九门提督两职，抄了其家，估计全部财富约值白银十亿两，相当于清政府十多年的财政收入，所以有"和珅跌倒，嘉庆吃饱"的说法。在这样的园子里，喝茶嗑瓜子听戏，一时间觉得很知足，历史的政治舞台上自己的当下也有了几分出息，从前，死后的鬼魂都进不了这戏园子。说实在的话，去恭王府听戏，我更喜欢享受夜晚走过那胡同的幽暗。

我在恭王府听过一次古琴演奏，如裂帛，撕开丝绸的感觉。觉得古琴是接近古人的唯一路径。听音，听的是山水、是胸襟。陶醉，醉的是寄寓、是心曲、是志趣。朋友说，古琴有点孤寂冷涩，有点不近烟火。仔细想想也是，少一些意浓姿逸、人心世情的气温。本来嘛，清风月白之夜，一曲《广陵散》就是鬼交给嵇康的。竹林七贤中性情最真的一位，也是最有骨气的一位。一进境界，则魂魄升腾。那一晚我听了《仙翁操》《秋风辞》《关山月》，听到最后忽想起“清风明月不用一钱买，玉山醉倒非人推”来。古时还有两种乐器叫“瑟”和“筑”。瑟无徽而有柱，是二十五弦，李商隐的“锦瑟无端五十弦，一思一柱思华年”，现在也无法争清楚是瑟五十弦，还是人五十寿。至于“筑”，现在也只有《荆轲刺秦王》里高渐离在易水河边“击筑”送行了。每一次听琴，我都要焚香打坐，全身心进入，想那些曲子背后的戏剧故事，仿佛自己穿越到了古时。

我不喜欢大红的艳，比如，看谁家客厅有一幅那样的红梅，会极其不舒服，不想停留，看戏剧舞台上那艳俗反倒喜欢得不想动步！生动的色彩，是民间的，我赏读它们时会心生一份稚童的眼光，觉得世俗是喜人的。戏一开场，锣鼓家伙都不安分了，金枝欲孽都摇曳在舞台上了，让我眼睁睁地醉下去，醉在快要被人遗忘的戏剧里，到最后遗忘了自己，才好！

崂山，人类共处的天堂

海成为汪洋统治下的殖民地，除了两栖动物，那些不会游泳的植物则在海中换肺为腮，急促地呼吸，让海面升起一串串快乐的泡泡，水鸟划过海面，潮涨潮落，于是，海面上裸露出了岛屿，被海水冲刷得白净的石头，从很远的地方看过来，明显感觉到了海的过往。

海退去的时候，石缝里的腐殖开始滋生水之外的生命。陆地，隆升，日日铺陈出连天繁草、连天的白云。

在此之前，我们是否看见过如此融洽的自然？从容不迫。人作为侵入者的热情，且执着得厉害；被侵者是安静的，且透彻得不张扬。在理由不充分或者契机没有出现的时候，连接陆地与海洋的地方出现了一条小路。

海是东海，裸露出的岛屿叫牢山。一条小路通往一座道观，通往一座渔村——青岛。

这是我们经验之外的想象。

长夜过去，炊烟再度升起，阳光普照，当牢山成为崂山时，天色、草地、树、藤蔓、道士，崂山成为流浪心情的去处。

确凿地显示在记忆中，从而把那些纷至沓来的人与事牵引到眼前来。如果没有人，我想一切都会是静止的，生命变化也不会发生。在时间之后，天色会交替、草地会枯萎、树会老去泥下、藤蔓会落入海中。是的，只有海，无论风来还是不来，它都活着，而且一直年轻。

远望，胶州湾的海平面在暮色中泛着蓝光，海面上有星星点点的船影，崂山在近处，它就像静谧而神奇的处子。我们坐在青岛龙盘海洋生态养殖有限公司的船上，回头看身后，海退去，波涛呈现流线型，层层叠叠，一起一伏，消失在最后的浪里。

任何一个地方的美好都接近风俗画，与挽草而居和浪迹天涯对立而生的是这个地方的传说。我们必须承认，崂山道士和一个叫蒲松龄的人有绝妙的关系，他是崂山道士走往世人嘴里的同谋，也是崂山太清宫财富和享乐的同谋。

中国的名山大川是没有普通人的，比如说蒲松龄笔下的道士，在崂山他可以学得穿墙而过术，入了红尘只能是碰壁。老故事翻新，永远讲不够。

一生无缘功名的蒲松龄选择了走创作之路。蒲松龄写鬼怪，离魂还魂、死生相易、阳赏阴报。他的路数与其他科场失意的人不同——柳永要把浮名换做浅斟低唱，李时珍落榜后改行学医，洪秀全领导农民起义，像曹雪芹干脆无心仕途。有的人站在科考之不归路沉迷功名，科考失意的人站在人性守护的高度鄙视一切。

景因人显，站在“穿墙壁”前想象那个月夜。沉迷、孤独、焦虑与恐惧是需要人来分担，或者分担他人。人生无非是一直在寻找改变的契机，在理由不充分或者契机没有出现的时候，入崂山看见了海市蜃楼，看见了道士穿墙，于一介落魄书生而言，犹如看见了水涨自满的河道，看见了炊烟升起和阳光再一次普照。

岁月何其长又何其短。日月云雾一天也不曾离开过崂山太清宫古树，弯弯曲曲的山道边，也总有灵兽的足迹，海市蜃楼匿藏在静如明镜的海面，月影下的崂山和崂山道士写作者蒲松龄，一个独自沉醉、惆怅的写作者，他操劳着他的功名。没有人可以洞穿人生厚壁，他眯眼看人世，人世混乱而无道，正如那一塌糊涂的历史，很寂寞，处盛世而无为，自己对自己的灰心，冷眼看世间闹哄哄，终于在太清宫看破了机关。

神秘都是人自己做出来的东西，记忆总带有感情的色彩，那一刻，我能想出蒲松龄在月影冰气沁人时的不舍离去，喃喃之音立刻笼上浓雾，被醇酒融化的眼前，经过了岁月和文字的强调，道士穿墙便有了某种凭据。

而所谓的后来，让更多的游人停留的地方，只是一景而已。倒是太清宫三官殿院中那棵树龄六百多年的山茶（耐冬），被后人称为青岛树龄最长的名叫“绛雪”的树，因了《聊斋志异》中《香玉》篇的主人公而闻名于世。

蒲松龄一生游览的名山大川有限，但充满神秘色彩的崂山毫无疑问是他最情有独钟的地方。道士穿墙，穿墙过后想要干什么？无非是写人间百相，人生白驹过隙不过一场杂耍而已？

崂山的太清宫已经不是从前的样子了，那些树还是。

树是另一种形式的生活史。

攀过院墙的青藤，梅开得冷冽，暗开的窗户，门前高大的银杏，石楠、圆柏、黄杨、乌桕、紫薇、楸，树的脸折叠着规则的时间的皱褶，青苔吸附的人声，由古至此。风在高处吹，冬阳照着秃枝，山茶（耐冬）开得嫣红。

对生命的渴念，道家自有他们的一套理论体系。道经中说：一切众生悉有道性，称之遍有，种之则生，废之则不成。“长生之本，惟善为基”，道教认为，人要长生，除了修炼自己的形体之外，首要的是在道德上行善去恶。修炼的主要内容是弃杂念、悟天机，而要完成这些功课的首要条件就是远离尘世，独居深山是不二法门，而这也是“道法自然”的一种形而上的需要。

延伸着对于幻想事物的永恒向往，所有时间给予人类巨大的恐怖、深邃、困惑及其毁灭所带来的苦难，道家则是悠闲自得和宠辱不惊。如果我们能够明白，真应该向太清宫的树学习。它们站立在土地上，没有语言之外的任何企图，所有走过并仰望它们的人，语言进行过程中，喧哗声像水一样四处漫溢，形成不同方向的欲望延伸，在空间和时间中扰乱了树下清净。

能够懂得“天地与我并生，而万物与我为一”的恐怕只有树了。

当万籁俱寂之时，海上一轮明月高挂，倾洒柔和清辉的太清宫该有多么安静。太清宫的月亮，让我想起曾任教育总长的清末翰林傅增湘《游崂山记》中一段精彩的记述：“是日，适值佳节，月上东峰，遂同步海岸赏月。初行竹林中，金影布地，晶光上浮，若玉烟之笼被，清奇独绝。嗣乃登坡放瞩，海波浪碧，天宇横青，上下空明，如置身玉壶冰镜中。”

每当春秋月夜，微风徐来，海不扬波，皓月当空，浮光耀金，一派皎洁月光洒向大海，这就是被誉为崂山十二景之一的“太清水月”。清代文人林绍言有诗赞曰：“相约访仙界，今宵宿太清。烟澄山月小，夜静海潮平。微雨五更冷，新秋一叶惊。悄然成独坐，细数晓钟声。”

月下树影，心清耳净的精神世界，它们不以语言形态的方式交流，只是一种气息，清纯得连味道都没有。在世界上一个干净的夜晚相遇，当一个人此间走过，当寻找并决意要使自己的心灵和身体贴近某个地方时，月下树影能够引领你，朝向更为寂寞的领域，而此时的人必须冷静地保持自己。

人有时候真是一无所知，总是很激进地缩短和自然和睦相处的距离。

说东晋和尚法显取经由崂山上岸，已经只是一处遗址罢了。海洋，凛然阻止着人类前行的脚步。望海兴叹，便羡慕长一双翅膀的水鸟，可以掠过这宽阔的空间。站在这里，遥想长江从发源地到入海口的经历，整个流域所伸张开的根根系系，这条巨龙不仅穿越了南方广阔的疆土，而且贯通了一个民族生长的血脉和思想品质。一个凡夫俗子面对它，只能渺小到一滴水或一粒粟。要想抵达理想的彼岸，哪怕是一丁点微不足道的奢望，若不费尽心机也是难以如愿以偿的。法显，是中国历史上第一个从西域向天竺、然后由海路归国的取经者，同去十一人，只他一人生还。

法显登陆崂山，对佛教的发展起到了推动作用。崂山最有影响的寺院不少是建于这一时期的，且都与法显有某种关联。潮海院，位于沙子口街道栲栳岛村登瀛湾畔。据很多史料记载，法显当年就是在这里登陆上岸的。对于法显的崂山登陆处，近代有学者提出也有可能是在王哥庄街道小蓬莱处，依据是《佛国记》中“即乘小船入浦，觅人欲问其处”的记载。因为这里有个村庄叫浦里村，据此认为“入浦”就是入浦里村，浦里就是法显的登陆处。其实并不尽然，“浦”是河流入海的地方的统称，并非指某一具体位置，每一个海湾都会有河流注入，登瀛湾同样也不例外。凉水河、黄家河等河流都在此处入海。而从法显的大商船是随海流漂泊而来的情况看，其进入登瀛湾的可能性更大一些，因为这里直接与海流相通，商船可直接随海流驶入。

潮海院又名石佛寺、白佛寺，始建于南北朝时期，在全国佛教寺院中被称为潮海院的，唯此一家。潮海院之名，想来应该是为纪念法显西行取经随海潮而来，在此登陆，与崂山结缘而命名的。石佛寺、白佛寺之名，也都与法显有关。《佛国记》有“太守李嶷敬信佛法，闻有沙门持经像乘船泛海而至，即将人从来至海边，迎接经像，归至郡治”的记载，可见法显带回的不仅有经、律等书籍，另有一些珍贵的佛像。其在当地留居一年，受到地方长官的礼遇，赠送一尊佛像给地方，应在情理之中。而这尊佛像极有可能是用白色石料雕琢而成。后来人们在此建立起庙宇后，将这尊佛像供奉在大殿之中，并以佛像命名为石佛寺，或白佛寺，应是顺理成章的。

日本侵华战争中，他们想寻找传说中的佛像，曾有百姓因不知“十佛寺”在何处而惨遭毒打，另有 4 人惨死在日本兵枪下。解放后，主持还俗，寺庙百余亩田产归栲栳岛社区所有。20 世纪 50 年代末，曾在该寺设农技学校；至 70 年代，因年久失修，加之“文革”破“四旧”及国防建设需要，潮海院塑像被毁，寺庙被拆。目前经修复后的潮海院辟为海军招待所。院门由湛山寺方丈明哲题写的“潮海院”三个大字熠熠生辉，正殿廊道里挂着高僧法显的画像、法显西行路线图和潮海院简介。

殿前殿后的门柱上均书刻着楹联。院内一副楹联很有意思，颇具军人气概：

钟鼓声中垂思百代云舒云卷；貔貅旗下静观千年潮去潮来。

登上崂山顶，有冬雪残留。在铺天盖地的白石丛中，崂山顶带着入骨的萧瑟风情。

燕山运动晚期，从地壳深处上涌的炽热的岩浆，在地面以下几千米的地方冷凝。岩石有肉红色、白色，矿物结晶成粒状，地质上命名为“崂山花岗岩”，但在它诞生时，并没有露出地面。新生代以来，地壳抬升，上边覆盖着的岩石逐渐被累年的风霜雨雪和经久的流水剥蚀掉，才露出了花岗岩石。

在几万年的沧桑变化中，大自然雕琢而成的鬼斧神工就在眼前。此时的登临，算是满足了一个浪漫而不无虚荣的念头。登高望远，一览众山小，当是人生一种境界，一种生存方式的渴望与寻求。

夕阳朗照，融入昂扬向上的激情，崂山依然鲜活如初。

崂山地貌按高程大致可分为上下两层。上层为犬齿交错的山峰，海拔近 1000 米，它们是 1 万多年前末次冰期时形成的。当时自然环境十分恶劣，第四纪几度进侵的海水已退却到冲绳附近一带，黄渤海成为一片荒原，气候干冷。此时，日夜之间、冬夏之间温差很大，花岗岩在寒冻作用下，机械风化很快，大块大块岩石崩裂，形成参差不齐、面貌峥嵘的山峰。下层的花岗岩地貌，多是 1 万年来冰后期形成的。此时，大海回归，化学风化占了优势，雨水和地衣植物参与这种风化，将质地均匀的花岗岩由表及里一层层剥离，一些早期崩落的巨大岩块，或原来没动的岩石，遂形成一个球形巨石。

巨石被太阳折射出光芒，抑或永恒，孤独和苍茫瞬间溢满于胸。只有风声，能让极其微小的声音震颤耳鼓。倾听，一滴水声，正缓慢消失，在树冠上面的云端，当群鸟从树枝间腾飞，那是一棵树正在和它的入侵者相爱，所有的巨石露出魔鬼般的微笑。也许只有天堂才可能给你这样宁静完美的平衡，整个世界总会在这样安稳与和平的气氛中，走向更合理、更健康、更完美的境界吗？

人是自然的产物。一个民族的文化，也常是地理与环境的文化。没有寂静就不是崂山。英国科学家李约瑟曾说：“中国人的特性中有很多吸引人的地方，都来自道家的传统。中国如果没有道家，就像一棵大树没有根一样。”崂山临海，选择一种以退为进的方式修行，也是人和自然的友情携手，时间不能伤害的也正是这种友情。美景还覆盖着我眼睑的星空，崂山，是人类共处的天堂。

在选择把一切放在上帝脚下之前，我来过崂山。

生命中那些好

2016年秋的某一天，我与石头、秦尧、赵华、青峰带帐篷前往壶关黑山背，没有多余的想，只想住两天，听听和看看：一个人的村庄，一个人的四季。因为之前已经去过，感觉到了好，一直想着那个叫常大庆的老人，那么干净地活在黑山背，不添乱，没有一丝惶恐。生命只是一个瞬间，对任何人都应该是一个有尊严的瞬间。帐篷就搭在他的院子里，听他静夜时的呼吸，听猫猫狗狗的打闹声。他耳朵聋了，无法交流。不说话，也是知己。孤独和安静都是他的生活，看起来一点都不潦倒。如好友刘琼所说："那些好，是民间的一种静静的存在。"因为是文学作品，我改了老人的名字。

村庄里一些石头房已经少了屋顶，少了屋顶的房子等于是张口要说话了。没有人能够听得懂，它的声音遭逢着时日磨洗，已经浑然不清了。村庄叫：黑山背。

黑山背还住着一户人家。进山的路停滞在此，可看到石头垒墙的屋，石板铺地的院，一个黑衣黑裤的老人坐在院边的条石上，手里端着搪瓷茶缸，茶缸上模糊着一行字“为人民服务”，一双黑皮粗糙的手捧着茶缸，水汽缭绕着他的鼻尖，一双浑浊的眼睛眯着不时抬头望进村路。一条黑狗感觉到了什么，突然出溜儿蹿上了对面屋顶，狂吠着，有一股狠气儿在吠声中弥漫。

因了常年雨水零落，进村的路杂草茂密地滋生，细细的路藏在此中。有什么晃动了一下，似乎停下了脚步也望着这边有几分不舍和无奈。老人的耳朵已经聋了，浑浊的眼睛可望远，但也望不见远处进村路。黑狗嘴里一呼一呼的，耳朵随着呼出的气息一激灵一激灵扇动，脑袋越发昂扬起来，随时准备射出自己的身子。老人无话，没有多余的人可说话，除非和狗。阳光停留在黑山背上空，沟沟岔岔铺满了绿，山是庞大的，大地是宏阔的，黑山背让两种伟大之物相互融合与依托，老人是它们之间填充的卑微的物。真是一个毫无瑕疵的世界。自然，美好，偶尔的狗叫声是时间些许的松动，高远处渐渐洇开的浅灰里有一群鸟飞过来，老人喉结上下滚动了一下，一口水咽下去，鸟从头顶而过。日子庸常得很。老人是黑山背的螺钉，紧拧着黑厚的泥土，他知道泥土中暗藏着凶器，凶器时不时走近他，他偶尔被刺到、被伤痛，可最怕凶器的，不是皮肉，是比皮肉更柔软的东西——村庄消失。

老人叫郭怀。

郭怀在黑山背住了30年，30年前他40多岁时从外地迁来。原来的黑山背有十几户人家，大小人口60多，一天的时间不够忙乱，鸡飞狗跳，人声嘈杂，因为黑山背是靠山而建，所有人家都是石头房，高低错落，屋后人很可能把前屋的屋顶当作自己的院子，热闹起来，屋顶上是黑山背人的饭场地，屋下的人坐到自家院边仰起头来聊天，话头像长流水似的，在高高矮矮的房子和院落中来来回回穿梭。谁家的屋顶上没有过几回凌乱的笑声。一条河在黑山背下流过，河叫：小河。不知什么时候，河水卷走了黑山背那些笑声，那些笑声仿佛还在枝头坠着。

黑山背四周长满了香椿树，一些野花开着，河水流出哗哗的声音，阳光明晃晃的，那些青草在能生长的地方冒出绿来，可以闻到草香。草香是黑山背唯一的香。

所有的黑山背塌落的和没有塌落的屋门上都贴着红红的对联，有的写着：惜花春起早；爱月夜眠迟。有的写着：明月松间照；春风柳上归。郭怀家的屋门上写着：向阳门第春常在；积善人家庆有余。这些对联都是郭怀贴上去的。只要村庄有一个人在，黑山背就得有个村庄的样子。郭怀起身泼掉茶缸里的水，走到柴火堆前抽出一根柴，要生火做饭了。斑驳的石头墙上生出了一大片苔藓，苔藓衬出他苍老的影子，他长叹了一声说：我吃饭是为了好生出力气来死啊。

黑狗突然跃上一户屋顶，尤不解气，冲着进村的细路狂奔而去。黑狗飞奔而去时，草丛中的小动物迅疾不见了身影。

黑山背的天空不是黑下来的，是蓝，深蓝，黑蓝，然后蓝黑了。天空布满了星星，一个半圆的月亮吊在那里，石头砌出的房子在月明下幽暗闪亮，仿佛不是普通石头，是花岗岩，是汉白玉。一只白色的猫在一所石头屋前看着什么叫着。郭怀走近它，从口袋里掏出一块红薯放在屋前的粗瓷老碗里。白猫眼睛深情地望着他。郭怀蹲下身子，他突然感觉到了冷。他和白猫说：

星星和月明都在天空呢。

你看看我满是皱纹的脸。

这黑夜啊，干净得像一碗水，让人心难过呢。

你不离开这黑屋，总是想着回来看看，你还想着她能回来，是不？回不来了。

月明月明光光，它和星星都在咱们的头顶，我和她阴阳相隔。我和你之间更是隔着难过，我也是畜生啊，可惜我们不同言语。

白猫喵喵叫两声，它最喜欢的食物就是红薯。

郭怀起身打着手电往别的屋子里去，塌落了的屋子能望见天。走进去和走出来，郭怀都熟络得很。一院一院走，黑粘在墙壁上，他抚摸着黑，回想着，这屋子的顶是一场雨淋塌的。一场雨下了一星期，他一直在屋子里没有出门，出门时发现黑山背的屋子塌了好几户。一点响声都没有。好几处屋子，那场雨过后，他就坐在自己家的院边上流泪。身体中似乎还有血性在涌动，他走近那些塌落的屋前，毫无例外地感受到了伤害，他想吵架，大张着嘴，一股干涩的沙土吸进来，他开始往出咳土，连咳带吐仍然不清爽。塌落了的石头把一截梁砸断了，茬口上挂着墙皮，掺和了麦秸的墙皮，他抓起一把来不及细想就塞进了嘴里。满嘴土，他憋着气咀嚼着，尽量不让喉咙里的痒发作。

死呀！死呀！我也要死呀！叫土噎死我吧！

少了许多瞪眼、跺脚的年轻人后，郭怀就想听到他们没办法活下去又回到了黑山背来的消息，可是黑矗矗的夜里那消息走绝了似的，那些笼罩着童真的顽皮和胡闹的“恶作剧”，再也听不见骨关节落在他们头上的梆梆声了。

人这一辈子发奋图强就是为了个背井离乡呀。

串一圈门下来，心好受一些，回屋里倒头，一觉就天亮了。

连片的秋野簇拥着早晨的日头，视觉是真实的，感觉却是恍惚的，可能是空了的黑山背对人心理的巨大阴影吧，活还得活，还有欲望在。日头正顶，收回来的玉米棒子将院子涂抹成一片金黄，四下里静悄悄的，黑山背呈现出令人揪心的荒芜，只有玉米的金黄给这荒芜涂抹了最后一丝温暖。

人这一辈子不敢想。谁能想到黑山背最后会是这个样子。

老人坐在凳子上掰玉米，猫在玉米皮上跳起来，伏下去，顾自玩耍。他伏下身和猫说：中午吃啥呢？两个老鼠一锅煮，三个蚊子一盘菜，行不行？

猫仰躺着伸出爪子希望和他逗闹一会儿。

他近距离看见了自己的手臂，褐色的手背上爆着蚯蚓般的血管。地上青苔，墙边野草，屋角蛛丝，尽在眼底。黑山背似乎总有些东西牵扯着他，那东西也许就是黑山背吧，抑或是手里的玉米皮，过去的岁月一片一片在复活。

透过窗玻璃望黑漆漆的远山，眉似的下弦月，远了，淡了，一丝云拢着月，先是透出亮白，慢慢地就沉出了灰，月和云几乎变成了一个颜色。这时的天，无边的森冷的烟青笼罩着，天底下是黑魆魆的山形，手掌一样伸出的树木，山头上透出了青白，慢慢地隐现出了晓色，一层深褐，一层浅橘，渐渐地能看出近山的绿了。

郭怀坐起来揉了揉眼窝，他一直没有改掉一早上工的习惯。河边的麦地里，麦子一片一片熟黄，麦子在由绿变黄，由软变硬，由秕变饱，由湿变干，该磨镰刀了。磨镰声在黑山背的清晨响起，也是黑山背宁静的韵致。日头红了几天，他决定割麦，拿了镰刀戴了草帽进了麦田。轮起臂膀开割，一上午麦地里的麦子全部伏倒。看着伏倒的麦子，郭怀顾自笑了，笑对青山。那些年打麦时，黑山背人脸上像天空似的灿烂。迎面见着了总想开个啥玩笑，麦场上光屁股的娃娃们吵闹得就像捅了一扁担的马蜂窝，呜，跑那边了，呜，跑这边了，都不想下河逮蚂蚱捞螃蟹就想在麦场上翻筋斗。

割得早的人先把毒碌碡拽进场，有小孩早早从家里拿了笊篱站在旁边，牛拖拽着毒碌碡小快步在场上转，不知谁大声喊一句："牛屙下了。"一群孩子拿着笊篱一起往牛屁股下伸。打麦场上的日子要红火好久，一场接一场打，女人们一簸箕一簸箕把麦粒簸出来，再一簸箕一簸箕装进粮袋里。收罢麦子种豆，锄地、搂草，罢了就开始收秋粮了。热闹是一场接一场。

郭怀把麦子挑回自己的院子，院子就是场，以前的场早就荒草丛生了。

年腊月二十三，郭怀找出今年的新谷草来编了草马，灶王爷要回天庭汇报工作，要把灶王爷的坐骑打扮好。走前还要给灶王爷吃甜点，糊住灶王爷的嘴，好让他在玉皇大帝面前多说几句人间的好听话，来年多给人间一些风调雨顺的日子。

郭怀一早就开始烧柴慢火熬甜饭，下了黏米后又煮了枣、红豆、柿饼、花生、黑软枣，成饭时还加了红糖。甜饭摆放在灶王爷牌位前，吃罢饭，灶王爷就要骑草马上天了。

天空星星出全时郭怀放了一个炮，点了一把火烧了草马，口里念念：上天言好事，回宫降吉祥。

从前大人们说有灵性的小娃娃还能听到灶王爷叮叮当当的出行声。黑山背怕是再都见不到有灵性的小娃娃了。

过了小年就是大年，郭怀丝毫不敢轻薄了年，穿了干净衣服，打扫了屋子，擦洗了玻璃。年三十夜包了素饺子，接回来祖宗，敬奉了菩萨，破天荒歪歪扭扭写了一个斗方"开门见喜"，贴在进出门上。先煮了饺子给猫狗，然后自己吃，一边吃一边安顿猫狗，告诉它们新年了，长岁了。

平静的黑山背响了一串儿长鞭，两只狗冲着鞭声叫了很久。假如没有这一串儿长鞭，黑山背该有多寂寞啊。郭怀不想和年作简单、无奈的话别，他用他一个人的仪式过年，年揪着疼和他一起黑了亮了。

年就过了。

一个人的四季和村庄。

接下来的日子要面对的依旧是年复一年无边无际的寂静。

他站着不动，远处蓝天高远，近处青草恣肆，万物都蓄着一腔生命的朝气呀，只有他的胸腔里固执地呼唤着自己陈旧的往事，院子里的猫和狗都睡了，睡如小死。

只有郭怀在想着，不离开村庄是因为村庄里曾经有过的那些个好，他舍不得那些个好呀。

天长日久

东川的红土地和它的泥石流一样闻名世界。

小江有个泥石流博物馆，有东川、有小江，后有博物馆。

小江的构造跟整个云贵高原的隆起有关，跟金沙江的下切有关。

金沙江下切了，小江跟着下切。

小江还有个很特殊的问题，到制高点去看看，到牯牛寨的那个炭棚以上，到白云洞那一带看一看。站在几个制高点一看，整个小江，它是怎么解体的，它分了几期，都看得清清楚楚。

当年最古老的高原没被破坏的时候，东川小江附近就有几个湖，云贵高原形成时，它上面湖泊星罗棋布。

当气候转暖，真正的冰川就看不到了，但能够看到冰川遗迹，古冰斗冰川，它上面像个小盆一样，盆下面伸个小舌头，那就是冰川的冰斗小冰舌，伸出一点点来，就是说最多达不到冰舌冰川，只能是冰斗冰川。

因为云南东川纬度比较低，高度倒是不低，纬度低了，所以，它气温就高了。

垂直地带性和纬度地带性，这两个地带性就控制了我们现在看到的这个自然面。当这些湖泊所处的气候一变暖，虽然还是寒冷气候，但是当暖和的夏季到来时，山洪就来了。季节性的洪水把沉积岩里粗的沙子推到湖边，逐年累月，细层上又加了一层粗砂，粗砂上又加一层细沙。

到了冰川后期，当接近出现人类时期，金沙江下切，小江也跟着下切了，当它倾斜级别面再跌，小江就被金沙江拉走了，形成了小江峡谷。

高原都形成峡谷时，小江反倒没有峡谷了，是什么原因呢？因为附近几条河流都是峡谷，如牛栏江，包括贵州那些河都有峡谷，为什么东川没峡谷？就是因为后期泥石流来了，泥石流把那个峡谷给淤满了。

当年，在小江两岸，有泥石流研究专家和七八十岁的老人聊天，他们看上去很老了，但是都不糊涂。

专家问他们说："从前，你们知不知道你们的爷爷奶奶时代，他们吃水，怎么吃啊？"

他们说："那水深得很哦，挑担水好费劲哦。"

专家说："怎么现在没有啊？"

他们说："大沙坝来了，老家都被埋了。"

聊天中知道小江原来是很深的，它跟金沙江的河谷一样深。小江的河谷是慢慢往上翘起来的，那时候山坡也有森林啊，森林长得浓密。经过"大跃进"一砍，大炼钢铁都给砍了烧炭去了。

泥石流是个自然现象，人类的活动起了个加剧作用。

从东川的地形看，它东边是牯牛山，4017 米，西边是哄王山，4344 米，中间的小江是怎么形成的？

天长日久，一个地质年就是几万年几十万年的事。

就泥石流活动而言，它分为三期，初期的泥石流，规模很小，它只是在湖面上出现，当时还有湖面。第二期，规模就有点大了，形成在东川的高山台地，在海拔三千八左右那个位置，形成一个小平台，那就又被切割下来。从地形上看，泥德坪平台、达朵平台，这两个平台原来是一个平台。

这时候泥石流来了，是一个最大的泥石流，把它们切割开了。因此说，地质作用的泥石流形成是一个非常主要的组成部分，因为小江是中国南北走向的一个大断裂带的一个延续部分。

看中国地图就知道了南北向大断裂，从西昌的凉山往南到乌蒙山，一直到小江，小江本身就在大断裂带上。

南北走向的大断裂带，跟东西走向的交叉了，中间青藏高原从喀喇昆仑到西昆仑到中昆仑到东昆仑，东昆仑到祁连，祁连往南拐了，拐到四川东北部，然后又往南走，往南穿过金沙江，这就变成了南北向大断裂带，就是这个南北向大断裂带把青藏高原给抬起来了。

金沙江就在这个断裂带上，又把云贵高原给切开了，青藏高原、云贵高原解体形成了金沙江两岸的支流。整个自然环境解体，原来茂密的森林没有了，草原没有了，人也多了，人类活动开始向山区进军，自然环境就开始恶化了。

人类的索取永远充满热情，热情和拥有是一对孪生姐妹。

东川是一个曾经有过辉煌的地方。

这曾经的辉煌黯淡了之后，留给东川的遗产是极度贫困和平均一年 28 次的泥石流。

车在半山腰处沿着间或被泥石流冲毁的公路蜿蜒而行，干涸的泥浆在我们脚下如同河床一样无边无际。偶尔有几片农田出现在这些灰色的巨大泥海上，让人感觉有时候希望的存在真是一件残酷的事情。

每年的收获季节，农民割去庄稼，犁开深红色的土壤，就会有世界各地的摄影爱好者带着价值动辄上百万元的装备来这里采风。东川的红土地仿佛是色彩的终点，它成了世间一切色彩的最终归宿。同样，每年的雨季，也会有更加疯狂的摄影发烧友守在东川，只为了拍摄那些随时会暴发的泥石流。

那是世界上最为残酷的自然景观，两千多年来，有关它的种种传说，就像一个宿命，似乎让人从昆明的这个区看到了属于整个人类的命运。

造成这一切的原因是什么？随便找一些有关东川的资料，无不让人触目惊心："……随着铜矿的枯竭，1999 年东川撤市归为昆明辖区，2001 年员工近 3 万人的东川矿务局破产，东川日渐萧条……东川是全国第一座因矿产资源枯竭、经济发展停滞、城市丧失持续发展能力而撤消的地级城市。撤市 5 年后，东川依旧陷在矿产资源枯竭的泥潭里，产业结构单一、经济发展缓慢、失业率居高不下、人居环境恶劣、社会矛盾激化。"

从那些巨大的泥石流痕迹旁经过，制造泥石流的山脉像一头头灰色的巨象，蹲伏在地上。

这里没有一棵超过百年的树木，所有的植被，包括房屋都生长在一个脆弱的环境里。只要一下雨，所有的居民都会忐忑得彻夜不眠，他们不知道自己脚下看似牢固的土地，会不会融化成凶猛的泥浆。

这里不能随意建造房子，打地基之前要先向政府打报告，政府派人来对地质结构进行分析之后，才能决定你住在这里所需要承担的风险。东川泥石流每年要产生一千多万吨泥沙，这些泥沙无一例外地被排入金沙江。这也是金沙江名称由来的传说之一。

小江流域的地理地貌就这样形成了其独特的区位优势与特色。

资源、环境、灾害三者问题非常集中的西南山区，生态环境和地质环境脆弱，生态环境保护、经济发展和公共安全矛盾非常尖锐，具有开展泥石流等山地灾害综合观测研究的自然条件和区位优势。

诸多矛盾集中，被国内外专家誉为“泥石流天然博物馆”，成了泥石流研究与防治的理想基地。

而蒋家沟作为暴雨型黏性泥石流的代表，泥石流流态多样，过程完整，类型齐全，是世界上难得的天然泥石流观测实验研究理想的基地。

东川站开创了系统性的泥石流科学研究，发展了适合我国国情的“东川模式”泥石流防治技术体系，在泥石流原位监测和预警技术以及重大工程、重大灾害事件减灾中发挥了关键作用，在动力地貌过程与区域规律、泥石流运动学与动力学、泥石流体物理力学与流变特性、泥石流发育对气候系统变化的响应、泥石流灾害预测与防治工程等方面，都取得了国际同行认同的先进水平成果。

蒋家沟是天然泥石流博物馆，百年前的河床被深埋在目前河床的百米之下，两百年来泥石流的积累形成巨大的泥石流冲积扇，两旁山高陡峭，峡深谷长，置身其中，让人在感受苍凉宏壮大自然景色的同时，反思人类对自然的破坏。

在东川城区的湿地公园和石头公园却让人们看到另一番景象，瀑布、湖泊、流水、树木、奇石、石阶相互映衬环绕，交相辉映的动态与静态的美丽自然风光。

东川站是目前国际上观测历史最长、观测项目最全、观测实验设备和基础设施最完善的泥石流观测研究站，2000 年底被科技部列为国家重点野外科学观测试验站。

从 1988 年蒋家沟泥石流观测站正式成为中国科学院首批 5 个野外开放站开始，每年夏天，世界各国研究泥石流的科学家都到这里来工作，开展泥石流发生、运动、堆积机理与过程等基础研究，以及泥石流的预测预报、警报系统、综合防治等方面的研究。泥石流工程防治的东川模式就是在这个区域里形成的，这成了我国泥石流防治的重要模式。

东川站成立以来，最长观测数据系列达 50 余年。国际上突出的泥石流研究成果大多得到东川站长序列观测资料的支撑。世界范围内几乎所有从事泥石流研究的知名学者，都有过小江流域和东川站的泥石流考察或观测实验研究的经历。

东川是一座悠久的历史名城，素有铜都之称。

西湖，藏着旧时光中的情义

执意走进这个寻常日子下的黄昏。我是依着唐朝风流文人的萃取走进西湖的，走进这片矜持又极富挑逗意味的古水之域。

天空弥漫着潮湿的雨雾，给远足而来的游人一种难以抗拒的魅惑。在水与柳之间尽可远观放纵视野，西湖水倒映人间一片扶风拂柳。三潭印月以恍如雕塑的明暗对比告诉人们，那轮古月何以如此崭新而永恒。游人如织，一些典故拌合着一些远年的绿意，组合派生出许多令人目眩的花样，似乎这些并不能吸引住人们对游湖走马观花似的浮光掠影。

细雨从我的发际流过，我想象当年是否曾一样润泽地打湿过一位回首灿然的女子——素色的衣裙？

但我确实感到有一种魅惑，频频洇着岁月的风尘，走出这落雾的湖心。

她便是六朝时南齐名妓苏小小了。

苏小小，关于她的生平记载逗留在文字中的不多。六朝时杭嘉湖一带，已是繁华锦绣之地了，一方面它以其灿烂的思想文化深深地吸引后人；另一方面，又以其动荡纷乱、放纵挥霍著称于中国历史。六朝文化可说是结束了先秦两汉时期文化附依于政教道德的狭隘境界，将审美和艺术感觉，与动荡岁月中士人的生命意识、个性追求融为一体了，同时，西湖水所承托出的一份清逸和飘渺绝尘的恬静，托举出一种衣被后世的高迈超逸的神韵。经济的繁荣和比较安定的环境，同样保证了知识分子们进行精神生产的条件。这种生产的高潮不外乎融进了女子的激情。这时，苏小小如初春的湖柳，浮土而出。纯情如一串流畅的滑音，在文风绮丽的苏堤上，濡染了锦瑟箫音的声声点点，在工于女红的同时，偶尔还要伏案写几句什么，这样她纤纤玉手撩拨的幽幽闺怨，就拽牵出男人们生丝般勒痛的情肠。

风月中的滋味，多的是一份奢侈的应酬和浅显的名声。虽有科甲乡绅欲谋为歌姬或欲娶为侍妾，都被过早看透世事的苏小小一一辞去。这本是一种凡俗的愿望，却被生于妓家的她谨慎地给自己留好了一条退路："若命中果有金屋之福，便决不生于娼妓之家，富贵无一定之情，情之所钟，人尽缠绵。"何等乖巧玲珑的一个女子。时隔千年，社会依旧繁华嘈杂，无尽的激情和不绝于耳的缠绵依旧撩人，人类古老的乌托邦精神世界，永远朝向未来，却又彼岸无边。

雨雾真好。游人朦胧得好像倪云林水墨画上偶尔甩出的斑点墨迹。心事如烟，千百年过去了，走入西湖的后来人总要在西湖寻得点儿什么。这西湖比比皆是的楼、寺、塔、坟，无一不涉及历代顶尖名士，连缀起来，是一部只有第一没有第二的风流蕴藉的历史。

在这个流年逝水的世界里，情，是最具生活韵致和美好意味的字，是温暖的一泓湖泉，是抚慰至性的漫天春风，是洒下的泪泉与生命付出的血雨。情，实在是很脆弱的东西啊！

“千载芳名留古迹，六朝韵事著西泠。”“湖山此地曾埋玉，风月其人可铸金。”西湖水飘溢着一股文化遗风。“幽兰露，如啼眼。无物结同心，烟花不堪剪。草如茵，松如盖。风为裳，水为佩。油壁车，夕相待。冷翠烛，劳光彩。西陵下，风吹雨。”诗人心比天高，压抑不住自己的情感，便执笔为文了。情是万顷沧海啊！雨雾飞花，洇香。好风景是偏僻的、寂寞的，侠骨柔肠，笔底春色，美丽的女子被唐朝诗人润色得玲珑剔透。

秋风中大地上到处都是烟雨，就在此刻，我闻到了桂花的香气，杭州的金桂和银桂开得正好，馥郁的花香，一直漫在我的咽喉。喜欢这样一个人孤独行走，从人群中穿越而过，被寻觅支配着一步步走下去。也许人生大多数时光就是这样的。

走上了孤山北面的路，那些撑在头上的雨伞五颜六色，细雨敲击在伞盖上，水汽很厚，裹着花香和人声的水汽，闻着有十分富庶的心满意足。走着便可以看到鲁迅先生和林启先生的像了。再走，有放鹤亭，还有林和靖墓。路两边的花枝探过来，我看见花蕊里有蜜蜂冒雨在飞。雨简单了人的心情，树上的雨因为鸟荡了一下，雨滴砸在年轻女孩子的头上，她们惊乍得跳开。之后我从山路绕到中山公园，可见西湖天下景亭和孤山二字。再沿湖边往西走，会经过楼外楼、西泠印社、潘天寿先生像、秋瑾先生像，直到中国印学博物馆。

过西泠桥便是苏小小的墓了，这是不是我来西湖的目的地呢？如若猜不透自己的心事一般，雨停了，我有理由把微风拂落的叶片看成是某种顽皮得意的窃笑，而此时已走完了白堤。

对于一个过早离世的女子来说，身后游人频频驻足就是她的岁月。“钱塘苏小小之墓”，如此简单，想起了许多退到后台或消失在泥土之下的人和事物。

在一个阳光明媚的初春，翠绿夹道，香莲款步，裙裾细碎，青春年少的苏小小上路了。一份揉在嫩绿中的温婉，传达出太多的骚动。莺声燕语中，小小遇见了公子阮郁。小小的思想里固执地滋生出一个愿望，那是爱情走向最后结局的美好方向。至孤山，望断桥，一带松杉逶逶迤迤。

阮公子说："看蓝天夕阳，看湖柳，看风中摇摆的你。"小小的心中就盈满了幸福的泪水。

诗情画意，她的爱情让我想起了一句古诗："但教君心似我心。"

阮郁，史册没有记载。量体裁衣，大概属于那种家族庇荫的大树下，自矜风骚，在未达仕途中，以花街柳巷为休眠之地的花花公子。这是历代戏曲创作中才子佳人唯一的景深。阮郁在渴求一种热忱和给予满足后，退缩到虚荣的内心世界里去了。

"妾乘油壁车，郎跨青骢马；何处结同心，西陵松柏下。"这首言近旨远、满含真情的诗拉长了苏小小的生命。空空荡荡的世界里拖着苏小小的影子，孤独地等待爱人的归来。仿佛有巨大的声音从她的生命深处传出来。前方不远的路上斜横出一个不可思议的小影，那略略抬起的手背似乎随时都可以把她抓过去，给人一种梦魇的压迫，走进石屋中的烟霞岩畔，她看到了破庙中寄宿的穷书生鲍仁，苏小小想，人间居然还有比自己不如意的人。慷慨赠银百两后说："有情义的人自带功名。"不久，苏小小得病而逝。

十九岁，自由生命对生命自由的渴望，生性自由但生而不自由的苏小小，一代才女玉殒香消，魂兮渺然。当应试登第、任滑州刺史专程来向苏小小道谢的鲍仁，扶棺哀号、痛失知己时，苏小小已无话可说。

突然想起了一句话：英雄每多屠狗辈，自古侠女出风尘。

“情义”，稀缺之物，在时间的湖水里承载了我们人类的历史以及我们寻而不得的人间正道，走进西湖，总有寻觅者留下青葱而富有活力的踪迹。一个叩问，一个怀着某种美好愿望的入侵、寻觅，有多少故事开始后没有了下文！南宋吴自牧著《梦粱录》中提到：“苏小小，在西湖上，有‘湖堤步游客’之句，此即题苏氏之墓也。”

明代书画家徐渭（1521—1593）来此凭吊时，墓还完好。

到清雍正十年（1732），“扬州八怪”之一的画家郑板桥到西湖西泠桥畔遍寻苏小小埋玉处不果，曾写信向熟悉西湖掌故的朋友打听苏小小墓之所在。

根据《浮生六记》作者长洲人沈复的记述，在西泠桥侧的苏小小墓，最初仅半丘黄土而已，乾隆皇帝1780年圣驾南巡，曾询问苏小小墓。1784年春，乾隆帝再次南巡，沈复随父亲迎接圣驾，那时苏小小墓已石筑为八角形，上立一石碑上刻“钱塘苏小小之墓”，沈复叹道：“余思古来烈魄忠魂堙没不传者，固不可胜数，即传而不久然者亦不少，小小一名妓耳，自南齐至今。尽人而知之，此殆灵气所钟，为湖山点缀耶？”

贩夫走卒又有多少人呢？天地混沌了西湖，每个人走过苏小小之墓，也许只是悠然的一瞬，相当于某个安逸的时辰中一个困倦的惶惑，然而总有人会停下脚步。

她活着时用短暂的生命给后来人一个故事的开端，后来人总是找不到接下来的续写方式。

我们抱怨过生活，抱怨过情义，抱怨过社会，甚至抱怨过上帝。

抱怨的背后藏着诅咒，无处不在的情义，或明或暗或显或隐，细密地如雨丝般落撒在我们细小的日常生活中间，我们没有特殊的透镜，也不能够滤掉生活中一切明处暗处的对手，一切力量和物象，只有欲望的消长和波动。

一个埋葬在西子湖畔的女子，让人们看到了西子湖水的情义。

钱塘女子苏小小，我越你而过时看见了“平湖秋月”，是在孤山与白堤相连的地方。

此时回头，发现上帝让西子湖过早聪慧并大彻大悟，西子湖畔的旧事总是牵着行人的手逼人入境，往事中的故事，没办法，就这样，成功地抬高了西子湖水的声誉。

寻访那曾经热闹的墟市

在广东岭南台山有很多海外华侨留下的“墟”，当地人称“趁墟”，趁墟就是赶集的意思，我们叫集市，他们叫墟市。

台山的墟，繁盛时期有上百个墟市，因为台山曾经商贸繁荣，日日货如轮转，墟期一到，大人小孩一脸欢喜，从街头到街尾，货物琳琅，小孩不仅可以买到喜欢的零嘴儿，还能见识自己没有见过的人事。

墟与村庄联系最为密切，墟与日常联系最为密切，可以使少年认识繁华，使日常生活知道丰富。人和世界上一切有生命的动物一样，都喜欢在平常的日子里有一个“流动的圣节”，人挨人地挤一挤，小孩子拼命挤夹在大人的腿裆里，人和人裹拥着，吆喝声、讨价声、调侃声，天下最美好的事情莫过于自己的声音高过了头顶。

货物热闹了墟市，墟市喧闹了人声。假如头顶有脆生生的阳光照耀，墟市的乱能把热闹抬高出屋顶十丈，天空的鸟儿常常要追闹着藏进树林。

台山的商铺建筑带有浓厚的西洋文化韵味，也可说是中西合壁，那些骑楼商铺、宗族祠堂、庙宇、学校、碉楼、教堂，走过去，突然进入梦境似的恍惚起来，明明是走在南方，却实实地领略了欧洲小镇的风情？这绝不是一种简单的错觉。

我们从台山现有的常住人口比例来看，现有人口 98 万多人，但旅居海外的人数却达到了 130 万之众，遍布 92 个国家和地区。250 年的“下南洋”历史，形成了“内外两个台山”的格局。台山先侨从海外带回来先进的西方近代文明，商品经济日益渗入乡村，形成外购内销的经济体系。华侨带来的新经济条件与意识形态，与台山源远的墟市相结合，我们便看到了曾经台山居住、生存、日常生活的繁荣景观。

“下南洋”，我们现在听起来只是一个代表着指向某个目的地，和生存密切关联的词汇，有着不受空间限制的美好。曾经的“下南洋”后边连带着“闯金山”，财富的目的地让“下南洋”坠着一个“发财梦”的实现。而台山和台山的墟，就是下南洋之后不舍的根脉，它的存在，它的魂魄，热闹了日常生活的快乐，在我看来就是生命的嘱托，就是不忘家国。

我在台山博物馆看到这样一段话：“美国人都很富，他们希望并且欢迎中国人到那里去。那里工资高，房子又宽敞。至于吃和穿，更是任你挑任你选的。你可以随时给亲友写信寄钱，我们保证信和钱都能邮到。那可是个好地方，没有官府，没有士兵，人人平等。现在那里已经有许多中国人，你不会感到陌生的。那里有中国的财神，还有招工局代办处。别害怕，你会走运。美国的钱多得很，随你花。”

这段话的旁边标注说明：“外国公司或‘猪仔头’的欺骗性宣传，诱使许多身无分文的农民出洋。这是一则描述华工前途的招工广告。”“猪仔头”则是对下南洋“契约华工”的侮辱称呼。

19 世纪，可以说西方文明是以掠夺殖民地而崛起，包括诱掠廉价劳动力。被诱骗者在出国前签订合同后，当作商品被卖，变成奴隶。“猪仔贸易”始于西方殖民者东来之时，盛行于咸丰、同治年间（1851—1874），这条络绎不绝的“出洋古道”一直延续至今。

发生过的事情，参与的人物，不会再一次在我们眼前出现，那个年代对我来说已经成为一个渺远而扩大的点，那些漂洋过海的猪仔头已经远逝在湛蓝色的时光尽头，下南洋中有多少人丧失了性命？不得而知。但有一点可以说明，通往财富的途中，他们都是理想主义者，怀揣着一个梦想，他们为这个梦想真诚地活着，艰辛地努力，他们的存在使这个世界上有华人的地方有了一束黄色的生动而精彩的阳光。

为了财富而赢得尊重是一件艰难的事，生命存活于瞬间的真实，瞬间的真实之中我们来看历史。美国著名的金山橙，就是台山人刘锦浓把家乡的园艺引到美国，1888 年培植出良种“刘锦浓橙”，1911 年获美国果树学会的“威尔特尔”奖。数万华工参加了 1863 年至 1869 年美国和加拿大中央太平洋铁路的建设，数千人为此付出了生命的代价。加拿大首任总理约翰·麦克唐纳公开对下议院说：“没有华工助建的话，太平洋铁路说不定会到何时建成，西部的矿藏也不可能开采了。铁路是破纪录在五年内建成了。”美国总统罗斯福说：“开发美西华侨功居第一。”

是的，华工长久地活在喧嚣中，活得疲惫而毫无激情，活得努力而没有根脉，一个“归”字撞伤了他们柔软的内心。他们只身出走时留下了他们的亲人，他们昼夜凝结不散的亲情，一个“归”字让他们回乡的路执着而坚定。为完成短暂生命最后的归宿，他们要在活着时在自己出生的土地上实现人生愿景。

上万栋“小洋楼”是台山乡村发展史的重要见证。为了维持家族的持续发展，他们以西方先进的商业运作模式，新建侨墟，安置家人亲友做生意，利用海外熟悉的外购优势，展开外购内销的商品贸易，并且与家乡原有的集市贸易相结合，造就了台山近百个侨墟的繁荣昌盛。

台山的骑楼建筑结合了中国廊檐式临街建筑风格，形成一种“晴不曝日，雨不湿鞋”“前铺后库，上宅下店”的建筑形式，西式风格的廊柱饰以盾牌、圣诞花环，女儿墙构图丰富多彩，明显带有西方文艺复兴、巴洛克和古典主义的烙印。墟市和居住兼之，人总是在追求一些实在的东西作为依靠，当他们选择了居住时同时想到了日常需求。在人生的矛盾中，也许唯一真实永久的，不是情感的文字，而是物质的现实。

近一个世纪的侨墟，随着改革开放，越来越多的侨眷移居海外，墟市的商贸也渐渐清冷，墟市日渐萧瑟，其作为墟的功能也逐渐消失了，这些被遗弃的建筑因为缺少了人间烟火，大都被无形的岁月侵蚀得筋骨外露。我走进去令我浮想联翩的是，我看到了它独特的景观，它曾经有过一段什么样的历史，它画满了人一生最后的句号——衣锦还乡。

我在浮月村和冈宁墟看到了一种几乎历史本身的面孔，它斑驳而迷蒙。走进一家民居，我看到了他们的先祖的祖宗堂，他们的后人说，这屋子里居住着他们的祖先，是他们的祖先修建的老屋，外出打工的人，年年清明会回来祭拜祖先。把自己乡下的老屋留给祖先住，留给走向城市热闹回眸时的一个牵念。

是的，我不得不敬重台山的华侨，他们越洋过海寻求财富的同时，也把世间的文明带回了故土，抖掉一身的疲惫，为自己的故土织就了一件美丽的锦。

人的一生，最亲近的就是自己的故乡。台山的建筑不胜枚举，仿佛能让人从这里读出了“出洋古道”后的归乡史，远走远归，台山的墟埋藏了多少曾经的热闹？当我们寻找生活的目光投向了山林草木河水的深处，我们是否也应该投向台山的墟，去看看建立在文明基础上的社会制度。

台山的洋楼，它们的影子里藏着一部由陆地走向海洋的辛酸史和文明史，它集台山风物、载台山历史、展台山人情、承台山魂魄、留台山根脉，虽无限沧桑，却有着气象万千的旖旎。

要命的欢喜

当有限的记忆因岁月漫漶得模糊不清，而又迫切想回忆当时情景的时候，我什么都不顾忌了，只会躺在床上，平息自己的红尘欲望，去想。帘下的风抚过来，窗外有什么已经不重要了，很惬意，一半的想回到了过去，一半的想徒具了其形。我不太窈窕的姿态，谁又能够说我不好！我不能说床就是纯粹的私人化空间，我只能说我爱床就像爱天空一样情深。

我睡着一张清中期富家小姐的闺床，精致的木格雕花完好无损，红色的大漆旧了，旧得纯粹就成了一种时尚。床体采用贴金箔、嵌螺钿等工艺技法，共雕有十个戏剧故事情节，有《三娘教子》《龙凤再生缘》《唐伯虎点秋香》《琵琶记》等。每个作品形态生动，惟妙惟肖。描金人物故事更显出古床的华丽美艳。只是床板有些不太稳重，倏忽之间来一声响，那一声响倒叫我想起曾经的男欢女爱。

床的三面有花格窗户，也都是描了金的。花格下画了人物故事，细细的婆娑的画面，我一直没有考证出她们都是哪出古典戏剧里的女子？那腰身，那兰花翘指，凤眼细眯着，往悠悠的时间深里去想，那真叫个袅娜。二百多年的历史，假如二十年一代人，十代人过去了，与空气摩擦着溅出了多少火花？盘腿坐在床上，回想我睡土炕的乡亲，一辈一辈的生命从土炕上站起来出门，又从土炕上躺下，最后移挪进土里，他们何曾睡过一张雕花木床？

突然觉得泥土是吃人的，吃人的泥土没有良心，那么没明没黑地伺候你，给你一生的劳动，到最后富裕不来一张床。在我熟悉的回忆里支撑我活下去的唯一理由，该是床上事，就像时间里敞开的一间间店面，算盘珠子噼里啪啦，都算计走了，你活下去的心事，你活下去的目的，你活下去的争斗，一张床，会有多少故事发生呢？我坐在床上，再一次看那些时光下的雕刻，那满月的脸儿，俏丽的眉眼呼之欲出，什么样的美丽能经得起岁月这般残酷地打磨，难道只能是一双匠人的手才够得上美丽、绵长？

坐在床上的人，心思不动，便无悲无喜。

可坐在床上的人往往会生出许多人间幻景。

我居住的沁河下游出过许多有能耐的人，比如阳城县皇城相府的陈廷敬。陈廷敬原名陈敬，顺治十五年（1658）考中戊戌科进士。因同榜有同名者，因此朝廷给他加上了个“廷”字，改名为廷敬。此人生平好学，诗、文、乐皆佳，与清初散文家汪琬、著名诗人王士祯皆有往来，“皆能得其深处，而面目各不相假”。康熙对陈廷敬有“房姚比雅韵，李杜并诗豪”的评价。过去对官宦人家的称呼是有讲究的，一直到了民国，称呼都很规范。做了大官的人家叫“府邸”，经商人家的叫“公馆”，有钱有势的人家叫“宅院”，有文化有脸面的人家称呼“寓所”，只有老百姓才叫“家”，喊老婆叫“家属”。“皇城相府”，原本也不叫这重口味的名字，虽然乾隆皇帝亲书过“德积一门九进士，恩荣三世六翰林”的楹联，可是康熙为陈廷敬题匾“午亭山村”四个字告诉我们它原本是叫这个谦称的。“春归乔木浓荫茂，秋到黄花晚节香”，康熙的这两句词和午亭山庄与陈廷敬很吻合，很有点故乡的脐带陪伴一生的感觉。

做了“皇城相府”，不能说不好，与平民来说只能说是不家常。相府正门，有高大巍峨的城堡式门楼，上面书有“中道庄”三个大字。中道庄，为皇城相府的旧称，内城为陈廷敬伯父陈昌言于明崇祯六年（1633）所建，名为“斗筑可居”。外城为清康熙四十二年（1703）陈廷敬所建，名为“中道庄”。这样的名字实在没有让人心情不好的理由。

我这张床传说就是从“相府”流落出来的。床是一个最宜于梦想的地方，传说给它抹上了一层浪漫色彩，并点点滴滴完成了我对它的戏剧化猜想。

它是一张大家闺秀的婚床，也是睡床，20世纪40年代流落到了民间，70年代它一直在大队的库房里放着，当没有大队库房的时候它流落到了一户人家的柴房，90年代末当柴火卖了。它的运气来了。

木头的运气就是被一个木匠看到，木匠是木头的伯乐。

木匠打着手电筒照着，灰塌塌的床上堆着谷壳，老鼠跳上跳下，快乐着秋天田野上粮食的气味。木匠喊了一声：“切，都走开！”老鼠散了，木匠看到有眉目传情看过来，无比清澈地死盯着他。他开始忙不迭地整理穿戴、检点自己举止，不由得紧张起来，她们在柴草堆里绽放得那样激情和无邪。木匠感到自己晕眩了一下，一种被幸福冲击得来不及躲闪的晕眩，也许本身就没有躲闪的意思。木匠俯下身子收拾擦洗干净，一遍一遍，他体验了惊心动魄的抚慰。这个贫穷的季节，他与它相遇了，什么缘分呢？没有答案，木匠也不想找到答案。

木匠把手艺信奉为神，木匠坐在谷壳上，许多心事来了。木匠开始抽他的旱烟，安抚他的心事。木匠和主家说，我给你做活我不要工钱，走时你把它送给我。主家说："快拿走，你就不怕床上出妖精！"说罢此话嘴扯得和脸盆似的大笑。

木匠买了它就睡在它上面，夜静了，木匠不安地闪烁，但浮现的却是另外的人事。他看懂了上面那些古戏背后的故事，因为他是木匠，他知道雕刻这张床的木匠有多么的虔诚，是木匠的手让她们变得高贵。

一窗黄昏，一窗黎明；一窗薄霭，一窗飞雪。床成为木匠的庄园和领地，白昼与夜的空隙处，他看着那些花红柳绿、妩媚娇俏，用笔把她们绘到草纸上，他发誓有生之年要做这样一张床。

2000 年有人开始收购古床，它的身价一下就提升了。此时的木匠老了，儿子打着光棍，没有人喜欢雕花手艺，时间对于所有都是一样的，让你生存，让你决定，又让你无法决定。卖吧，卖了是钱，不卖是命。古玩贩子买走的第二天木匠去要，其实也不是去要，就是去看看。那张床已经不在了。

木匠的心一下跌落到了肚脐眼下，他不能骂，也不说人家的不是，他已经预先知道床会消失，可谁也没有想到他重重地打了自己一个耳光。讲这个传言故事的人告诉我，那个木匠失去了床就疯了，就因为床上那几个妇女木头人人，那张床上睡过妖精。

我说，你不怕那妖精让我也疯掉？

古玩贩子看着我笑了："因为你也是妖精。"

传言是一个罪恶的群体，人们拥有统一的语言，统一的情感、统一的思想、统一的方向，那个方向必须有所牺牲，没有一个人相信木匠的疯是因为再也看不见床上的手艺。得到可以让人亢奋不已，失去也可以让人亢奋不已。我得到它时已经经历了几手。

买了它回来，我仔细擦干净，上了一遍桐油，暗红的光泽下散发出来的芬芳让我如此欢喜。

就那份意境，无端地从花格伸进来一盏台灯，台灯蛋黄的光照在一册喜欢的书上，静夜的好时光下便觉得幸福莫过于此了。古人说："吹灭读书灯，一身都是月。"我试着就想找这种感觉。人活一辈子就为了找一种感觉，感觉找到的时候，就发现幸福了。

今年春天的四月，我去看桃花，在乡下的一座古庙里，所有的一切衰败得厉害，桃花是唯一的鲜活。我走近一棵桃树时，发现它的树干动了一下，吓我一跳，仔细看却发现是一个头发蓬乱的人，一层灰土一层黑皮，一只手耷拉在离地三尺高的地方，像一枝折断了的桃枝。他居然躺在桃树上睡觉，树下有半个黑馍，黑馍上爬了许多蚂蚁。蜜蜂嗡嗡嗡地绕着桃花、绕着他飞，围绕着把他和桃花区别开，蜜蜂知道他身体上没有花粉可采。

一个人，树也可以做床。

最早的人是不是也睡在树上？《广博物志》里有记载，传说最早的床是神农氏发明，谁发明的不重要，重要的是人在夜晚离开了土地。

我们的先祖最早是从哪里走来的，树还是海洋？可以肯定，在农业与文明还没有发展起来之前，树可以遮风避雨，可以钻木取火，人身体的中段部位的私处是用树皮和树叶来遮挡的，一棵树可以是我们的一切，生命的居所，想象的还原，人是多么离不开树木！当树成为木头的时候，木头在人心目中无限放大，天地人寰，木匠来了。对美好事物的巨大热爱，对生活需求的幸福满足，木匠成为一个日常奢侈的欲望。

中国最早的床的实物是河南信阳长台关出土的战国彩漆木床。该床长 218 厘米，宽 139 厘米，六足，足高 19 厘米，床面为活抽屉板，四面装配围栏，前后各留一缺口以便上下。我觉得当时的床是放在房子的正中间，不然不会有前后缺口。屋子能有多大？一张装得下夜晚梦境的床占据了屋子中央，木匠让我们后来的出生固定在大地一个位置上。想想，真是透着一股古老传统的时间和诡异之谜。

说一个地方人杰地灵，也与床有关系。说是东汉时期的徐稺（97—168），字孺子，豫章南昌（今南昌市高新区北沥徐村）人。一贯崇尚“恭俭义让，淡泊明志”，不愿为官而乐于助人，被人们尊称为“南州高士”和“布衣学者”。十五岁拜当时著名学者唐檀为师。唐檀去世以后，徐孺子便在槠山过起长期的隐居生活，一面种地，一面设帐授徒。东汉名臣陈蕃到豫章做太守，立志做一番大事，一到当地就急着找名流徐孺子请教天下大事，随从劝谏应该先到衙门去，结果被他臭骂一顿。当时徐已年过半百，陈蕃派人将他从槠山请来时，专门为他准备了一张可活动的床，徐来时放下，走后挂起。王勃在《滕王阁序》中说：“人杰地灵，徐孺下陈蕃之榻。”把徐孺子作为灵秀之地生长出的杰出人才。

杰出人才多少年后依然杰出在文字里，这世界能有几人？人活着的意义就在于能在世上留下一段佳话。很多时候很多人没了，一辈子活得似乎很凌乱的样子，爱恨荣辱一波未平一波又起的势头到最后和佳话始终是不沾边儿。

我留意那些窗户下放着的床，大都已经现代化了。民间有一种床叫簸箕床，民国到解放后很流行，也还有点意思，很像是榻和罗汉床演变而来。清代的床大体都保留了明代的风格和特点，一般用硬杂木，好的用核桃木，没有南方的精雕细刻。

在乡间我见过一张老床，三块独板连绵不断结合而成的屏风，床头床尾画“功名富贵”。古人的功名富贵怎么来画？就画牡丹、公鸡。公鸡有五德：头顶红冠，被古人认为是“文德”；姿态凶猛，是“武德”；公鸡好斗，见比自己勇猛的就会应战，被认为是“勇德”；觅见食物就招呼同伴，是“仁德”；按时报晓是“信德”。唐朝诗人李贺有“雄鸡一唱天下白”的诗句，鸡鸣预示着日头要升起来了。“公”与“功”同音，“鸣”与“名”同音。牡丹则寓意富贵。功名富贵是高官厚禄，是丰衣足食，是无忧无虑，是吉祥美好。床身和抛物线的华丽束腰一体，透雕狮子和阳雕草龙纹、云纹一气呵成；靠背中间阳文雕刻了“福寿三多”瓜果。“三多”来源于《庄子・天地》中的“华封三祝”。佛手的“佛”与“福”声音相近；传说中的桃子吃了可以长生不老，是长寿的象征；石榴多籽，寓意多子孙。圆雕和透雕结合处，脚踏底端是神兽。该榻通体黑漆为底，以极细的工笔和富有层次感的写意手法，在屏板内侧描金绘满蝙蝠。这让我想起来乾隆下江南时的一张老床，乾隆在那张老床上书写了七言古诗：“轩辕液金作神物，德合乾坤明日月。阴阳精气此蕴郁，万八千春岂湮没。丁甲护持魑魅祓，中圆光外绿云蔚。如星重轮丽天阙，四灵五岳交唯榻。汉唐俗制气早夺，其祥应不让屈轶……”并附二印，其一为“德充符”，另一为“会心不远”。乾隆皇帝的七言诗和二印很有些意蕴，乾隆不是一个没有节制生活的皇帝，不像汉刘骜因了贪恋床上功夫到最后连走路都有点迟钝，一个竭尽自己欲望活着的人，床笫之欢让他合上眼时不是醒，是绝命而去。

床上的人性是解放的，与床的丰富性、复杂性和层次性得以逐步展开，和自然山水有一样的疗疾功能，弥散和蕴含着使人身心舒畅的“释放”，也可驱郁化闷，但却不能叫人耳聪目明。“床事”是一个暧昧的词，我的一位学医的朋友说，床事可调节中枢神经系统的兴奋和抑制状态、改善心肌营养、刺激造血系统功能，可使红细胞和血红蛋白增加，明显地可使人放松。也就是说，能叫你神凝形释、豁然疏朗。

我走进一户人家，正是采摘花椒的季节，院子里铺了一层，屋子里床上铺了一层，花椒的香气无端地叫我想起了“椒房”。洪昇的《长生殿·定情》：“怕庸姿下体，不堪陪从椒房。受宠承恩，一霎里身判人间天上。”

我看见那个在灶台边油炸麻花的女人笑了。麻油在锅里慢慢地鼓着油窝，她一边往面盆里撒椒盐一边和我说话，两只手搓着长长的面，拧成麻花，“刺啦”一声下锅了。我看到她的嘴唇四周起了一层干皮，一个缺了水分的女人。

她说：“那是一张地主家的床，祖上土改分来的，那画着的金人儿是老戏《西厢记》，来看的人，多没有一个出高价。我睡这床糟蹋了。”

我说：“嗨，床就是叫人睡觉，叫人生儿育女。”她大笑了起来，好像有一星唾沫落进了油锅里，响了一下，她手上的一根麻花又下进了锅里。

果然是画了《西厢记》，有些衣纹不是太清晰了，我站在床前看，始终看不仔细。一个男孩跑进来喊：“妈，麻花好了没有？戏快要开了。”村子里唱戏才要炸麻花、煮油糕。村中央的什么地方传来锣鼓家伙声，男孩拿了一根麻花跑了出去，女人喊：“还没有给菩萨烧香哩，你个吃嘴东西！”

女人看着我说：“他就是在这个床上生的，坐月子，没少往那画上尿，看不清，尿洗过还是看不清。小孩家屁也不懂。”案板上的麻花已经堆起来，她麻利洗手也赶着出门去看戏。

我走过戏台，看到戏台上有红帐子，一个头顶盖头的女子正在听谯楼上打三更，那个舞台上的男人不去掀她的盖头，一掀了盖头便就是含情脉脉、半推半就。我一时想不起唱的是哪出戏，看戏的人面部表情僵僵的，嘴张了好大，专等洞房花烛夜一波三折风生水起，接下来就有戏了。

《梁书·羊侃传》记载：有个叫张僧胤的宦官去找羊侃，羊侃不理他，说："我床非阉人所坐！"过去的人是如此决绝，床是人生交际的开始。

《世说新语》也有记载："纪僧真得幸于齐世祖，尝请曰：'臣出自本县武吏，遭逢圣时，阶荣至此，无所须，惟就陛下乞作士大夫。'"齐世祖告诉他："此事由江敩、谢瀹，我不得措意，可自诣之。"于是纪僧真领旨去了江敩处，他刚"登榻坐定"，江敩就马上顾命左右曰："移吾床远客！"弄得纪僧真"丧气而退，以告世祖"。而齐世祖的回答却是："士大夫故非天子所命。"表示他也无可奈何。

士大夫应该就是当今有文化的人，有文化的人有骨气，也当有一重不一样的世道人心。

这一点农民比"士大夫"胸怀开阔，你只要一进门，家里的女人都会说："坐，床上坐。"

上门不欺客，是打心眼亲热，无一点生分。对于上门的客人，农民的情感来得总是卑微暖热。

假如床上生出的都是不成仙不成佛的孽种，断不掉尘念，超脱不得，在人界、冥界、天界之间，连魂扯肉的半界世界徘徊，离开床便开始神经直跳、灵肉俱狂，终将成为一个自私的人，一个欲望唯我世界的人。回到床上，谁都会想到明天是最美的永远，那么连接明天的永远是一张床，床是人的三分之二人生，那么床上的戏剧故事一定是用来说教睡它的人不要叛离自己。

据说"床"在汉代是一个名称使用范围更广的词汇，不仅卧具，连坐具也称床。如：“移吾床远客！”汉代还有梳洗床、火炉床、居床、册床等。西汉后期出现了“榻”，“榻”的出现和“床”才有了明显的区分。对于床，汉代刘熙在《释名·床篇》中解释道：“人所坐卧曰床。”又说：“长狭而卑者曰榻。”《说文》也说：“床，身之安也。”而榻，则是专供休息与待客所用的坐具。汉代少数民族的“胡床”，是一种高足坐具，其实也是我们所叫的“榻”。隋朝“胡床”又变称“交床”，唐朝又变称“绳床”，宋代又变称“交椅”或“太师椅”。

20世纪90年代末期，有收古家具的从古村往出拉椅子，拉到大路口或县城出河北、河南的地界，有人不到两年时间跑坏了两辆四轮车。美好的东西都与知识有关。那么是谁叫生活逼迫得疯了要做出一些无知的事情？“破四旧”让农民与俗世隔绝，当所有的“美”全部以“新”为破时，“新”竟是如此霸道！

见过一张架子床，它的做法是四角安立柱，床顶安盖，俗谓“承尘”，顶盖四围装楣板和倒挂牙子。床面的两侧和后面装有围栏，多用小块木料做榫拼接成多种几何纹样。因为床有顶架，所以叫架子床。村民告诉我，原来村庄里的大户王家有一张拔步床。他说不来那床的样子，只说是其外形好像把架子床安放在一个木制平台上，平台长出床的前沿二三尺，平台四角立柱镶以木制围栏。还有的在两边安上窗户，使床前形成一个小廊子，廊子两侧放些桌凳小家具，也可放铜脸盆和尿桶。说拔步床放在王姓大户人家的室内，很像一幢独立的小屋子。王家的另一串院子有过一张罗汉床。它的左右和后面装有围栏，但不带床架，围栏多用小木做榫攒接而成。围栏两端做出阶梯形软圆角，有几分大气入了进去。后来叫人劈柴烧火了，因为木头硬，竟然燃得不够欢。

有一本书上说，以前土家男女青年结婚，男方要打一架“滴水床”。滴水床并不滴水，只是形状上好像屋檐的滴水一样。素常有一道滴水和两道滴水之分。两道滴水床，又称为“出一步”床，雕龙画凤，十分讲究，堪称土家一绝。一道滴水和二道滴水之间为踏板，宽六市尺零半寸，深四市尺零半寸，左右设床头柜，可当坐凳，主要木雕在二道滴水上，如“八仙过海”“金瓜垂吊”“龙凤呈祥”以及各种花纹的“芽饰”，加上漆工艺术处理，显得斑斓绚丽。按鄂西习俗，床的尺码，均不得用整数，必须加半寸，俗话说，“床不离半，屋不离八”，“半”由“伴”的谐音而来，“八”由“发”而来。古人的可爱处是把一个汉字真当一个字来用，用尽用透，用出一种惊魂来。我们现在用汉字就像用一粒空壳子弹，怎么都射不进一个人的心灵。

床事不能情绪化，而要理性化，否则就是对生命的摧残。床上，油匠、木匠雕刻和画出的那些戏剧人物故事，重要的不是图个好看，重要的是睡醒之后提醒人活着的意义。

有一个说书人，开场前说了一个段子，说一个老头娶了个少妻，终于一病不起。大夫警告他：“你骨髓已经没了，只剩下脑髓了。”老头大喜，看着床上的娇妻发自肺腑地问：“大夫，你着实和我说，脑髓还可供我战上几次？”居家过日子，得有一种把握，床是天堂也是地狱。

人安居方能乐业。可往往居不易。守护土地的是一座村庄，守护家庭的是一场婚姻。婚姻最主要的用具是床。婚姻不和出现先兆前期反应是分床。“阿妹的肚子像牙床，是个冬暖夏凉的好地方。”近乎承袭和稳定了生命最初的忠实，白描见心得入骨，床的重要性就看出来了。词语对婚姻的解释是这样的：男人和女人结为夫妻，已结婚的状态。男人为女人而婚，女人为自己而嫁。我以为婚姻最主要的一件大事，就是依赖床合法化地生儿育女。

记得有一年夏天我去一个工地找我表弟，晚上的建筑工地楼层地上睡满了民工，他们只穿裤衩，躺在凉席上，睡得很放肆，四仰八叉，有的人在旁边摔扑克叫喊声很大居然也没有吵醒。各种牌子的烟雾懒散地飘在建筑工地的上空，灰的幕笼罩了一切，月光懒懒散散相拥，不亲近，也不拒绝，地上的鼾声此起彼伏，如同白天他们的体力活那样沉重。一辈子没有睡过一张好床，睡眠却很踏实。柳青说过："人是一架耐磨的机器。"就他们那样的集体睡姿我以后再没有见过。童年时夏日的夜里，院子里铺一领苇席，男人女人孩子们都坐在上面，月光明晃晃地当头照下来，就等于给梦找一个憩身之地。我听到了不远处的玉米地里，蛙鸣声弹着青玉米的叶子，明丽的月影朗照一切，白天出山的大人们把山外听来的事努力用农民文学家的口吻复述一遍，谁都怕上茅厕误了精彩的一段。小孩子们不敢大声喊叫，怕一不留神碰落了玉米的香气、青草的香气。

月影下老窑花纹繁复的窗栏板，一棵树宽的门扇，紫铜的门环，铁葫芦锁，看着看着睡意来了，不等散场人就睡过去了，被大人喊醒时骨软心糊得恨不得死过去。那样的睡眠我再没有找到过，尽管我处心积虑买了一张清代的雕花木床。

一座被改造了的村庄

走吧，山峦河流皴出阳光的明暗，假如我不回头。

今生我的双脚要走过多少道路?

一个宽阔的谷地间，曾经有一条河流过，如今一群羊恰似河的洪峰滚出山间，向远处四散而去。

这生殖的土地，鲜花盛开，青草繁茂，正适合成为羊们的口粮。

一切都是晴朗的光照，数丈宽的河道蜿蜒，无水。下游一位年长的老汉说：“往山里走是它的源头，公家人叫它沁河源。走到我的脸前头我们喊它秋水河，因为从前的秋天雨水多时它的声音大便有了这个别名。”

古人誉之为“沁水秋声”。

有诗曰：

滔滔沁河不停留，一色同天节到秋。
银汉高连云漠漠，金风暗转韵悠悠。
一帆风顺千波助，万籁含虚两岸幽。
浪及中州勤灌溉，但叫邻省屡丰收。

这条让“邻省屡丰收”的南北贯穿晋东南的沁河，发源于山西沁源县的霍山，郭道镇以上为上游，郭道镇以下经沁源、安泽、沁水、阳城等地进入河南境，在河南沁阳接纳丹河后转向正东，在武陟附近汇入黄河。全长 456 千米，流域面积 1.29 万平方千米。

沁河下游平原有广阔灌区，隋、唐时已开渠引灌。隋为通济渠，唐改为广济渠。元中统二年（1261）开浚的广济渠引沁水灌溉济源、沁阳、孟县、温县、武陟 5 县民田 3000 余顷，后 20 余年淤废，1329 年左右修复，今济源、沁阳等县的广济河就是当年广济渠故道。

1952 年修建的人民胜利渠将武陟与卫河沟通，在沁河和黄河汇合处分洪。我从老百姓的嘴里知道，许多年沁河都没有涨水了，当年上游下雨下游涨河时，站在沁河岸边举着粪叉捞横财的人们一脸兴奋，洪峰一个浪头一个浪头滚来，猪啊羊啊的，河岸上等待的人心跳得“嘭嘭”响。

沁河古称沁水，也称少水，《左传・襄公二十三年》：“齐侯遂伐晋，取朝歌。为二队，入孟门，登太行。张武军于荧庭，戍郫邵，封少水。”

文中的少水即沁河，当指沁水县端氏镇附近河段。

端氏附近河段有西城村，是沁河岸边一个小村庄。2000 年时村庄里有几十户人家，2012 年的夏天人口少到只有十几户，村庄在老人眼里生成败灭，一代一代人老去，一代一代人成长，谁家的子孙活成人样子了，谁家的日子活得百般得劲，日子一天天垒起来，垒成了坟墓，活着的死了，死了的不出三代自家祖坟上的香火就断了。

老人说，人只能活三代。

三代后谁也记不得自己的祖宗。

长记性的人实在是少，除非自己的祖宗入了文字。

西城村的人不知道西城村的历史，西城村的历史关乎着中国古代社会进程的记忆，它是沁水历史上第一个政治文化中心。

你说这些，西城村人不信。

他们认为，现在的人都喜欢说大话，针尖大的事情能说成天大的窟窿。

可西城村确有历史可寻。

西城村是晋国最后的国都。从三家分晋始，最早的县治是西城村的端氏聚，历春秋、战国、秦汉、魏晋、北朝。隋代端氏、沁水二县并置，沁水县移至今日之县城。

西城村，这个名字很容易叫人猜想出答案，城西边的村子。会想到它是端姓人聚居之地，走到现在我们已经很少见到端姓人了，在远古端和氏本是两回事，姓起源于女系，氏起源于男系。

《通志·姓氏略序》中记载："三代之前，姓氏分而为二，男子称氏，夫人称姓。"秦汉以后，姓与氏始统称为姓氏。清代顾炎武《日知录·氏族》记："姓氏之称，自太史公（司马迁）始混而为一。"

司马迁的《史记》有人说有小说的迹象，好读，不讲等级，以细节和故事为重，每个人都有自己不同于常人的品行和个性，把人写得极有感情，把历史写得极有个性。

《红楼梦》林黛玉的潇湘馆挂有一副楹联：绿窗明月在；青史古人空。告诉我们人的寿命不及文字，而人活着，贪图富贵的人到最后也都把一切看透了，唯一对名垂青史贪得无厌。

从古到今有几人能入了史？

端氏聚的地名到现在已经无法考证了，所有人只知道沁水县有端氏，没有人知道有端氏聚的地方，历来执政者都喜欢修改地名，把端氏聚改成西城村，既没有内容又没有历史，无非是城西的一个村庄而已。

不能简单怨西城村的人不知道自己的过去，实在是寻着村名找不出任何结果来。

日子是天气过来的，以往的日子里端氏聚确有几个好天气。好天气和人与事有一定的关系，比如说这一天阴雨连绵，没有日头，可偏偏这一天传来了喜报。你能说这不是一个好天气？

历史对于端氏聚有幸，幸在与名人有缘，与政治有缘。一条大河为一介书生的姓氏而浩荡而激昂而感动的时候，姓氏与土地的结缘使得这块土地在历史中有福了。

明代吴宽《家藏集》卷五七《端友传》中有："端友，盖春秋时卫人，端木叔之裔。端木叔好游，庄周称其维山川险阻无所不之者也，曾南游过五岭至端州曰：'此吾姓也。'止之，遂去木称端。"

端氏之姓由端木叔改之，端木叔为端木赐后裔，其与端友应当为战国时人。端木赐子贡为春秋卫国人。春秋时的卫国辖地按现在的版图来规划应该包括河南北部与东北部、河北西南部，与山西东南部接壤相邻。春秋时期，端木家族中可能有一支迁入山西沁河岸边，因为喜欢，所以入定。

走到此处是不能不叫人的心空阔起来，走到此处，杨柳晚照的亮隙间，眼中有水，胸中有山，无怪乎端木叔要为他的先祖感叹了。端木叔的先祖，唐人林宝《元和姓纂》记载：孔子弟子端木赐，字子贡。子贡后人以期字为氏而为贡姓，所以端木氏与贡姓实为同姓，后人改称端木氏为端氏。

卫地子贡，其子孙迁居沁水后，便称迁居之地为端氏聚。

越有文化的人越简单，如飘落至此的一团云笼罩在一堆柴上，无论落哪里都弥漫着人间烟火气。

端木赐子贡是谁？是孔子七十二高足之一，善言辞，在鲁国、卫国做过官。春秋时齐国曾攻打鲁国，子贡游说齐、吴、越、晋诸国，促使吴国伐齐，并大败齐师，保住了鲁国，子贡因此曾到过晋国。晋国先后建都于今山西翼城、曲沃，子贡由鲁国入晋，无论是去山西的翼城还是山西的曲沃，一条沁水都是其必濯足的地方。

子贡又善货殖经商，经常往来于晋鲁之间，家有千金之富，是孔门最富有的弟子。

子贡遇过的最清澈的河是沁河，依傍着婆娑的树影，静立在流动的水边，时间、空间里的村庄，他驻足停留，一个生意人和一个学问者的满足，层叠的杨花柳絮，望过去，所有像一幅中国山水画中的墨晕染开去，风水因此展开。

到过沁水县郑庄西城村的人会发现，从地势上看西城村与河头村最初是连在一起的，只有连在一起我们才能看出历史上一个侯国国都的规模。

那么是什么坏了曾经完整的一座村庄的风水？

是流入沁河的县河之水？是战争？是变幻莫测的风云历史？

县河之水由西而来，河岸的树遮住了古人极目远望的视野，砍伐，一段繁华盛世的热闹景象，也是国家衰落而致穷奢淫逸的狂妄激情。

当卫地端木氏之一支迁居西城之地，以居地而名为端氏聚时，端氏聚隶属晋国。魏韩赵三家分晋时，迁晋君于端氏聚，西城成为晋国最后的国都。战国时沁水县归属韩国，继而赵国又夺去了晋君食邑之地，沁水又归属了赵国。

长平之战秦国灭赵，沁水又归属秦国河东郡。到了汉武帝时，湿成侯刘忠封到端氏聚，建立了端氏侯国，历西汉二百年；光武帝刘秀推翻王莽新朝后，恢复了刘氏天下，又封端氏聚为族兄成孝侯刘顺之子刘遵的食邑之地。也就是说，端氏聚在汉代因汉武帝实施“推恩令”，分封同姓诸侯王子孙，端氏聚“荣升”为一个小小的端氏侯国，直到成孝侯刘顺之子刘遵，端氏聚一直作为侯国之国都，也一直是这方土地上的政治文化中心。

我们来看西城村的风水，西北背靠紫金山，东临沁河，县河由西而东流，汇入南下沁河，冲积出一块三面山峰环拱、一面临水之高平之地，端氏聚就在高平之上，依山傍水，一方形胜，属风水之地。

古人选址是很有讲究的，子孙的命脉气数都在里面包括着，古人称为堪舆术、青乌术，今日称之为环境和谐。

端氏姓入住也罢，封为侯国也罢，古人对自己的居住是不敢有丝毫轻率的。沧海桑田总要被历史车轮无情碾压而过，县河水连年暴涨，不断冲刷崖岸，不断砍伐，不断战乱，不断历史割据，空气都沐浴了狂风和骤雨。

一座小小的侯国，当被风被水冲分为二时，伤风败俗的事情都来了。

历史出了许多谜，我们却不是解谜的人。

有时候想想，败灭比生成格外有一种神秘和威严感。没有政治，没有声名，这个世界拥有这两样，没有比拥有这两样更可怕。

冲刷之故和历史变迁导致了地脉风脉散尽。曾为晋国国都、汉代侯国国都，曾为近千年沁水县政治文化中心的西城端氏聚，失去了旧日的辉煌与威势，只好随着沁河的东流消散了。

不知道明代之前可有端木氏的后人来此寻过自己的祖先？应该说是汉代之前还有端木氏一支，他们的衰落又因为什么？是因为枪杆子里面出政权？因为汉代王室的分封让村庄里的端木氏都赐姓了刘？还是富不过三代，朝代更迭中端木氏如强权政治裤裆里的虱子叫人家随便抓没了？

如两种结果取其一种，尘世劳作的端木氏一支左转右掉都显得悲凉了。

清代雍正年间泽州知府朱樟来到沁水，很想知道晋国的子孙生活得如何，到处查访找不到晋国子孙，晋国之前的端木氏，他想都没有想起来。他很伤感地作《端氏城怀古》诗云：

言寻鹿路转林腰，深喜居民未寂寥。
百折溪泉收嫩堰，一犁寒雨立疏苗。
山遮岭北峰尤峻，水曝村南势渐骄。
城郊已开分昔日，教人何处问椒聊。

椒聊指花椒子，喻子孙。

朱樟打问的是如今的沁水县的端氏镇，端氏聚在汉代的时候就已经消失了，村庄的名字流落到离西城村数十里的沁河岸边，流落的途中丢失了“聚”，同时也丢失了自己不凡的身世。

端氏的村庄里哪里寻得见刘姓子孙！

如今西城村生活的依旧是汉代延续下来的子孙。

我看到刘姓子孙的后人，他们满身沧桑，满脸茫然，对于他们的先祖已成为断流的县河身后一个遥远的传奇。曾经的改朝换代，在他们来说已经成为今古故事。

岁月风景，往前活，有多少人远离了埋有自己血亲的故土？抽刀断水斩断了谁的富贵？

我见一位挑箩筐的汉子走来，我迎上前说：“你们刘姓先人曾经做过汉代的皇帝。”

汉子盯着我的脸说："我的先人是李世民。"

我好一阵子才反应过来。他姓李，李姓又是什么时候迁来的呢？我冲着对方的背影喊过去："你们西城村还有姓啥人家的后代？"

他甩过话来："百家姓人家。"

调换了一下肩，一根扁担两条挑，担风担雨担重任，担天担地担日月。他让我看到了有知识人的贫嘴。

他是一个有文化的人，他让我看到了有文化人的贫嘴。生活掩盖了生命种种辛酸和叹息，活着，除了为明天而疲于奔命，他已经对所有缺乏了热情。

是的，热情！没有了热情的村庄，其实就是宿命的象征。没有热情的村庄也就等于结束了万紫千红的生活，村庄结束了生活也就结束了村庄的历史。

可是谁又知道历史是如何改造走了自己的祖先？！

佳人相见一千年

夏日午后，读一本关于首饰的旧杂志。一篇文章中说胡兰成的女人怀孕了，找张爱玲去倾诉，那女人讲到她肚子里的孩子时，脸上有哀婉之色。

张爱玲打开箱子，取出一只金手镯递给那女人。爱，生活的，全都逝去了，寂寞和孤独扑面而来。张爱玲要那女人去当了镯子，取掉那个孩子。那个孩子的出现本就带了一点鬼气。镯子如胡兰成的世井情调，即刻烟消云散。

对胡兰成的认识依赖于一张照片，照片上一个耗尽阳气的男人，嘴角轮廓还算柔和，不知为什么，也许是因为张爱玲，我看他时我的嘴角略带嘲讽。一个女人用一只金镯子给他爱过的男人埋单，这个女人容我五花八门去想，始终会想到她的胸襟。

爱情本来并不复杂，来来去去不过仨字，不是“我爱你，我恨你”，便是“算了吧，你好吗，对不起”仨字儿，动摇着这个世界建立起来的爱。

这个社会没有一个人敢穿一袭清朝大袍走在大街上，张爱玲敢，她有那份举手投足间的气度。我见张爱玲的照片，她手上戴着的手镯不像是金子的，老照片尽见她的雍容和妩媚，有一段时间我老想她的气质，那腕间戴着的该是什么材质？她的耳环长长短短，倒是都很明朗，每一张照片都可说是配得上经典。

旧杂志里我看见了宋美龄，106岁，那张素脸，两粒翡翠耳扣，被时间的风雨吹得老旧的纸质上看不见成色，富贵人家的阵容还在。左手腕上一圈翡翠玉镯，右手腕上一圈翡翠玉镯，长长的一串翡翠珠子挂在脖子上，我猜她一辈子是喜欢翡翠的。

一个女人，年老时脸上已经挂不住胭脂和薄粉了，她依旧画嘴唇涂指甲油，依旧戴环饰。一辈子颠倒众生，迷惑人心，到老都保持着政治界面中贵夫人的格调。欲望对女人的诱惑没有权力支撑时，首饰可以代替并满足一切。

放下杂志时我想起了林徽因。我没见过一张照片上林徽因手腕上有环饰，最多时候是脖子间的那一粒小巧的鸡心长项链，黑裙白衣，她是以书卷味与才女气质行走在民国。从个人化的诗人转型为北京的设计师，当年她拍案大骂吴晗保护北京不力，并勇闯北京市市长彭真的办公室，百试无功下，她痛心疾首地问天：有朝一日，悔之晚矣！尽管有些任性，却恣意得那么可爱。

这个女人，天也妒忌。

我一直无法想象她戴镯子的样子，那么，如果她手上戴了玉镯呢？有人说，首饰很大程度上是围绕人的生殖区而装饰的。假如是，那一定是吸引，不然怎么会有人心甘情愿为她孤独老死。

林徽因不需要戴什么首饰，好看的人不戴什么也好看。

说真的，我很喜欢腕间有悦耳的叮当声。有一位朋友，手腕上常戴着沉香珠子，知道他是什么珠子协会的，珠子协会里的人都喜欢收藏什么样的珠子呢？玛瑙？琉璃？玉石？珍珠？金子呢？水珠、泪珠、钢珠算不算？

“泪落连珠子”，我想“泪珠子”也该算一种珠宝，因为它有情感。凡是掉泪珠子的人内心都受到了外伤的冲击。

其实任何一种珠子都来自于一次意外的伤害。比如珍珠，当海底一只海贝的身体被无意中嵌进一粒沙子的时候，为了保护沙子给身体带来的疼痛，海贝们开始分泌一种液体包裹那粒沙子，时间的最后让它们凝结成一粒珍珠。还比如琥珀，无端地把一只在尘埃中飞行的昆虫胶死在里面。

“却与小姑别，泪落连珠子。”“试把临流抖擞看，琉璃珠子泪双滴。”当年看电影《红河谷》，它的主题曲响起，一听到那句“我的眼睛里含着你的泪水”，我便也想落泪珠子。

我有一串元青花包银手链，老瓷黑褐色的斑点上有带点锡光。我一看到它便怀想蒙古帝国控制下的漫漫丝绸之路，到达亚洲的另一端，已经是七百年前的事情了。青花瓷作为中国古瓷中最茁壮的一支，曾经为17、18世纪的欧洲人所迷恋。2009年7月我去新疆看到艾提尕尔清真寺，我突然明白了青花最初的发展壮大，却是为了响应伊斯兰世界的审美要求。包括后来用的“苏麻离青”就很可能直接来自伊拉克那个至今仍然称萨马拉的地方。艾提尕尔清真寺外墙贴满了青花瓷砖，一个叫香妃的女子葬在里面，听当地的人讲，棺椁里葬有她用过的首饰。

我的那串手链，一些时间里成为我着装的一个“眼”，我穿什么样的衣服，它在腕间都有一种与众不同的婉约。

旧杂志包含的信息量很多，仔细阅读似乎办刊宗旨就是为了取悦女人。依旧是说女人的配饰，下意识地我看我胸前的三粒“蜻蜓眼”，出土的玻璃料器，也叫琉璃。琉璃被誉为中国五大名器之首（金银、玉翠、琉璃、陶瓷、青铜），也是佛家七宝之一，到了明代已基本失传，只在传说与神怪小说里有记载，《西游记》

中的沙僧就是因为打破一只琉璃盏而被贬下天庭。我用粗麻编了一条绳，那三粒琉璃就坠在我的胸口。它沉积了历史的华丽，早晨一起床洗漱完毕挂上它，抬眼时便看到世界到处是绚丽的快乐。

和"金"比较，我喜欢"银"，并且一定要老。喜欢老银的色调、质地、做工的样式，因为它传达着一个时代更为丰富的民间气息。

有女子手腕上会戴五六只很素的银镯，它的声响不是翠响，是若即若离。举起手，放下，动作里有银的慰藉，真的很好。

手腕上的银镯，如早晨的树，阳光升起来，隐约间闪亮着银的光，那光如喜动的蜜蜂。

那一年我去德国，在海德堡的老店里，买过一只民国特色的卡扣镯，可以开合，有簧片扣着，两端有银链相系。与漆器手镯同戴在一只腕上有意想不到的特殊美感。在海德堡我还买过一只红金手镯，是一条蛇，两只眼睛是红宝石，蛇头镶嵌绿松石，一头一尾是红金雕花，身子是一种麻，我说不出到底它是麻类的哪一种植物。蛇头下有一行英文，大意是1865年打造的，为一个女人。

天光迅速流尽的冬日傍晚，它弯曲在我的手腕上，我举着一杯红酒，酒精在体内涌动，情绪在流淌中高涨，它从一个欧洲女人的手腕上来到中国，它诞生的那个时代，到底发生了什么样的故事？我的女友说，它的出现有可能是为了纪念她的母亲。

首饰天生就是为女人打造的，母亲也是由爱情进化过来的名词，终归是和感情有关。我一直弄不懂。

我完全相信，这个世界正发生着比我想象还要出格的事情。

我还有一只藤包银的手镯，上面刻有暗八仙、寿字纹、葵花、盘长、芙蓉等纹饰，分别代表着幸福、长寿、多子、吉祥、富贵。它的空白处有一行小字，上面写了"月下美人来"，另一空白处写了"庆爷"，都是后刻上的。我觉得这几句话有些蹊跷，像是一个女人在偷情。银上的寓意已经明白，再写就是多余。何况那“庆爷”二字江湖味儿很是十足。我不管它的曾经，我戴着它，我想象我和那个“庆爷”调情，我不给他拒绝感，我只能告诉他，我是你想不到的唯一的例外，你已旧去，我还半新。

清代到民国时期精工打造的锁片、项圈之类也是我颈上配饰，如果搭民族风的衣裳走出去也会成为众人瞩目的焦点。老银耳环中隆重的点翠和嵌宝耳坠我也有，一般不戴，我怕丢失。如果要戴，也要选面料柔软、不带蕾丝或网眼的衣服，以防摩擦或勾拉损坏。老首饰全是老银匠手工一点一点打制出来的，可见古代银匠工艺非凡。

我朋友的父亲年轻时是一个小银匠，他说，在过去好的银匠没有三年是出不了师的。好的首饰戴在气质般配的女人身上会叫人眼前一亮，会让我有惴惴不安的心跳。

旧杂志上有文章纪念屈原，诗人把屈原当做自己的祖先。多少富贵荣华，多少功成名就，多少道德文章，多少方略宏图，一概远去了，可是谁的生命能够嵌入历史呢？那些被欲望绊着脚的享乐不能，历史把屈原抬到了文字的高处。

不想那些沉重的话题了，想五月端阳是一个节日。

想起了端阳节前，生得白里透粉的女孩儿手腕间和脚腕间拴上了五彩丝线，温婉清丽的样子。在黄昏苍茫的院子里蹦蹦跳跳，时间和空间在氤氲之中被分割为两段，小女孩最幸福的年龄时段里一无所知。端阳节好像是给女孩儿过的节日。各种丝线粗粗细细，袖管挽了很高，洗脸玩水都不舍得打湿了。我现在回想起来，那个年龄怎么回忆都是一团影子，只记得腕上最早的首饰是母亲给的。“彩线轻缠红玉臂，小符斜挂绿云鬟。佳人相见一千年。”是女孩儿的另一段开始。

苏轼写这首《浣溪沙·端午》的第二天就是端午节，他写给他心爱的女人朝云。岭南的旧历五月，天气应该是很热了，他的女人要用兰花香草来沐浴，然后用彩线缠臂，以期祛病除灾。

男人是不是每一首诗歌里都要珍藏着自己的情感秘密和生命气息？

端阳节拴五彩丝线，有的地方叫“五彩长命缕”或“五彩续命缕”。“系出五丝命可续”，“五月五日，以五色丝系臂，名长命缕”，后人也称“续命缕”。

我小时候戴端午彩线要戴到八月十五，躲过酷夏，在一个有雨的日子母亲帮我剪下扔进河里。母亲说，五彩丝线可以避邪和防止酷夏五毒近身。我还记得剪下丝线时，我和母亲站在河边，母亲口里念念有词：“叫河刮走吧，刮走近我闺女的邪门歪道。”我看着那旧了的丝线漂在水面上，一个小波浪，一个小波浪翻滚着远去了。

河流带走了许多，我一直希望，守着一条河流，过世界上最美的日子，我知道我已不能，每个人都无法逃脱命运的悲剧。

说到悲剧，这本旧杂志上也写到了“杜十娘”，女人一生的财富是她全部心身换得的首饰，她想戴着她的首饰离开那个淫言秽行的下流之地，去寻求清洁雅淡的风流，她不知，世间的“风流”原本都是露水恩情。她只能感叹：“妾腹内有玉，恨郎眼内无珠。”翠羽吗？明珰，瑶簪宝珥，祖母绿、猫儿眼，值钱么？要我看最值钱的是睁着眼看世间百态。我认为，女人自己买首饰某种程度可以助长女性的独立意识和欢喜，男人送女人首饰只能说一时之间可以扩大感情的衍生空间。

有一年去枣庄，去时已是冬天。去看“李宗仁史料馆”。经营史料馆的女人已经逝了，是李宗仁最后一位太太，影星胡蝶的女儿，叫胡友松。

她活着时说：“一生有着太多的迷茫，胸中有着万千沟壑。”

影星胡蝶告诉她：“记住，你只有母亲，没有父亲。”

她是胡蝶和人偷欢而来的。她和李宗仁的婚姻只有两年半。不知道她是否也拥有母亲胡蝶一样的花容月貌？我问那个讲解员，那女孩看着我半天想不出来该如何回答。走到楼上的阳台前她突然回转身说：“她手上一直戴着一个绿色的塑料镯子，因为她的首饰都捐献给了桂林李宗仁官邸，就那个塑料镯子，没有人看得出它的贱来，六十多岁的她戴着，衬托得她贵气逼人。”

女人手上的指环，在古代，戒指是用来区别和记载宫廷女子被皇帝“御幸”的标志。女人“进御君王”时，都要经过女史登记，女史事先向每个宫女发放金指环、银指环各一枚。如果某一宫女左手着银指环时，表示已安排将要与皇帝同欢，而右手着银指环时，表示已与皇帝同欢完毕。如果右手着金指环时，表示正当月事、怀孕之时，应该暂避君王御幸，女史见了就不将其列入名字，起到“禁戒”作用。

项链和手镯就不用多说了，最早则起源于原始母系氏族社会向父系氏族社会转变时期所发生的抢婚。在从夫居的制度下，男子往往掠夺其他部落的妇女或在战争中俘获的女子作为妻子。为防止被抢妇女趁战乱或夜间逃走，胜利者往往用一根绳索或树环套住女性的脖子或双手，企图使她们驯服。后来逐渐演变成用金属套住脖子或手。耳环也是驯服女性的“刑具”之一。女人们啊，一路风雨而来，因祸得宠了。生命不可以返回初衷，到后来却点缀得女人风情万种。

看好莱坞大片，会发现好莱坞从来都是混迹着世界上最有型的帅哥，这些人的举手投足包括他们的各种行头通过镜头传递到世界各地，手环、耳环、项链，就是潮流和魅力的标杆。再配上独具个性的发型，一副酷劲十足的眼镜，若隐若现着内敛奢华的袖扣，抑或是标准的六块腹肌……这些面子功课无非是“耍帅装酷”打造出一个型男。只是任何的修饰都不如一款有分量的手表和首饰来得画龙点睛、切中要害。

看约翰尼·德普，他可以算是手镯的忠诚粉丝，嬉皮的、西部的、搞怪的……你可以在他手腕上看见各种稀奇古怪又个性十足的手镯、手链。想想看，一个魅力十足的男人，必须是一个懂得在合适的场合借助恰当的装饰表达自我的男人。男人的首饰对接了男人的气质，有时候就是女人的毒药。

杂志的封底是一张老照片，旧的月份牌上穿旗袍的女子，旁边放着一包香烟。和中国的香烟比，我更喜欢西方的雪茄。其实雪茄之于男人，正如首饰之于女人。虽然男人表现魅力不在于肤浅的形式，而在于品味和生活态度。可我总认为雪茄在男人身上的表现，可以让生性浮躁的心有收山之势。作家里边陈忠实抽雪茄。抽抽停停，说说话话。似乎李敬泽也抽，记忆不起来。

对陈忠实想起来较多。主要是因为那张脸，沟壑纵横，似乎是霸河水的波纹深嵌到了脸上，他那张脸很适合画油画。想他头顶扑打脸的尘土，一路走来，在一片金黄色的麦地前圪蹴着，嘴里一根长长的旱烟袋，温暖、结实、安泰。可他偏偏抽雪茄。雪茄与他的《白鹿原》的关系，实在容不得我们在阅读中太过傲慢。我和他聊天，雪茄的香气总是在谈话的背景中缭绕，很好闻，有一种促使话说下去的潜移默化的功用。那种范儿，不是人人都能抽雪茄。

真正西方现实生活中，能代言雪茄的大佬恐怕只有一人，便是英国首相丘吉尔。历史风云人物，都有自己的嗜好。几乎所有的历史图片中他都是抽着雪茄，因此，雪茄被认为是他的标志性符号。据说，丘吉尔一生中吸过的雪茄的总长度为46千米，吸食雪茄总重量为3000千克，是世界上吸食雪茄吉尼斯纪录的保持者。一个首相抽雪茄抽出了自己的牌子，为前卫的世界带来了丰富的人文意义。这些都还是其次了，我欣赏二战期间丘吉尔和一个记者的对话：

记者："莎士比亚与印度哪个更重要？"

丘吉尔："宁可失去50个印度，也不能失去一个莎士比亚。"

他之后再没有一个国家领导知道：能够征服世界、主宰世界，不是因为战争，而是因为拥有文化的精神力量。

十段时光里的新疆

万物都是相互作用着，比如沙漠、草地、赛里木湖、那拉提，都是以季候、水和阳光构成自己生命的本体。这是一个梦想，当梦想成真时，我看那青色铺陈远去，我找不到大地和天空，我感觉到了我语言的生涩和锈钝，我无力用更加准确的赞美来完成对她的解释，但我努力做到了让自己明白，我此时此刻站立在新疆。

一切都写满了生命的印痕。我的欢实，如青草地上出栏的牛羊撒蹄而去。

红山下的乌鲁木齐

乌鲁木齐，古准噶尔蒙古语，意为“优美的牧场”。

我上飞机前问过鲁院新疆同学椏楠，乌市什么气候。他说，和北京一样。揣想冥思着北京的气候，什么样的气候？刚下飞机热浪扑来。不过乌鲁木齐的气候还是和北京有别的，午后近黄昏，可以安静端坐街口，凉风习习中，注目维吾尔族美丽的少女。

史称“十三国之地”，说的是西汉时期，乌鲁木齐周边居住着十三个部落的游牧民族。丝绸之路新北道上，唯一的收税城、管理城和供给城。无论这里曾经有过什么她都是充满了诱惑的。古往今来，厚重的历史感让每个没有到来的游客心生偷窥，一种念想冲击直逼心灵。

“繁华富庶，甲于关外”，她不仅仅是“富庶”，更是古丝绸之路上的四大文化交汇之地：汉文化体系、印度文化体系、伊斯兰文化体系、希腊和罗马文化体系。当乌鲁木齐失去她最初关于“牧场”的所有含义时，不可复制的乌鲁木齐已经成为辐射全新疆地区的现代化大都市。

到乌鲁木齐，不能不到红山。红山是乌鲁木齐标志性景点。站立高处，可以看到乌鲁木齐城市的全景。董立波指着南面，再往南十千米，就是乌拉泊古城遗址。董立波的胳膊伸长到即将脱臼的年代，他告诉我们，它的曾经的存在，与八十千米外更古老的达坂城一样，是戍守边关的堡垒。王洛宾的《达坂城的姑娘》被传唱得热闹不已，却很少有人知道它曾经是一个盐税关口，抽取由六十千米外的盐湖贩往天山以北各地盐商的盐税。

微风拂面，历史烟云尽过眼前。举目远眺，鳞次栉比的楼房下，对于我，有着生活在别处的另一次意义。

大巴扎，民间的富丽与辉煌

大巴扎的小玩意儿给了我刺激。我是一个十分贪小的人，人都这样，我亦是。

小玩意很多，尤以乐器见长。新疆是一个闻乐起舞的地方，音乐覆盖并照耀了他们的日常。我想象不出来还有哪种幸福可以把他们拦腰夺走，如此，我走进大巴扎的时候，我发现了，是他们的乐器：卡龙琴和热瓦甫。只要拿起一样乐器，我从他们的眼睛中觅到了一种到老也用不完的热情和爱。

我孤独的灵魂以贪小的姿态朝他们靠近。我发现新疆人的交易不像内地人砍价，要到一半多。他们仅出他们认为合理的价位，你可以走开，但是，他们绝不让步到拉你回来。

我买了铜碗、铜壶、冬不拉和热瓦甫。看到一个铜盘，很入心，不想放弃，同行的新疆作协的朋友讲，等我们到了喀什，那里是最好的购物场地。我一路走到喀什，再没有见到它。我想 7 月 5 日回乌鲁木齐再来。

我终究没有买到。7 月 5 日，哀恸春秋。

大巴扎，风情万种，尽管时间紧迫，我看到了我热爱的，我惑过。

穿着艾德莱斯绸的维吾尔族姑娘，她们美丽的好容颜，是大巴扎盛开的玫瑰。

放下俗世，你就能听见花开的声音

我越过天山，青色的皱褶，雪山闪烁着道道银白。天山占满了我的眼睛，我看到了山的呼吸和粗狂的咆哮与汹涌。

进入那拉提，正是青草没马蹄的季节，青色无边。我们经历了两种风情的那拉提，一种是雨后的那拉提，一种是阳光下的那拉提。云卧在山腰上，羊群迎面走来，孩子们举着雨伞当做降落伞一样奔跑。迷人的乡村，雨后脆薄的阳光照耀在它的头顶，光亮的地方有着女性额头一样饱满的光泽。

河流的最后，我想象不出那些聚集在地幔中的能量是如何操纵着板块在软流圈之上激烈搏杀，大地经过漫长的痛苦孕育，诞生了最美丽的风景——草原。暗绿色的青草峰峦一样层层叠上去，蒸升上去的雨后的云气，像戏剧舞台上的水袖一般拂去，阳光下，流韵一样。

我们以自己欢喜的方式涌进草原。花儿四溅，放下世俗，你能听到花开的声音。

那拉提是世界四大河谷草原之一，是巩乃斯草原重要的夏牧场。它三面环山，只有西部敞口，迎接西来湿润的气流，成为新疆的湿岛。2005年4月，那拉提草原被上海吉尼斯总部命名为“哈萨克人口最多的草原”。一个爱马的民族。我看到一匹泊在毡房旁边的马脊上放着一个摇床，我不知道它曾经睡过多少孩子，有多少孩子长大后像鹰一样飞向远方。我知道有一颗母亲的心跟着他们，思念，遥远而顽强。

阳光开放，辽阔而呈现跳跃的牧场不可避免地镀上了一层蜜色的光彩，追忆似水年华的娴静，这种追忆不是孤独伤感，它处子般的温柔宁静，让所有的人动心。

那拉提，草原的福地，哈萨克人的福地，天地之间的福地！

那达慕过后的赛里木湖

阳光总是纯正、热烈。

最重的风景——羊屎蛋满地。

所有的笑脸朝向赛里木湖，那湖平静如一面照见乾坤的镜子，我躺下来，羊屎蛋在身下托举我接近天空。

羊屎蛋告诉人们，这里的那达慕大会刚过。对于赛里木湖来说，真正的快乐是属于湖畔的牧民。7月份，羊肥马壮，博尔塔拉草原上所有欢乐集中在这湖畔。那时，“车辆载着丰收，骏马驮着力量，雄鹰衔着胆识，牧歌赶着爱情向湖滨聚会”。当著名的赛马、摔跤、射箭三艺比赛开始的时候，草原就倾斜了，大山就摇晃了，湖水就沸腾了。欢歌和马嘶混在一起，笑脸和红霞映在一起，浪花和鲜花开在一起，整个草原都沉醉在欢乐里。

安卧湖畔，旅尘顿消的清爽，走进生命里的一个时节，我突然发现我是一个多么喜欢漂泊的人啊，漂泊一生，我的思想似乎更富丽，为天空，为太阳，为时间，为草原，为爱情，为悲悯，所有的漂泊显示出一种生命的丰富与从容。

赛里木湖水的光芒，以盖过人间的热闹注满了我的心身。我在赛里木湖水青色的笼罩中躺下去，自遥远处的羊群中传来的羊叫声，绕着人们的欢叫入我心来，在眼眸中，无边无际草原和湖水都在我的视线里了。

伊犁河水淡泊无痕

仰在黄昏下的伊犁河水，像一瓣幽邃的百合。一叶小舟划过，金波闪闪拖曳，流溢一片璀璨。我们在伊犁河畔行走，路边闪过的哈萨克姑娘在微茫的黄昏下浮着不易察觉的红晕，烁烁的长睫毛披覆的眼睛里，青青地闪着透亮的光泽。在寂静中，我突然觉得美丽是一种声音。那声音是人间生活的划痕。

一辆平板车从对面走来，马头上的铜铃叮当，平板车上的哈密瓜高高堆起来，一个哈萨克男子扬着长颈走在平板车旁，他的前额贴着的红绒小帽上扑满了尘土，马蹄踩在黄泥小路上穿越我们而过，那男子回转头，长眉浓烈似墨，峻深的眼窝，掠过一股彪悍的自信。哦，哈萨克男人，蒙绒的烟霞里，让谁心动了？马头的铜铃摇响，微风里从遥远处摇来清凉的脆裂。

我们去果园里吃宵夜，青涩的果子在成熟中。《回族文学》盛情款待，因酒精作用，我们的眼睛散乱而飘渺起来。夜里 10 点，夕阳落尽后的火烧云点燃了天边呈渐次模糊的霞色。

伊犁河畔，可有一双眼睛印在我的记忆深处？

将军府，两头越过历史活着的生灵

惠远将军府，一个承载着无数曲折和强悍故事的遗迹。

乾隆二十二年（1757），清政府平定了准噶尔大小和卓的叛乱，统一了西域。设立了“总统伊犁等处的将军”（简称伊犁将军），是清朝地区最高长官。统辖包括巴尔喀什湖以东、以南，额尔齐斯河上游，天山南北两路，直至帕米尔等地的军政事务。1764 年至 1777 年清政府在伊犁河谷修建了惠远、绥定、宁远、拱宸、塔勒奇、广仁、瞻德、熙春、惠宁等城，历史上称为伊犁九城。

1871 年，沙俄大举进犯伊犁，占领并彻底破坏了惠远等九城。伊犁人对沙俄的仇恨可以从门前的一对狮子上寻找。它有白人的血统，玉色深睛，略逊于一般北方石狮的凶猛威厉，显得淳朴、笨拙。

当地人说，由于难以制服沙俄，将军府里管事的便依照沙俄的模样要匠人雕琢了这两个生灵，看门。狮子没有尾巴，喻为“兔子尾巴长不了”。以两头生灵的憨态毕露而派遣，真可谓扬眉气不吐。不管将军府外发生了什么，将军府内一脚踹过去陡减困闷烦心也算意外快乐。

它的淳朴、笨拙，消减了内里的精神含量，精神可以借石头涅槃。将军已去，它的悠闲里藏着怀才或者怀春不遇。

一只鸟儿飞落将军府大堂，停顿，被世人打扰，飞走，融进太阳耀眼的白光中。我看着那一对不可小觑的“东西”，它们不能用外观来彰显威力，我端详一阵之后，突然产生无限联想，它们的存在不是愉目，而是一段历史的侧面，超心的想象，其实带有换一种安慰的希望。

天高地厚，一对儿石头，人生百年。

把一生的时光都换成了零敲碎打的声音

新疆的铜器敲击者，在一条街道上如一道梦里响起的祈望。

低下头，敲击者才能进入岁月。漫长的日子让他们习惯一种动作。零敲碎打，想以穿透岁月的声音换取一块砖茶，想以心底里敲击的爱，为他的姑娘换一条乌孜别克头巾或俄罗斯套娃。甜蜜的敲击声，灿烂的阳光下，奔他而去，我看到敲击出的一个一个铜窝窝，密匝地布满铜面，我感受着时光，并相信了生活有它的延续性和关联性。生活只是一种仪式，敲击者立意要把它当做一种幸福的仪式来敲击。生活肯定是一种仪式，只有虔诚面对，生活才能满足你拥有幸福的愿望。

青色的月亮，升起在沙漠之上

高远的天空与无垠的黄沙让时间丧失了它亘古的威力。准噶尔盆地上，风起来了，它们从无形到有形，从稀疏到密集，一颗颗，一粒粒，在风中显得生硬，且棱角分明，戈壁滩上肆虐出刀割的声音。芨芨草和红柳，结痂的戈壁滩上居然长着成片的沙枣树，一峰逆风而行的骆驼，越过戈壁滩走向起着连绵波涛的黄沙深处。陕西作家红柯贴在车窗喊：“快看骆驼刺，快看绿洲。”

地域和种族的神圣的美，当你走过大片无垠的戈壁滩，看到绿洲，绝不仅仅是一种外在的喜悦，从内心里会感到生活在内地的优越。沙漠，不是诗意的。它绝不雷同于我们的期待和想象。史前甚至不远的16世纪，这里的草场茂密，可怕的是绿洲千百年来的顽强坚守和无奈溃退，让我感到了时间的傲慢和强悍，嗅到了自然与自然对抗的弥天血腥。

绿洲似乎比人更懂得这个道理，再大的绿洲也是一棵树一棵树组合起来的，每一棵树的生长就是树林的生长，每一棵树的死亡就是生命的死亡。绿洲是沙漠活着的今生，前世它们是河流，来世它们还能舒展着人的生命，也舒展着树木、花草和鸟们的生命吗？

骆驼草摇曳着绿色，它带刺的身体似乎是为了更好地保护身体内那些来之不易的水分，它们聚集在一起生长，比人更懂得珍守自己。

一个沙枣花香的女人

在喀什，我看到艾提尕尔清真寺和香妃墓。

据说艾提尕尔清真寺可以容纳一万人朝拜，虔诚的祷告能让活者的罪孽减轻。

和清真寺紧邻的香妃墓热闹的空气下寂静得纹丝不动。一个身体散发出沙枣花香的喀什噶尔姑娘，蝴蝶围绕着她，花儿跟随着她，恩宠和赞叹善待着她，她活着谜一样，死后依旧谜一样。

北京右安门下洼，陶然亭北土坡下的荒烟蔓草中“一缕香魂无断绝”。但是，在喀什，我又看到了她。这个先是“回部”首领的妻子，后到皇帝的妃子，活着有多么荣耀就有多么孤寂，有多么倾城就有多么招人嫉恨。身体的香味和心底的惆怅全部加起来只一行字：我不能决定我身体的去向，请把我的躯体带回我爱的家乡。

据说，也只是一个衣冠冢，阿帕克霍加麻扎一角上，曾经染了体香的衣冠冢里飘渺的香魂，绝艳又志高行洁的女子啊，铁骑过后，流氓遍野，你总归没有身名俱亡，爱你的人，三千年后依旧爱你坚贞不屈的——绝世魂灵。

我愿再一次回到新疆

此时，我不是在新疆，只是在天津开发新区。与我结伴同行的人有一个蓄山羊胡的叫沈苇，还有另一个白得要我命的女生叫戴来，三个人走在寂无人烟的马路上，没有多余的意思，只是想去找一家小酒馆。黄昏是蚊子的世界，它们很喜欢在这个时分飞飞落落，当有人的体香飘过，它们开始奔走相告，开始在裸露皮肉的地方吸血。那一时间的感觉很调节我们的情绪，一巴掌拍下去一个，或两个蚊子，美食让它们快乐，也使我懂得相见不如怀念。那一家小酒馆，烟火一闪一闪，此时此地此景，人生不可能重复，每一次我们都心甘情愿酒杯满满。喝到静夜，人被腾空了，踩着芭蕾的步子往回走。一条来时的路，回时铺垫了一些情绪。有些词儿是含在嘴里的，有些时间咀嚼久了最后下咽的那一口才知道：没了。

回到夜晚，我开始想念新疆的人事，记得红柯一路上脸始终贴着窗户，窗外是戈壁滩，是生长着的红柳、芨芨草，他很兴奋，年轻时有一段时光他生活在新疆，路把他带走了，又把他拽回来，成长的细节谁都有，在你要走过的路上埋下了许多小秘密，路是有嘴唇的，当你再一次走过，路的嘴唇漾起诡然的笑意，笑看你再一次走远。

谁能把这辈子走过的路再走一遍？我在新疆喝醉过，我的同学椏楠走时托人带给我两瓶上好的红酒，我的另一个同学秦安江见到我时张着合不拢的嘴说：“新疆好啊！”

好啊！

这世界上有很多路、很多人、很多停留，走过去后多年回头再看，有一股陈香，不知道为什么脑海里想的依然是那些人、那些事、那些天气下的小暧昧，我像购物一样把他们捡拾在我的篮子里，不想丢失。

夜幕四合时，我愿我再一次回到新疆。

故乡装满了好人和疯子

我常常在黄昏降临时看世界暗下来，在某个瞬间，涌动的人流猝然凝固，黄昏是一天最安静的时刻，我能听见那些老旧的家具在黄昏的天光下发生着悄悄的变化。一切变化总是悄悄的，就像人的日子一天比一天短。黄昏能够安静下来的日子总是乡村。乡村过日子饱满的元素其实有四种：河、家畜、人家和天空。如果没有水，万物是没有生气的，而人家则是麦熟茧老李杏黄，布及日常，可乐终身。

我生长在山西沁水县山神凹，荒山野沟，逃荒落住的祖先停下脚步，沟里有水，黄土崖壁少石，崖下挖洞，凹里人叫土窑窟窿，是藏人的避难所。小时候对山之外充满憧憬，跟随小爷上山放羊，站在山头上望远，小爷说："山外有知识。"

上苍把我放置在穷乡僻壤的环境里，我不知道幸福指数会有递增，对山外的认知少得可怜。一个山里人如果不读书上学，一辈子生活在山里，知命知足地活着就是幸福。童年的乡村给了我故事，与蛙鸣相约，与百姓相处，生活里耳闻目睹的人事占据了我最早对世界的认识，布衣素鞋，日出而作，日落而归，有些时候他们也有声响，譬如生就一张扯开嗓子骂人的花腔，活在人眼里，活在人嘴上，妖娆得疯张。人活着不生事那也能说叫活人？人一辈子不能四平八稳，就连畜生都知道翻山越岭的日子叫“活得劲了”，那是蹬得高、下得坡的能耐啊。

以写作为媒，传达个人经验，个人经验千差万别，我的人情事理发生在乡村，我看到我的乡民用朴实的话说：“钱都想，但世界上最想的还不是钱。”

乡民最想的是怀抱抚慰，是日子紧着一天过下去的人情事理。山之外的知识勾着我，离开乡村意味着逃离乡村，逃离便意味着再也回不去，同样一个人，谁改变了我的感情？人在时间面前就这样不堪。所以，天下事原本就是时间由之的，大地上裸露的可谓仪态万千，因天象地貌演变而生息衍进的乡村和他的人和事，便有了我小说中的趣事、趣闻。乡村是我整个社会背景的缩影，背景中我得益于乡村的人和事，他们让我活得丰富、获得兴盛。乡村也是整个历史苦难最为深重的体现，社会的疲劳和营养不良，体现在乡村，是劳苦大众的苦苦挣扎。乡村活起来了，城市也就活了，乡村和城市是多种艺术技法，他可以与城市比喻、联想、对比、夸张，一个奇崛伟岸的社会，只有乡村才能具象地、多视角地、有声有色地展现在世界面前，并告诉世界这个国家的生机勃勃！乡村的人、事和物，可以纵观历史，因此，对于衰败的故乡，我是不敢敷衍的。

我是乡间走出去的懂“知识”的人，没有一株青草不反射风雨的恩泽。乡间生活的人们对我来说是六月天的甘霖对久旱不雨的粮食的滋润，我就是那粮食，是乡间生活的人们给了我养分。如果我活着不能为这个社会做些有益的事情，我就愧对了这片厚土！我幸福的记忆一再潜入，让我想起乡村土路上胶皮两轮大车的车辙，山梁上我亲爱的村民穿大裆裤戴草帽荷锄下地的背影，河沟里有蛙鸣，七八个星，两三点雨，如今，蛙鸣永远鸣响在不朽的词章里了。坟茔下有修成正果瓜瓞连绵的俗世爱情，曾经的早出晚归，曾经的撩猫逗狗，曾经的影子，只有躺下影子才合二为一，所有都化去了，化不去的是粗茶淡饭里曾经的真情实意。人生的道路越走越远，我终于明白了生活中某些东西更重要，首先肯定，于我，幸福一定是根植于乡土。

我在整个春天举着指头数春雨，一场春雨一场暖。我牢记了一句话：所有情感都很潮湿。春天，往日的一些小事都还历历在目，人是一个没有长久记忆的动物，可记忆有着贪婪的胃口，总是逃不脱回忆童年。由盛而衰的往事，以生命最美丽的部分传递着岁月的品质。一场秋雨一场寒，人类所有的痛苦都涵盖在失去季节的痛苦里，如今，时光搁浅在一个只有通过回忆才能记起来的地方，那个地方总是离乡土很近，总是显得离人群很近。我用汉字写我，写我的故乡人事，写永远的乡愁，事实上我的乡民都是一些棱角分明的人，只有棱角分明的人入了文字才会有季节的波动。看那些被光阴粗糙了的脸吧，像卜辞一样，在汉字组成的这块象形的土地上，所有的文字都是他们活着的安魂曲。

故乡装满了好人和疯子。文字有它的源头，文学不能够叫醒春天，在贫瘠的土地上，除去茂盛的万物，我从不想绕开生，也从来不想绕开死，生死命定，生死与自己无关。或许正是和世界的瓜葛，文学的存在对社会的价值就只能是一个试探。即使一个优秀的作家竭尽全力呐喊也是微弱的。写作者就这样在物质条件匮乏的精神存在里流浪，才懂得什么叫心甘情愿。我一直把“知识”看成攒钱，看着众多的书籍，我越来越孤独，越来越讷于为人处世，我孤僻着自己，中药一样的人生，我把对农业的感恩全部栽种在文字里。我安静地等待生长。在世俗里，我已经清楚地看到了我的未来，这些感受，在一茬一茬庄稼人被时光收割后，我写他们，写生活中某种忍受、某种不屈。生是血性的，在农业的大地上呈现千姿百态的图案，死亡与生命相伴随，生活的真实总是在文字之外，我无法为写作下一个什么样的定义，文字只不过是文学的表达形式而已，只不过是对历史的共同记忆。在我孤独的日子里，我是一个拿腔作调的人，我的写作不能够传达出特立独行的价值观，我始终不满此处的生活，为什么文学只能是纸上的黑墨？

我想回避现实，现实中我时常会被选择，我为生存困惑过，被否定或被肯定的目光，都来自一些生活小事，时代在进步，生活趋于简单化，固有的民间心态，乡民们得意的样子是不用指着种地过日子了，那些有性格的人慢慢在改变，生殖的大地，我作为一个写作者，逐步地失去一些想入非非的境界。我知道想入非非才是一个写作者生存的能力和手段。更多的时候，我甚至讨厌我无知的乡民，我是一个坏人，他们依然把我当朋友，就这么简单。

坦率地说，做一个真正意义的形而上的写作者是痛苦和沉重的。在光阴走失的千山万水中，我用肉眼去发现生活的美，我慎之又慎地使用自己手中的权利，我倍加珍惜而维护我心中的尊严和神圣，我不屑做一个浅薄而根本不配写作的人，然而在这个社会内部缺乏秩序的世界上，我所做的一切都很令自己失望。我越来越茫然，越来越胆怯，面对文字我不知该如何表达我的心境，爱你越深恨你越甚，我有千百个理由拒绝那些为了生存艰难活着的乡民、那些故事，我更有千百个理由陪伴在他们身边。活着，他们曾经形象鲜明地成为我另一种阅读，身处在这样一群人中间，我该如何选择我的作为？他们从没有拒绝过生之柔情，同样每个生命都未曾拒绝过那些人为的暴戾，接纳悲喜如同接纳日常。

感情是不能支配的，能支配的感情一定是虚伪的。如特蕾莎修女的《活着就是爱》中的谈话，一个写作者要表达对世界的看法，得用一生的努力去贴近生活。我不得不再一次相信命运，我的村庄，我与我所经见的一切物事简单到不能再简单，我已经找不到理由拒绝对他们的依靠，因为，他们是我文字的依靠也是我生命最后情感的依靠。

我越来越依恋故乡，城市让我没有方向感，那些作响，那些嘈杂的声音，心像挂在身体外的一颗纽扣，没有知觉。一切意味着我已经离不开故乡那些好人和疯子。意味着对我漫长的骚动生涯的肯定，又似乎包含着某种老年信息。我已经没路可选，路的长短，一个不能用简单的计量器具来说话的数，我在路上，我的出生，我的亲人，我的朋友和老乡，他们给我他们私密的生活、泪下的人生，他们已经成为我挪不动步的那个“数”，都算是我的一生。朱熹讲：人禀气而生，气有清浊之分。我心借我口，我幸福：是因为，对着他们的名字我依然能流下眼泪。

从一个铜铣开始

2000年前，西汉朝廷的皇帝和大臣们，在云南进贡的贡品里，看到了一个精工细作的铜铣，一时间，这个小小的铜铣震动了朝野。

原来远在云南，在当时人们看来还是夷蛮之地的地方，竟然还有国家急需的铜资源。于是，东川的铜矿开采被纳入中原经济发展的轨道中。

从此，东川的铜被纳入中原文明的发展轨迹中。

铜作为一种金属，有非常广泛的用途，更加重要的，它是历朝历代国家铸造钱币的标准材料。

有关资料显示，至清代雍正时期，东川的铜矿开采都处于极为重要的地位，全国有百分之七十的钱币都是用东川的铜铸造的。每年运往京城的铜，从金沙江一路漂流直下，到镇江再经运河船运到京城。

东川年产铜在6000吨到8000吨之间，这些铜被用做国家铸造钱币的标准材料。

铜矿在国家战略上的重要地位，直接导致了会泽（历史上辖东川）的兴旺。

会泽紧临东川，属曲靖辖区。从汉朝开始便被作为东川的府衙。在最鼎盛的时期,会泽聚集了全国各地的商人,被称作“铜都”，这样的盛况从西汉开始，持续了近 2000 年。

据记载，清朝中叶，古老的炼铜方法对木炭的需求量极大，每炼 1000 斤铜，要燃耗 10000 斤木炭，而烧出 10000 斤木炭，却要砍伐 100000 斤林木。

仅仅在清朝乾隆年间，每年要砍伐约 10 平方千米的森林，才能满足当时炼铜的需要。在 2000 年的岁月里，这种成倍的付出在不断累积着。

清朝末年，因为洋铜的进口，东川的铜矿开采一度减缓下来，跌入了低谷。对于东川那连绵不绝的大山来说，应该算是它 2000 年里唯一得以喘息的机会。然而，“好景”不长，1949 年新中国成立以后，东川又一次成为国家战略发展的重心，号称拥有“万人大铜矿”的东川，成了全国规模最大的铜矿。

从新中国成立初期到现在，东川累计为国家提供了 50 个亿的铜产值。

铜成了重要的战略物资，为此国家专门成立了东川矿务局，那是新中国第一个五年计划中 156 个项目之一，由苏联人援建。

1959 年中国集中全冶金系统的精兵强将来到东川，开始了万人探矿。

东川因矿建市，与昆明一样是省辖市，成为昆明的一个区是以后的事情。进入 20 世纪 70 年代后，泥石流年年暴发，越来越严重，不是冲毁铁路就是冲毁公路，一到雨季，东川与外界的联系全部中断，常常是持续半年连煤都运不进来。

小江桥就是那时报废的，从建成到报废不到 20 年。为了对付越来越肆虐的泥石流，东川政府开始整治泥石流。

那时候死人的事经常发生。

1984 年 5 月，因民矿区因为泥石流一个晚上就死了 117 人。

那个时代东川常被灾难的阴影笼罩着，人心惶惶，报纸出现这样的标题：

“东川，泥石流包围的城市。”

2000 年里，采矿的方式没有变化，炼铜的方式也一直停滞在原始的状态。2000 年里，这样的公式一直在被忠实地执行。2000 年里，东川的树逐渐被砍光。被砍光之后就挖草，终于连最后一点植被也被剥光。东川在新中国成立以后，一度因为铜矿的重要性，被提升到地级市的待遇。

2000 年里，东川已经基本上被榨干了。

蒋家沟第一次有记录的泥石流，是在 1855 年。

近年来已探明发育成熟的泥石流沟有 113 条，泥石流暴发频率大约为每年 15 到 28 次。

泥石流最具破坏性的一种是黏稠型，它类似于半凝固状态的混凝土，可速度却可以达到每秒 15 米。数吨重的石头在它面前，就仿佛被煮开的汤圆一样，互相碰撞的时候往往会火花四溅。

在观看一次泥石流的现场录像时，我看到了这种自然界里惊心动魄的奇观，东川人每年投入到治理泥石流的资金占到全区财政收入的四分之一。这钱看上去很多，但是和 2000 年的时间相比呢?

东川最后一点维持尊严的植被被剥光后，水土流失开始愈演愈烈，干旱风蚀不断加剧，土地疏松，泥石流也就接踵而来了。还有，蒋家沟上游不断进行的矿石开采所产生的大量废渣，也堆积在那里，等待着迅猛的山洪暴发。

1999年，对于东川来说是一个值得永远铭记的一年。在这一年，东川的铜矿资源终于濒临枯竭，这个因铜而生又无铜而衰的古老名城，最终被取消地级市的规格，划为昆明的一个区。

我们是不是可以这样认为，2000年来人类对东川自然的无情索取，终于画上了一个并不圆满的句号，在历史的长廊里，留下了一声无奈的叹息。

然而，人类的无情索取结束了，人类的灾难却远没有结束。

小江泥石流的动力来自地下的断裂构造带。科学家认为，如果没有人类活动的介入，小江泥石流照样发生，没有人类之前，泥石流就存在了。

泥石流是构造运动和地貌塑造过程中的自然结果，与地震、与风、与水、与河流的涨退一样都是地球生命的一部分。

人类活动不过是加剧了它的破坏程度或者扩大了规模。

东川有很多古老的泥石流堆积，东川城区就是建在五条古老的泥石流堆积层上。泥石流在这里如此发育，是因为东川处在一个很大的地质构造带上，小江河谷之下就是一个穿透地壳的大断裂——小江深大断裂。

小江断裂带北起四川康定、泸定一带，从巧家进入云南，经东川、嵩明、宜良、通海向南延伸，这个新构造时期以来十分活跃的活动断裂带，塑造着青藏高原东南边缘高山深谷的构造地貌，诱发了频繁的地震活动。

在青藏高原第一阶梯到云贵高原的第二阶梯之间，大的断裂都在这个活动带上。青藏高原不断抬升，而云贵高原上升得没那么快，中间就有一个断层。活跃的地质活动，使得岩层都破碎了。泥石流形成有三个条件：能量条件、物质条件和水源条件。

在小江这个地方正好三个条件都具备了。

从东川站观察数据中我们可以看出，20 世纪 70 年代蒋家沟的输沙量为 360 万立方米，但到了八九十年代，它的输沙量已增加至 600 万立方米。这令人震惊的数据告诉我们，每年约有 3000 万吨的泥沙由小江直排金沙江，对长江中下游生态造成的危害难以想象。

东川境内拥有深大断裂带，形成典型的深切割高山峡谷地貌，形成了参与泥石流活动的松散固体源的构成和堆积，当遇到雨水量充沛时，松散固体与水混合后形成泥石流。

大水涨到了龙王庙的根基，就要淹没龙王庙了。

由此我们可以得出一个结论，我们没有理由，也没有颜面把生态环境的破坏完全归责于古人。

泥石流，数吨重的石头在它面前，就仿佛被煮开的汤圆一样……

如果不考虑危害性，泥石流不失为大地上的一种奇特景观，尤其是这泼墨画般美丽的东川泥石流。

河流带走与带不走的

蝉鸣柳梢，一条清溪映月，时间似乎抹去了我的现在，我站在山神凹的河边，河里没有了清溪，一河道的羊粪蛋。我问柳树，你在守望什么？时间把你顽固地留守在这里，你的叶片如竹叶，我一直认为你是北方的竹子，北方的，有秋的情绪、夏的纷乱。蝉在许多年前落在你的树枝上，你可知觉，蝉鸣时夏已经深了。

这条河叫蒲沟河，源头应该是山神凹的后沟。山大沟岔多，一条河大都以村庄的前后命名。山神凹流出去两条河，一条蒲沟河，一条枣林河，两河出山入十里河，一路欢腾流往沁水县的固县河，之后由端氏镇入沁河。我在很多年前和我父亲去后山用筛子捞过虾，泉水里长大的虾实在是好吃，一铁锅河虾配山韭菜炒好端到院子里，嘴馋的人哪里等得及拿筷子。一河的泉水，在暧昧的夜色中，如同针线一样穿起了我童年的欢乐。

十多年前我的小爷葛起富从山神凹进城来，背了一蛇皮袋子鸡粪，他要我在阳台上种几花盆朝天辣椒。那一袋子鸡粪随小爷进得屋子里来时，臭也挤进来了。我想我还要不要在阳台上养朝天椒？小爷进门第一句话说：蒲沟河细了，细得河道里长出了狗尿苔。吓我一跳。几辈人指望喝蒲沟河的水活命，水断了。小爷说，还好，凹里没人住了，我能活几年？就怕断了的河，把人脉断了。

几年后小爷去世，一场雨过后，我看到院子里用起了祖辈的水缸，聚集了雨水，秋风起时，还能泛起一轮一轮的涟漪，让我的心一下就起了难过。山神凹后来只剩下一户，我喊他叔。叔的一只眼睛瞎了。我回乡，坐在他对面的炕上。叔说：我一辈子没有求过你啥事，我这眼睛，去年秋天收罢粮，眼好好就疼，以为是秋虫招了一下，生疼，慢慢就肿了核桃大，生浓，浓把眼睛糊了。娃领我去长治看病，大夫说是眼癌。我怕是命死眼上了。我说：世上的癌，数眼癌好照，剜了它，有一只眼，你还怕世界装不到你心里？叔说：你说得好容易，我就是想求你保住我的眼，一只眼看路，挑水都磕磕绊绊，一桶水能撒半路。

那时候山神凹没有水了，满河沟的水说没就没了。

后来有了自来水，也是隔山引过来的。可惜这样的日子没有享受多少，叔就入土为安了。山神凹果然断了人脉。野草疯长着，窑顶子塌了窟窿，年轻的一代都迁走了，村庄就像遗失在身后的羊粪蛋，风景依旧，只是少了流动。我在冬日稍嫌和煦的阳光里，一窑一窑走进去，迎面的是灰塌塌的空。石板地、泥墙和老树，让我得以在一个午后穿过怀想，那时候的窑洞多么年轻。木头梁椽清晰地发出活动筋骨的声音，多么好的村庄，沉静细碎的阳光洒满了每一眼窑洞，多么不寻常啊，那热闹，那生，那死，那再也拽不回来的从前。时间悄然流逝，倏忽间，窑洞成了村庄的遗容。河流，糟糕的水已不知流向了何方。故去的人和事都远去了，远去在消失的时间中。我妒忌这时间，把什么都贪走了，贪得山神凹成了荒山野沟。

如果一个人出生在乡村，童年也在乡村，一辈子乡村都会给人以饱满的形象。而乡村，任何一个催人落泪的故事，都在时间的流逝中消失了。河流带走了一切。只要怀念，我都会感觉山神凹人的眼睛在我的头顶上善意而持续地注视，河流带不走我的童年。在生命的轮回里，日与夜交替形成力量关系，我走着，很长一段时间我走出了山神凹人的视野，忘记了是山神凹的河流养育得我健壮。我在成长的过程中无知觉地背叛一种美，没有故乡能有我现在吗？没有那一方水土养着，我能把幸福给到我所有的文字吗？我记得童年的夏天到窑脑上截麦秆，新麦的秸秆好闻，耐得住闻，味也悠长。麦收过后的一段时间，我在谷子地里等谷穗弯腰，世事和人性都需要弯腰吃苦。我家的祖坟就在我的身后。小爷说，我是黄土埋到脖子了，我也快要走了。小爷看着祖坟，挽起的袖管露出很结实的肌肉，天气有一些嫩寒，我看到谷子地里小爷的影子僵硬在那里，他的脸上皱纹成片爬着，皱纹上了脸的人离死亡就近了吗？生命于我更像是一种无法言语的东西，我对生命的所知，便是我仍然对它的有所不知。黄土明摆着在脚下，怎么会埋到脖子了？秋阳快要落山的傍晚，我坐在河边。河水流动让我内心安定。我走回凹里，走出山外。时间可以改变一切，但是，时间无法改变死亡。曾经的山神凹，气力和心劲让凹里人欢马叫。曾经我不知道死亡是什么？死亡是一个朝代的结束和另一个朝代的诞生，是祖父的死亡，是孙儿的成长。我们的生长拖着浓重的阴影，当它一再降临我身边的亲人时，我看到我亲人们的笑容淡淡的轻得像烟，我站在老窑的门槛上望他们，看他们犹如跌进一潭深水，慢慢地淹没了他们的笑容。斑驳的墙壁竖立着，积灰的老窗合拢，我迈不动步，深远的回忆在我的脑海里涌现，当河水断流、老窑塌落，我突然觉得生活的意义再次变得恍惚，变得不可确定，因为我的活让我的亲人们远去。

我多么想找回炊烟似的人间烟火气，找回满山的羊群，找回阳光从窑顶滑落至门槛，并照亮一群觅食的鸡。我穿着紫红格格布衣裳，只回了一下头，我就已经找不到我的亲人。山神凹成为我生死不移的眷恋和诱惑。生命在日子里发芽。倏忽间，这图景全然变作印象，沉淀于记忆之谷的深处，幻化成流年的碎影。这里所有经历的言说都纷纷展开，人们以往的精神空间被淡缩成薄如纸张的平面，文字跳跃，山神凹人经历的单纯过程横立在我的面前，如同牵挂着一个远方的旅人——我是它早已咧着嘴唇盟过誓的唯一的后人。

没有比河流的消失更动人心魄。它的消失没有挣扎，没有难过。正如彭斯用诗的语言描述的那样："我从未看到过野生的东西自怨自艾，小鸟冻死了，从树上掉下来，也没有自怜。"河流在人的眼皮底下，谁也记不得它的消失，只知道长流水变成了季节河，当雨水再一次从天空降落时，河流的季节没有了。蒲沟河是沁河一条细小的支流，小到没有任何意义，包括地图上都没有标出它。难过的只是它河岸上有情感的生灵。我在河沟里走，有蒲公英开着黄色的小花，有一丛一丛的鸡冠花，还有苦苦菜，一条壁虎从我的脚跟前穿过，我还看到一块河卵石上，一只蚂蚁举着一只蚊子，风刮过来，蚂蚁不动，风刮过去，它继续爬行。书上说，植物在它消失的地方必定会重现。会吗？亲爱的文字，你会欺骗我吗？20世纪考古学家是划着木舟进入罗布泊的，我们都知道古楼兰是一个庞大的村庄。一座村庄的生机，最先是由一条河流营造的，河岸上，最后都沦落成了一座座坟茔。我有多么孤独和寂寞。每个人只有一个故乡，就像每个人只有一个祖国、只有一个母亲一样。一个人一生要走很远的路，一提到山神凹，我的心都挖抓得难受。

蒲沟河岸上的窑洞，柔软肥沃的土地上长出的耳朵，它在听见时间的叹息和自己内心的曾经热闹的同时，它还听见了热爱它的人在寂静的土地上对于生命的守护，对于时间的绝世应答，对于永不会撞给满怀的转瞬即逝的繁华。面对时间，我只能学圣者浩叹一声：逝者如斯夫，逝者如斯夫——感通广宇，戳破时空的沉寂，我写下它曾经热闹的一页。

一切都始于我对它的爱。时间迅疾而过，有多少生命骨殖深埋于时间中，亲情、友情、爱情，终于待在了一个安全的地方，那个去处直叫人呼吸到了月的清香、水的沁骨。生命的决绝让我的爱在产生的文字中获得回归。当这些已逝的生命从我的文字中划过时，我体悟到了温情与哀绝、惆怅和眷念。“但使情亲千里近，须信，无情对面是山河。”我不知这是谁的诗句，却与我内心的感触对接了。时间如中国画缥缈的境界，明知道一切不可能出现，却还愿意在疲倦的时候沉溺其中。天地方寸间怀古，秋风年年吹，春草岁岁枯。逝去的以另一种方式活在现实中。

一位作家说过：“所有埋葬过自己血亲的地方都是故土。”

我说：“只有亲手盖过屋子并养育下后人的地方才能称是故土。”

人生的道路越走越远，终于明白了生活中某些东西更重要，首先肯定，它不是物质的。

谁能阻挡美满家庭里生离死别有朝一日的到来呢？谁又能阻挡一条河流走远？既然不能，今世还有什么化不开的心结！

过客不是归人

去沁水县西文兴村，西文兴村人都姓柳。

说是柳宗元的后人。

十年前就去过一次，还看到过保存至今的《祠堂仪式记》等各种碑刻。知道明清两代的西文兴村，是严格按照传统的儒家文化修建的、宗族社会典范的、儒家道德礼仪所规定的神庙社坛宗祠牌坊等一应俱全的西文兴村。

西文兴村，宗族昭穆，排列有序，走进去便知正庶亲嫡辈也分伯仲。

西文兴村现如今改叫了“柳氏民居”，沾了柳宗元的光可以把旅游文化做大。早些年我来时，西文兴村有些破烂，但已经看到了高台上堆放的木头，说是要修旧如旧，开发旅游。

将来的西文兴村究竟要成个什么样子？当时我的情绪波动得厉害。

我对乡村的古建筑就像对初恋情人的感情一样。那时候城市已经开始拆建了，我一直没有怎么难过。也许是因为我不喜欢城市，但毕竟在城市住得舒适，或应该更舒适一些。

当时在西文兴村用胶片的傻瓜相机拍照，有些景收不进来，稍稍想拉远一些成像的照片全都模糊不清。

在西文兴村干净的街道上来来回回找那种破旧，却发现全都是破旧。

沿街道两边有坐着小板凳的居民，他们温暖地甚至想迎合什么地看着我们，在他们的身后，我依稀看见他们的家，黑黝黝的，一堆乱七八糟的家什。浓烈的烟火味从那些屋子里窜出来，让我感觉到了亲切。

西文兴村一改造他们就要离开西文兴村了。他们对离开或留下的态度显得那么温吞和迷茫，我想，如果是我就不离开。

柳宗元是谁？是唐代古文运动的倡导者和旗手，是唐宋散文和唐代韩柳诗派的重要代表。

但柳宗元肯定没有来过西文兴村。

是柳姓人家的西文兴村，一定不是柳宗元后人的西文兴村。

我这样说也是从史料中掏挖出来的。

因为历史有叙述柳宗元是河东人，后世有人称柳宗元为柳河东，那么西文兴村的柳氏一族也是从河东迁来的，在地缘上有些瓜葛，就一定这样认为是不对的。

西文兴柳氏应当是这样：柳氏至唐末东迁翼城，明代永乐年再从翼城迁徙沁水，先后有过两次迁徙。唐朝末年，正是藩镇割据、黄巢起义、五代纷起、军阀混战之时，而河东是主要战场，活不下去的柳氏人家投奔四方。

再来看柳宗元家族，虽是河东柳，约自柳宗元八世祖始，世代都在唐长安做官，遂占籍长安万年，柳宗元遂为长安万年人。

过去的人和现在不一样，现在人常说一句话："天下何处不故乡。"

古人观念难移，千里扶灵，老死回乡。

“鸟飞反故乡兮，狐死必首丘。”

柳宗元出生于长安万年，他死在柳州，归葬在长安万年祖茔。

柳宗元一生起起落落，悲欢离合下却总是不忘写诗。

诗是什么？是怀有一颗敏感的心肠。柳宗元在他走过的地方常留下他的诗文。他的诗文写过长安也写过万年，写过永州也写过柳州，却不见写过河东及中条山。

河东与中条山在他心目中怕是早已淡化了，或者本来就是淡化的。

柳宗元的一生让我看到人在体制中，努力工作不再是唯一值得肯定的价值，因为他被一贬再贬。从邵州到永州到柳州，没有看见过他有起死回生的迹象。好歹他拥有了许多可能的生活，不是以一个历史的懦夫掩埋在长安万年的祖茔里，而是以历史文化名人依然被现代社会借用着声名。

我读刘禹锡的《唐故尚书吏部员外郎柳君文集纪》，读到柳宗元临死前，曾遗书刘禹锡，将自己一生倾尽心血写就的文稿委托他整理的那几个字：“我不幸，卒以谪死，以遗草累故人。”想柳宗元定是涕泗满衣裳的呀。

在天有灵，柳宗元真应该感激刘禹锡，一个给他后世带来盛名的人，并且帮助我修正了对人的看法：原来古人的情分一直都比今人重。

而我现在看到听到的都是一些借势的人，翻脸不认账常有，一脸的笑，一肚子坏水。

西文兴村对我的期待不是柳宗元后人的期待，任何人的后人都没有值得去深究的意义。

我对西文兴村最感兴趣的是历史中存在过的家族生活的必然

样式，那样的存在样式不可能有后来了。

一个生机勃勃的宗族社会，虽然被后来者瓦解了，但依然喂养了我的民族自豪感，曾经我们过得有多么好呀，哪像现在：一切现代的东西都归于西方了，一切中国的东西都归于过去了。

明代是历史上大规模的移民时代。朱元璋在驱逐蒙元时，曾与蒙元长期打仗，打仗是要死人的，人到死时会在乎什么？什么都不在乎了，社会经济必然在不在乎中受到极大的破坏。城邑空虚无人，土地大片荒芜。明代的沁水境内地广人稀，极需外来移民开发。

山西人原本就有故土难移的观念，就近迁入，这个时候一些大户人家开始由战乱频发之地迁往安乐之乡。明朝初年有许多家族顺着河流迁来沁水，他们在沁水广置田产，他们的到来不仅促进社会经济发展，也促进了社会文化发展，外来家族对沁水的贡献一直到现在。

时间到底也没有让一切躁动和激奋归于平坦，依旧我们还在吃大户人家的这盘菜。

一个家族在一块公共的土地上建立起了自己的王国。

我们来看看这个原来有十三院屋子的家族社会，曾经有过文庙、关帝庙、真武庙、文昌阁、魁星阁和柳氏祠堂，儒家礼仪所规定的神庙社坛在这里全有。

突然想到，古代并不是一个法治社会，但是宗族社会家族里庙宇的存在活生生地发挥了伦理作用。

管理这样大的一个家族该要有多么的勤奋。《柳氏宗支图记》碑文载，明永乐年间迁入沁水西文兴村时只有一人，历明初嘉靖年间，先后已历六世，柳氏“起初则一人也，以一人之身，而甲者四，户则十”，至六世柳遇春，已经兴盛，繁衍为四支十户，以西文兴为宗脉，明清两代西文兴周边河沟里存活的都是姓柳之人。

富不为贵。贵是什么？是声名。千百年来步入仕途跻身庙廊，能够生活在翻云覆雨的环境中才叫贵。

不是皇亲贵胄，怎么能够一步青云？

不过以光绪《沁水县志·选举》为据，不论官职，仅谈科举，明清两代西文兴柳氏有科名之人，以科举名目轻重，名录如下：

沁水明清两代共有举人一百三十八人，柳氏有二位举人：明代成化庚子（十六年，1480）科一人，明代嘉靖甲午（十三年，1534）科一人。前一位不说，后一位柳遇春中举后，曾九次参加会试皆名落孙山。明清科举考试规定：参加乡试考取举人，举人参加会试考取贡士，贡士参加殿试考取进士，进士中前三名分别为状元、榜眼、探花。进士是科举考试最高科名，人们常说的金榜题名即指进士及第，柳遇春共费去时光二十七年，再回乡时依然是鱼望龙门。

读书真是一件辛苦的事，不说少小读私塾，二十七年，硬是把一个青皮后生弄得老态龙钟。

负载苦难的重压，展现美好的愿望，古人和今人一样的难！

来西文兴村已经是傍晚，傍晚的晚霞还在。我发觉西文兴村的河道里已经修起了门楼，西文兴村的河道里很冷清。村庄里的人都迁走了，偌大的一个西文兴村显得空空荡荡。趁着晚霞往前走，突然想不起来以前来西文兴村的模样了，似乎过去街道里的石板路就有，又似乎是后来铺就的。

在司马第廊檐下坐了半天，努力把丢失了的记忆找回来。

看到北房的瓦坡上有两只鸽子在卿卿我我。鸽子的背景是天空，天空的云朵上照着晚霞。所有的一切都在尽可能为我展示一个与世隔绝的西文兴村。

这个时候热闹来了。几个时尚的人由一个导游领着，讲柳遇春做官清廉，是一个可以把个人道德扩大到公共道德的人。讲柳遇春是一个讲义讲情分的人，还讲到了冯梦龙《杜十娘怒沉百宝箱》里的柳遇春。

我以一种姿态在听，心思却不知窜到哪里去了。只有晚霞，没有耀目的光辉，只有雕刻淳朴的木窗，没有水泥。我抬起头来看高处，导游的声音越过我的头顶，借用名人典故来娱乐游人，尽可能叫他们满意而归。

现在有多少游人是真去看古老的文化？文化从来都不是大众化的。

就像文明的薪火传承，一定都是聪明人。

旅游不单单是附庸风雅的事，对于大多数游人来说，每年出去一趟似乎只是一种时尚，而在文明未遂的西文兴村，大家的眼神都很散漫，风一样进来出去，生命的过去和未来与他们却从不会彼此过问。

他们哈哈大笑着说："过去的人住这样的地方，黑咕隆咚有什么好！"

古人讲一命二运三风水，四积阴德五读书，在西文兴村因为附加了读书人，所以包容了天下大美。

一时又想到明代万历年间冯梦龙"三言"之《杜十娘怒沉百宝箱》，那个叫柳遇春的人，他也不应该是此柳遇春。

《杜十娘怒沉百宝箱》之本事，最早见载于明代万历河南开封人宋幼清《负情侬传》中的杜十娘故事。

杜十娘怒沉百宝箱是万历年间轰动一时的社会事件。

柳遇春在整个故事中共出现过四次：一是李甲穷困潦倒借钱

无果，“今日无处投宿，只得往同乡柳监生寓所借歇”。二是杜十娘情由心生赠李甲一半银两，柳遇春闻知，见杜十娘真情，便也赠李甲一半银两，并鼓励李甲爱这个女人没错。三是杜十娘随李甲离开妓院，无处安身，“暂住柳监生寓所，整顿行装”，准备返回老家绍兴。四是杜十娘投江瓜州渡后，“柳遇春在京坐监完满，束装回乡，停瓜州渡”，梦中巧遇十娘来会，深为爱情故事没有好的结局而痛惜。

我们来看沁水西文兴村的柳遇春，他于嘉靖二十五年（1546）中举人，共九次赴京会试金榜无名，不得不于隆庆五年（1571），以举人资格赴吏部铨选，先后任陕西巩昌府（今甘肃陇西）通判，又迁今陕西同州（今陕西大荔）知州，大约在万历八年（1580）前后致任还乡，约五十八岁。十多年后的万历二十四年（1596），柳遇春死于西文兴家中。

这时候北京发生了杜十娘事件，河南人宋幼清以新闻的形式记录了故事，冯梦龙写下了《杜十娘怒沉百宝箱》的小说。

假如果然是冯梦龙《杜十娘怒沉百宝箱》里的柳遇春呢？

旅游有演绎并享有独自创造传说的功能，可兼而有之，不过一定不要为自己的祖先自命风流。

西文兴村宗法社会家族延续的四支十户，明清两朝始终团结在先祖柳氏周围，并且相安无事，发扬光大，这才是最重要的。

他们都是寻找家园的人，寻找家园的人都是求功名的人，如此之难却有如此风雅之地做根基足够宣传。

坐在西文兴村的街道上，来，照张相。

晚霞暗了。西文兴村所附着的河流的某些历史、某种生活方式及审美价值，在最终消逝之前或正在消逝中我留下影像。

向照相的人致以微笑！过客永远不是归人。

佛山有佛

一个既然存在于世，也就不再是一个可以争辩的问题：佛山有佛。

一个地方的地名，一定有过天启和神谕，对我来说这始终是一个深邃的谜。

我来佛山，置身于此，无法逃避思想的漂流，正是秋天，姹紫嫣红的季节只为看一场“秋色赛会”中的粤剧。

佛山，是岭南著名的秋色之乡。

佛山秋色，是指秋季农业丰收之时，当地汉族民间举行庆祝丰收游行，俗称“秋色佛山秋色赛会”或“秋色提灯会”，亦统称为“出秋色”。佛山秋色历史悠久，相传明代永乐年间（1403—1424），秋季丰收后的一个夜晚，一群孩童用茭笋壳扎成龙形，并在龙的身上插上香火，以竹竿舞动火龙，口呼鼓乐，游舞街巷之中，深夜方休。

游行还没有开始之前，我们在佛山祖庙戏台前吃一种盆菜，这时候戏台上的粤剧锣鼓家伙响了。盆菜也好吃，几口酒下肚，喝酒的不喝酒的都在顷刻间红光满面。

粤剧开始了，由粤剧我知道红线女，她原本艺名叫小燕红，后改名红线女，皆因为一部戏《红线盗盒》中侠义之女红线，她改换此艺名，红线女名传四方，居然有了红派艺术。尽管粤剧对旁的人一头雾水，但对我来说，就不算陌生了，因为我从小学过戏。听粤剧，那真是非常美妙的享受。

因为是祖庙，老的舞台上空间不大，演员阵容也不大，舞台上唱的是《帝女花》。

粤剧里的广东话别有一番滋味，其实语言和音乐的懂与不懂无关紧要，所有的艺术都只能用心去感悟。我知道我的满足和陶醉仅仅是“粤剧”给了我已经久违了的一种古朴和本真的原始状态，以及这种演出形式带给我的美妙感觉。

祖庙里供奉的是北帝，又称为玄武、真武等，是道教中司水之神。

据《佛山忠义乡志》记载，供奉北帝的祖庙建于宋元丰年间，“以历岁久远，且为诸庙首也”，因此叫“祖庙”。当时，广东许多供奉北帝的真武庙，是中原人南迁到岭南时所带来的北帝崇拜的产物，而在清代文献《广东新语》中记载，广东有许多供奉北帝的真武宫，而佛山的（祖庙）则是最大的。

祖庙从兴建开始就在祖庙路边，接下来的秋色游行就在路边开始。祖庙前最早有一条叫“古洛水”的河，在这里兴建北帝庙，亦有祈求庇护出入、往来水道平安的意思。宋代，佛山是岭南著名的冶铁中心，祖庙旁的泥模岗就是由铸铁废弃的泥模堆积而成，北帝乃司水的防火之神，更受佛山民间的重视。

我看见安放在佛山祖庙正殿内的金漆木雕神案，光绪二十五年（1899）制作，其正面下层的“薛刚反唐”戏曲人物木雕，能为后人了解清末粤剧的舞台演出形态。

粤剧唱毕，秋色活动开始。祖庙前有严格的形式和内容，包括表演艺术和手工艺术两大类，分成车色、马色、飘色、地色、水色、灯色共六色之多。内容有起马、开路队、大灯笼、唢呐队、马色、头牌幡旗、罗伞、耍龙灯、灯色、合面、担头、车心、陆地行行舟、十番、锣鼓柜、扮演戏剧、大头佛、踩高跷、狮子队等。秋色活动给夜晚增添了许多欢乐，印象最深的是节目中的红灯笼，有着逗号式的吉祥，意犹未尽。红灯笼是中华民族民间传统的、喜庆的象征，伴随着红灯笼的花海和各种表演是丰收后富足的喜悦，等同于华夏儿女一个个常挂常新、美丽宜人、含蓄、浪漫而又现实的希望。千百年来，凡是节庆之日都有红灯笼在华夏千里江山竞相开放而呈高潮，年年岁岁，周而复始，尽管许多年代，不乏贫弱、苦难，只要看得见大红灯笼高高挂的地方，皆有可能拥抱到自己的同胞。

佛山有佛。这是一个寓意很深的地名。梭罗曾说：“气候对人会产生影响，有如山间的空气会喂养灵魂，启发灵性。”中国人接纳了佛教，以资填补观念世界的不足。不仅有了天堂地狱，还有无数的佛国净土竞相前往。佛是民间的快乐，我在佛山遇见了快乐。

陶里陶醉

我抱着一只大丰唐出品的陶老虎回到了北方。抱走之前，我在大丰唐阁楼上宿过一夜。

那一夜，外面下着雨，外面是绿和花朵，物质和生命，我想到了我的北方。这个季节的北方把生长了一年的萧瑟败相交给了冬天，而南方热气袭来并打开了我的汗腺，我想象着天亮前的风景。

黎明前的鸟声引我下楼，信步而走，迎面而来的花朵明丽得耀目，薄阴的天，阳光不时透出来，忽然灿灿然，让我格外欢喜。一些旧物在大丰唐小路两旁闲置，竹、树、花、草便一一入我眼目，大多我叫不出名字的花儿开得繁盛，如玉雕绢做，疑心那花莫非有假？有蜜蜂绕着花朵嘤嗡，香气袭来，这时光仿佛静止了，我明白，是冬天把我的恍惚带到了南方。

在所有的喜欢中，陶是我喜欢的一种，它是精细而易碎的物质，有时比一张纸还要薄滑，甚至都经不住一只手轻薄地推拂。经历了颠簸、战争、劫难，它居然存在下来，它标示出了奇迹。陶有泥土的品质。

我走进大丰唐的艺术展厅，带着某种窥视的成分，看那些再生的精灵。在琳琅满目的作品中，我看到的是与传统的美术陶瓷完全不同概念的艺术品。大丰唐的陶瓷艺术偏重抽象，结合传统文化进行创新，更多的是属于艺术创造的范畴，给人不同的想象空间，有诗性的质地。穿透泥和火的再生，更多的是将艺术形态集中到了人的情感世界和精神领域。从陶艺对生活品质的发现当下，产品与艺术品的界限越来越模糊，更难得的是陶艺的作品创新出于素养而入于境界，有新意，有生气。

红色，似乎是大丰唐陶艺品的主打色，既是向传统文化致敬，也是向现代文化融合。红，是大丰唐的妩媚，又有一种古典的温馨往事在里面，我感觉到了欢喜。红，让我这个北方冬天里走来的人，感觉到了熨帖如意。每一件作品都尽量地喧闹，尽量地火爆，尽量地隆重，在融融的热情簇拥中我想到了民间的洞房花烛。

中午时我和一些来参观的客人一起用餐，餐具是大丰唐制造。陶瓷与美食的关系，自古不可分割。或谈中国传统，或说西方文化，凡与美食有关者，都难以跳脱陶瓷文化与情结。不同等级的餐厅，对于美食成品的摆盘艺术也有着不同程度的标准和讲究。大丰唐的餐具素雅，大丰唐的范先生说，食物本身是有生命的，盛装美食的餐具其实也一样。不同材质的餐具，对于不同种类的美食，都起到了至关重要的表现作用。菜品自身的口味与材质固然重要，但若要选择一套能够与美食所对应的器皿，也同样费尽心思。

陶瓷对于生活最大的意义就是可以帮助生活锦上添花。尽管它们永远不会成为生活中的主角，但却可以让家里看上去更加赏心悦目。而每个人对于陶瓷器皿的功能也总能拥有自己独到的理解。对于每一位食客来说，食物本身是有生命的，盛装美食的餐具其实也一样。当你看到盛载在素雅的瓷盘中，青青绿绿，洋溢着食材清新、自然之风的口福时，你会觉得，好酒好菜不可一口酌尽，要细嚼慢咽，咂摸那一种滋味儿，正所谓“醉翁之意不在酒，在乎山水之间也”。山水画意的盘子，山水画意般的菜，窗外青山绿水依稀，你泽水而居，你觅山而住，你依着山水而食，你在陶里陶醉，这样的生活真见情味世味啊。

我抱着一只大丰唐的陶老虎回到北方，它有一种出神般形而上的美，所谓喜物，就是懂得领略“物外之趣”。

多日后我忆起佛山，入心的依旧是大丰唐的陶艺。

富足和粗粝出产英雄

上午，在西安的明城墙雉堞前坐了三个钟点，默默地，具有面壁佛陀的耐心，日头把我迎风的影子拉长到脚下，阳光好得要命，脑仁子里尽是暖。面对明城墙圈着的那个时代我尽量收起窥觑之心，想什么不想什么，我的心脏有限，虽然，见异思迁是心脏的胎记。不去想明朝那些事儿，除非走向大限的宿命就在眼前。别怪我想入非非，明清，总觉得不敌雄风十足的汉。

来西安好几次，在城墙上能够坐这么久，不在我的预想之中。本来决定骑自行车绕城墙走一圈，突然被阳光暖得就不想动了。城墙下的节奏太快，城墙内外走过一些朝代，似乎更快，可那些朝代遗落下来的故事就像迷药一样让我无法拒绝离开，我就想，就这么麻木一阵子，晒晒太阳，感受一下它往古来今的暖，发发呆，或许能被其中的惊喜给骚扰了。

一个西安的老者在城墙上练声，很糙，有一种原始激情。我猜测他来自声带腔壁上攻击的力度，因为，我切实感受到了冲破世间杂音砸落下来的难过。有几个外国人，他们微笑着，听老者变得偏执的吼，吼，如果风来，我担心会走向跑调的不归路。那种勾引各国小资的东方情调，过多高频的地方砸得人想躲闪，可听上去是土气的，也是生机勃勃的。他唱的是《苏武牧羊》。唱到悲愤处几欲肝肠寸断、欲哭无泪，喘口气，喝口水，旁若无人，他真是城墙上的宠儿。

就在昨天，我走在西安汉遗址阔大的地界上，导游讲两汉，讲汉武帝，讲刘邦，就是不讲苏武。讲到那个十六岁继位的王子和一个任性的女子阿娇的故事。是一个关于王子承诺下的爱情故事，结局并不好。“君不见咫尺长门闭阿娇，人生失意无南北”，历史和现实，两种极为悬殊的色调，不能纠缠得太紧，太紧少恭敬。爱情也是。那些在无数记忆中过滤留存下来的故事，真叫人无限感慨和茫然。

汉遗址上没有建筑，它保证了所有站在土地上的人那种想象的获得。当我站在汉遗址上回忆这些无法无天的历史时，它们已然成为供人瞻仰的凭吊。多年之后，把一个王朝踩在自己的脚下，随处踩，犹如踩踏历史支杆上摇曳而落的、琐碎而繁复的——花花叶叶——我的往事里会有一些贫民式的激动。

我是一个对中国历史有兴趣而又知之甚少的现代人，站在广大的汉遗址上，好像看到了历史细微的表情和时代真切的面容，而这样的表情和面容正是我闲看各种历史电视剧无法看到的。阔大，提供给我足够的想象。我想到秦王朝，王者之气几乎成了比时间还更重要的角色。秦王朝是一个行动的王朝，它潜藏着弹性，“东向扫六合，挥剑决浮云”，它在开创中国空前统一的大格局时，它的弹性是即兴的，是一跃而起的。任何王朝都可以有女人来寄托遐思，唯独秦王朝是柔弱情怀无法包容的。当你谛听秦王朝、触摸秦王朝、远眺秦王朝，你会发现秦王朝就像荆轲怀中深藏的一把利刃，它是骁勇的、慷慨激昂的。

设想一下，战国七雄最初领头羊并不是秦国，为什么偏偏让西戎之地的秦国一统天下呢？韩国的商鞅到秦施展政治抱负时，他就发现了一个不小的秘密，因为秦人在潼关以西他们自己的国土上是不习礼文之事的，而且立意是是今非古的，在一些交往上甚至有些怯弱。商鞅在他的政治举措中说："秦人怯于私斗而勇于公战。"商鞅在吃透秦人思想时，同时悟出了一种最原始的万钧之力。商鞅首先亲率大军出兵潼关，大败魏国，从此秦军东向之势一发不可收拾，潼关铁门的启动声音成为山东六国的丧钟。秦军作战最疯狂的时候，士兵连铠甲都不要，赤身裸体，如狼似虎扑向敌阵。这就是说，秦王朝的气势是集体举措，当秦国一旦得势时，秦人就又恢复了他的怯弱，秦人即兴终系在一个"大"上，当世界一下子只剩下一个"秦"时，秦人的精神底蕴又闪现出了他本性的慵怠，秦人不私斗，觉得没劲。

汉武帝十六岁，当时的法定成年年龄是女十五、男二十。因此贵族男孩的成年礼，在满二十岁那年要举行，要束发、加冠、佩剑、取字、许婚，叫"冠礼"，也叫"婚冠礼"。刘彻的冠礼被提前。也许，这是因为他的父亲汉景帝已将不久于人世。事实上，刘彻加冠没过几天，景帝就驾鹤西去，刘彻成为西汉第五任皇帝。七年楚汉相争，举国上下满目疮痍。于是，高、惠、文、景四朝，都厉行节约，力求清静。武帝即位，国库里已是堆满了粮食、堆满了钱。富足的帝王，仿佛岁月的舞台上只他一人。他罢黜百家，独尊儒术；他礼遇知识分子，用法律震慑豪强；他厌恶贵族，偏爱平民；他迷信巫术，重用酷吏。他是一个内心世界充满欲望的人，表面又装模作样大讲仁爱，统一的帝国需要统一的思想，他最开放，也极霸道，宗法社会和礼乐传统，动机和说法，想一统天下，就不能百家争鸣。对于指点江山的人来说，指点不是一件容易的事，他的指点如同点穴，足以点旺人间风水。历史不是简单的一个故事，简单的故事不能激发和启动人类的欲望和想象。历史也不是一部伤感的小说。凡是被伤感，或者任何一种情绪，无论愤怒、谴责，抑或乐观，乃至缠绵热烈的爱情，都意味着单一的视角，而真正的历史就是这个世界，它毫无保留呈现在我们面前。

道为王道，政为仁政，制为礼制，治为德治，也就是说，儒家维护君主制度是讲道理的。那是一个什么样的时代呢？只要看过汉代的石刻，谁能不被其中的磅礴粗狂所震撼，汉遗址上我想到了那些陪衬帝王的英雄。

富足和粗粝出产英雄。

刘邦的一曲《大风歌》，“大风起兮云飞扬，威加海内兮归故乡，安得猛士兮守四方”为充盈着阳刚大气的汉人历史拉开了序幕。汉代的石雕大而粗笨，没有过多精雕细刻，略加雕琢，有些只有几个大块面，把一只行动敏捷、匍匐凝视的走兽，随时扑向猎物的典型神态表现得活灵活现。那些特定的石雕是为特定的人竖立的纪念碑。艺术从来不直接表现英雄本身，而是表现英雄的坐骑，后人由英雄的坐骑联想曾经的英雄活着时的赫赫战功。苏武没有坐骑，他活在孤独和希望中，对忠贞不二的价值捍卫，都达到了宁肯被时代抛弃的地步。是否缺少知音助长了他的忠诚？

那个城墙上的宠儿，前尘旧梦和陈年往事犹如流动不居而又澄澈明净的河流，是个人的生命历程和心灵之旅，却又映照出汉代社会与政治、宗教等宏大主题的天光云影。汉使节苏武北海牧羊，城墙上的宠儿燃烧着幻想、荷尔蒙、戏剧感，在这个极端的世界上，他用极端方式追求放松，他唱一个汉人的忠诚，无论窒息般的低吼，还是富于变化的表情，都有对历史的敬畏在里面。

汉代，应该说是男性时代的顶峰了，且不说对外战争史和疆域开拓史上那些少有的辉煌，单单提一下那些人的名字：卫青、霍去病，尤其是张骞出使西域，本为贯彻汉武帝联合大月氏抗击匈奴之战略意图，但出使西域后汉夷文化交往频繁，中原文明通过“丝绸之路”迅速向四周传播，恐怕是汉武帝所始料不及的。因而，张骞出使西域这一历史事件便具有特殊的历史意义。那个时代有多少男性，可以想一想：即使是自知“无面目报陛下”的败将李陵，也曾“提步卒不满五千，深践戎马之地，足历王庭，垂饵虎口”。而“抑数万之师”，“转斗千里，矢尽道穷，士张空拳，冒白刃、北首争死敌”。这还不算，而当一个男人被迫失去男人的根器时，“是以肠一日而九回，居则忽忽若有所亡，出则不知所往。每念斯耻，汗未尝不发背沾衣也”，产生一部不朽的《史记》。

那个城墙上的宠儿，现在，他的嗓子打开了，有一股不容抗拒的巨大声流缭绕在城墙的雉堞处，他揪住了我的心，拿最旧的故事打动了我。他的高音扶摇直上，一冲到顶，他的表情由严肃而发展到僵硬，阳光都仿佛凝固了。

苏武留胡节不辱。

雪地又冰天，穷愁十九年。

渴饮雪，饥吞毡，牧羊北海边。

心存汉社稷，旄落犹未还。

历尽难中难，心如铁石坚。

夜在塞上时听笳声，入声痛心酸。

转眼北风吹，群雁汉关飞。

我们是一个具有浓厚的文化传统的国度，任何人想要抛弃传统事实上都很难。每每大力抛掷的结果恰恰是传统中像样的东西没有了，却留下一些改良东西，以某种先进时髦的形式再现，当人们得意于其时髦和先进时，却偏偏露出了恶俗的尾巴。对于一个城市的旅游，传统的东西依然是我们当下一个重大课题。认识脚下的土地有多么重要啊，“秦腔”，比那些烂了满世界的流行音乐更叫人动心。

城墙上的宠儿，他让我忘记了一个唱者嗓音和技巧的不足，收住最后一个高音，我发现许多人眼中闪着泪光。

看着他远去，阳光的暖包裹了他，他与西安这个城市于我的记忆中从此丰满，从此有血有肉，从此，明城墙上的一个上午让我有了千山万水之后的怀恋。

大地是人类的眠床，汉民族遥远的身世，尽管覆上了时间的尘衣，岁月的远处，文化的、风俗的、难解的谜底，既有文明的曙光，也有破晓的庄严。明月几时有？历史把流水吸入大地的肺叶，存在的老了，唯月年轻。

西安这一片叫人向往着、激动着、粗狂着并艺术着的汉遗址空地上，你可以瞻看天空上的云彩如何幻化成斑斓的碎片；可以俯视一潭率性嬉闹的水闻风敛翅的涛声，假如你是一个餐霞饮露的诗人，纵然能给他赋予千般旖旎、万种风情，但最令你心仪的风景，则是去想象汉风流被下的辉煌。文明的步履坎坷又美妙。汉，他的国号成为一个庞大民族的名号。生命力的天性张扬、舒展，在血性大地上，他们奔走到现在，大美而不言。

亨利·列菲伏尔说：“空间里弥漫着社会关系；它不仅被社会关系支持，也生产社会关系和被社会关系所产生。”我喜欢和西安这个城市产生长久的旅行关系，看着那些出土的残丝断锦，仿佛重现昔日的豹首落寞、春草郁金，如此，在一个万物商品化的社会里，西安是养殖王朝最肥沃的城市。

古今一脉，皆因为天下生出了：繁华

在我——包括我们那里的农民的——地理概念里，北方，就是我们自个儿脚下。很长时间——记事以来到现在，“沁河古堡”一直是北方骄傲的风景。“生年不满百，常怀千岁忧”，中国历史伴随着无穷的忧患一路走来，贪恋生命的人怕生命失去，贪恋富贵的人怕富贵失去，时空之大，社会之险，足以夺取富贵的力量无所不在。沁河古堡的出现，不是对神的敬畏，而是对人的防范。

我在一份史料上看到，在古代，整个大陆内陆版图就像围棋棋盘，山水纵横，关中、河北、东南、四川是四角，中原为中央腹地。当然，这里主要是泛指，作为一个独立的地理意义上的单元，这些地域都有一些地理上的险要之处，比如山，比如水。都是以山为隔，以水为分。飞禽择木而居，是天之道。人择水而居，则是刀耕火种以来，从大自然的丛林法则中得到的吃堑长智。一朝又一朝，忠烈豪强聚族而居，富贵荣华志在岸上；一代又一代，流水的岸上因富贵荣华展开厮杀。古今一脉，皆因为天下生出了：繁华。

天下景，有苏杭；天下庄，数窦庄

沁河古堡，必是与其在交通上的关键地位密切相关。修筑古堡大多是名宦豪族，为了自保，沁河两岸遂出现了一个又一个以村寨为主体的古城堡。城堡林立，反映了明朝中叶以来沁河两岸的经济之盛。

沁河，黄河下游的一级支流，北倚太行，东临太岳，南屏中条，西接晋南，当潞（长治）泽（晋城）之门户，扼平（临汾）蒲（运城）之咽喉。《水经注》记载："沁水即少水也，或言出谷远县羊头山世靡谷。三源奇注，经泻一隍，又南会三山水，历落出，左右近溪，参差翼注之也。"山西的这条第二大河流，从山西沁源县的二郎神沟发出如歌的欢音，让此岸人相观彼岸世界，它是佛，一路走来，宁静心绪，洗涤尘埃，广布和谐姻缘，在青翠广阔的田野沃土上，于云雾山谷间远去。

历史上几次大的人口流动多由于天灾或政局不稳造成，而流入沁河两岸的灾民和流民，他们带来自己的手艺，繁华了沁河。沁河，用朴素的胸怀接纳了他们，并承载了纯正的华夏文明。沁河掩 12900 平方千米的流域入怀，哺育出华夏文明发祥地之一的晋东南。从史前的下川文化，上古的舜尧文化，到创世神话盘古开天、女娲造人、嫦娥奔月、精卫填海、愚公移山——民间故事一向是社会底层文化的风向标。于此，能看出沁河古人与大自然拼搏的勇气。于此，神话源起，人赋予了山水更多的文化内涵与诗意，同时也把沁河流域人的意志与欲念强加于山水，掠夺着它的无私与大度。

沁河走来，一些地理上的险要也随之发生了变化，支流的加入十分重要，水流丰沛的时代，村庄大都坐落在流水的岸上。可说是黄土塬沃野千里。水域宽广使沁河中游商贾云集财富堆砌。沁河到此开始彰显攀比显富的风气。时间让财富留下了一座又一座古堡似的记忆，民间叫做“瞭望楼”或“山河楼”“豫楼”。站在古堡之上，一种激动人心的崇高感就从这样的眺望中诞生了，山河于你胸臆之间、视觉之间，自我崇高之下郁气散尽。你不由会想起古人的“啸台”，幽州台上陈子昂、岳阳楼上范仲淹，乃至杜甫的“登高”，登高可舒气而畅神。这样的“山河楼”星罗棋布于沁水县端氏镇和阳城县润城镇之间不足五十千米的沁河最富庶的地带，古人称为沁河奥区，意即沁河两岸文化经济最繁盛的地区。最古老的已距今三百八十余年。相对于那些声名显赫的建筑，它失之于更败落，更无符号性。我不由想起孔尚任的《桃花扇》，那“五步一楼，十步一桥，廊腰缦回，檐牙高啄，各抱地势，钩心斗角”的建筑，尽管我们还来不及想象，一个时代艰辛而又漫长的建立，谁又能想到它的败落竟如此简单而又快捷，也只有向清风和明月讲述着自己往昔的骄纵与威武了。

沁河古堡以沁水县窦庄为先。民间有“天下景，有苏杭；天下庄，有窦庄”的说法，窦庄位于端氏之南的沁河西岸卧牛山下，为明代建筑。明代是山西文化最为兴盛时期，沁河流域捷足先登，科甲连绵，名人辈出。“三年清知府，十万雪花银”，这些社会名流名臣，往往是富甲一方的豪门大族，广有田产，再为官一任，官囊丰足，衣锦还乡。此时往往要大兴土木。最主要的是，明中叶以后，朝廷腐败，天下动乱，民变不断。朝廷自顾不暇，无力牵挂远离都邑、地处偏远的名宦豪族利益。这些豪族原本富甲一方，在一地又有很强的号召力。他们为了自保，遂筹资营建，修筑城堡。所以，城堡林立又反映了明朝中叶以来沁河流域的经济之盛。

窦庄最早的主人是窦氏。窦氏起源甚早，可远溯到夏代，已有四千多年历史。《风俗通》记："夏帝相遭有穷之难，其妃方妊，逃出自窦而生少康，子孙为氏。"少康是位中兴之主，他纠合同姓部落，除掉了寒浞，恢复了夏朝。窦氏的祖先荣耀地做了大禹的直系后裔。窦氏主要靠世爵荫袭封赠而做官，其结果是窦氏后人很难产生杰出的经国济世之才。我在窦庄看到张氏家谱，其上记载，窦庄张氏因姻缘关系于元朝末年由阳城匠村迁入窦庄，其中一世祖，妻窦氏，五世祖，妻窦氏，六世祖，妻窦氏。也就是说，张氏因了婚姻关系入住窦庄，之后有了世代联姻。张氏因没有祖宗荫披，主要靠科举做官，明朝时出了在野官员张五典。张五典，世称"宫保公"，明万历二十五年进士。任官期间曾亲自处理过河南、山东等民变，目睹天下灾荒遍地，百姓饥寒交迫，由现状而预测天下即将大乱，天启年间决定修筑窦庄城堡。张五典死后不久，陕西果然发生民变。陕西农民军一路势如破竹沿河而上。先后攻破沁水、阳城县城。强人走来时，繁华使他们惶惑了，四围杨柳葱茏河道，汹涌而来的是寂静的阳光和农田，城堡式的建筑，不同于长安的气味，它有民间富贵的霸气。对于陕西乡下黄土塬上的来客，贫穷落后潦倒，除了长安城，他们啥时候看到过这般的景象？这日子真叫人不知天高地厚亦不知今夕何夕啊。造访者绝望下为自己生长的破陋贫苦而羞愧。难活的人骨子里都有攻陷占领别人的欲望。绝望下的快意潮水般涌来，他们对沁河两岸的破坏是毁灭性的。他们于崇祯四年与五年三次攻打窦庄，久攻不下。谁也没有想到守城之人是张五典的儿媳妇霍氏。当流寇逼近，众人请弃堡避山时，霍氏作为留守妇女急集亲族，面对流寇，思量再三："避贼而去，家不保，出而遇贼身更不保。等死尔，盍死于家。"张家女眷率僮仆坚守，流寇环攻四昼夜，无望而撤。

民变之后，修筑古堡一时成为风气。

我在窦庄见到他们的新任张村长。他领我在窦庄走了一大圈。一些老房子只剩下了墙壁，头上空间出奇高远，光与影形成奇妙的组合，过去只能叫“过去”。张村长说，一些过街门楼上的石雕一夜之间丢了，明知道有人偷，可就是不敢出门，怕人家手里提了刀。和明朝的那些事儿一比较，朝代之下民间的性情就出来了。有一个民间传说，说是张铨的母亲脚大脸丑满脸麻子，一直想进北京城，张铨怕京城同僚笑话，遂按北京城建了窦庄城堡。传说只能是传说，不过，窦庄居然有“西单”“公主坟”，可惜现在破败得看不见当年的英气了。这些名字与窦庄的关系为何如此暧昧？怕是野史都从正路来。

农民军走过，沁河古堡如雨后春笋

站在用砖头垒起的古堡之上，远眺周围连绵不断的青山，近看一望无边涌来的游客，浮上心头的，一个突出的感觉就是：河山楼上望风月，一人一世界。对于历史，杀戮和吞噬从来都是不慌不忙的，我已经不能够翻阅它的从前，我看到的是它难以守住的安详。

天年好时“河山楼”上望风月，寇乱猝起，河山楼成为家族保命的最后防线。《沁水县志》记载，由于窦庄有城堡环卫，流寇横扫沁河流域时窦庄村民依赖城堡生存，周边许多村庄由于未设屏障，受到空前战火浩劫。于是，沁河流域许多村镇，开始效仿窦庄先后修筑城堡。沁河沿岸一路数来，从旧貌尚存的皇城、郭峪、窦庄、郭壁、湘峪，到残垣可窥的坪上、半峪、尉迟、屯城、刘善、周村，竟有五十四座之多。想来城堡在日常生活中扮演过多么重要的角色，而后来修筑的城堡更是有着战乱发生时不可言传的价值。

面对人马滚滚而来的黄尘，城堡在扎下根基时就已经埋下了抵御的种子。崇祯五年（1632），阳城郭峪陈氏家族在沁河支流樊溪河边中道庄修筑了皇城相府内城。

去过山西皇城相府的人，就该知道陈廷敬。清代名臣，入仕五十三年。历任经筵讲官（康熙帝的老师）、《康熙字典》的总裁官、工部尚书、户部尚书、刑部尚书、吏部尚书。陈氏一脉先后出现过41位贡生、19位举人，并有9人中进士、6人入翰林，享有“德积一门九进士，恩荣三世六翰林”荣誉。皇城相府为双城古堡，整座城堡依山势而建。其内城为“斗筑居”，是陈廷敬父辈建造，极具防御功能。城墙头均设垛口，在重要部位还筑有堡楼。东侧的城墙内修建着层层叠叠的藏兵洞，严密地守护着城堡内的陈氏家族。陈氏内城因建于明代，其格局基本为“明三暗五”四合院。而且楼房一概不施斗拱，柱间枋木组合主要是素面无饰的平板枋，与木栏板的梁架等一样极少装饰，体现了明代建筑简洁大方、庄重朴实的时代风格。外城紧依内城西侧，是陈廷敬入阁后所建。外城豪华瑰丽，屋顶置灰色瓦筒，檐下施斗拱、雀替、柱础，楼栏、窗户，棂花图样繁多。由高处向下俯瞰，整个皇城宛若一只头北南尾的龟，因此又有“龟城”之说，民间寓为千秋永固之意。以皇城相府中道庄“河山楼”为例，它是城堡中最高的建筑，有“河山为阃”之意，又名“风月楼”。登楼四望，风月尽收。中道庄陈家的河山楼，楼平面呈长方形，面阔11.3米，进深8米，总高33.2米。楼有七层，层间有楼梯相通。崇祯年间沁河岸边竖起七层高楼，它的修建对安抚乡民占据了多么大的比重！整个河山楼只在南向辟一拱门，门设两道，为防火攻，外门为石门，门后施以杠栓。楼层间构筑棚板屯贮人员物质。作为一座民用军事防御堡垒，河山楼的设计是智慧的。楼三层以上才设有窗户，进入堡垒的石门高悬于二层之上，通过吊桥与地面相通。楼顶建有垛口和堞楼，便于瞭望敌情守护城堡，底层深入地下时开辟有秘密地道，便于转移逃生。同时备有水井、碾、磨等生活设施，以应付可能出现的长期围困。

陈家“河山楼”工程尚未完工，“农民军”不期而至。陈氏家族及附近村民八百余人入楼避难。搏命般地奋力抵抗让城堡外的流寇震惊了，世上居然有这么坚固的堡垒。久攻不下时，便萌发了想在沁河岸边归顺朝廷，想借归顺依附朝廷政权，分割这一块肥沃的土地。农民军队的狡猾终因内部指挥不统一，在未定结果之前将领多欲争功，致使归降失败。纷纷世尘里，曾经那些凌乱的脚印，也许像当初满世界的雪一样，神圣悲壮。假如农民军在沁水接受招安，明朝可能不会遭受后来的亡国之运，中国的历史可能会是另一番情形，可见世上之事，多有命定一说。列国周齐秦楚汉，兴亡多少事？千古人物在一个舞台共演同一戏剧——守护财富。人不分男女老少，时不分子丑寅卯，山河楼上凭高临风，仔细看过去，人类文明史，相当一部分该是人类的掠夺史。生存在与掠夺、摩擦的共处中不断壮大，为了家族利益，这些城堡既彰显了沁河流域望族的荣光，又聚集了全体乡民的对抗精神。

古堡盛景里的欢爱和传说中旧了的物事

大凡人类历史的长河里，特殊的地理位置总会孕育出所在民族生存的特殊文化。不能阻止一切的发生，历史的背后是一个王朝制度。历史的经纬里，常缝合着一条这样的神秘丝线。

仓廪实而知礼仪，没有雄厚家财打底，十年寒窗只会苦上加苦。程门立雪、凿壁借光、囊萤映雪永远是寒门子弟的激励，远不会富足得可以盖得起古堡。当我们去想象一个五谷丰登、六畜兴旺的农耕场景时，它的富贵也只能说是田园牧歌似的。沁河流域人的精明并非一味地沉湎于传统文化中的轻商，他们从不会放弃隔岸招手渡河的财富。水运时代，沁河走至沁水、阳城，水流相对平缓易于设渡，这样的地理位置肯定商旅云集。又因为沁河岸边的端氏古镇，隋朝至元代它一直是县治所在地，千年兴盛，还一度为州治。端氏东依嵬山，隔沁河与榼山相望。古县河由北而来，至端氏汇入沁河；沁河由西而来，至端氏南折而去，留下一块三角洲沃地，端氏建于其上。沁河流经沁水县境内一百三十余里，自三郎始，至尉迟终，全沁河之锦绣，几乎全聚于此地了。光绪年的《沁水县志·山川》记："又西南数里，有嵬山，西下数里滨于沁河，而端氏镇在焉。嵬山与榼山东西相望，翠巘争奇，而沁河绕其中。故自端氏而下，二十余里之间，民居稠密，人文蔚起，灵秀所钟，盖不偶矣。""稠密"二字把沁河的富足抬到我们后人仰望之高处。

《战国策》中"骐骥之挽盐车，垂头于太行"，就是说盐商掌控下的良马驾着沉重的盐车，在太行山跋涉的情景。沁河谷深水曲，在水流缓浅之处，多设立迎来送往的津渡，无论民办官办，都加快了异地百姓和商品的对流。民生必备的盐、铁、缫丝，加上本地资源优势的煤，便这样源源不断地运进运出。是啊，日影消逝，风在春里。一条河流，大福大难，大南大北，大起大落，谁也说不清楚、看不透，生命就这样走了过来。

公元前 260 年，秦赵两军对峙于长平，秦军八十里防线严阵以待，这防线就是晋东南古堡群的主要分布区。兵家守卫之道，在于易守难攻。此地险峻又可见一斑。

虽然古堡修筑，是明代的强弩之末。一路活过来的乡民想必研究过《守城录》之类的兵书，历史上的灾难告诉他们，居不易，尽量选在小环境相对独立的地方，同时也迎险而建。比如阳城县润城砥洎城的三面环水、郭壁的背山面河，虽不利于出行，但却对敌人的进攻造成很大障碍。村庄、古堡、堡楼又形成三条防线，呈进阶式防守，收放自如。从被风霜侵蚀得老态横生的门楼进去，抬头是一线天，这是防范心甚重的深邃街巷所致。晋东南古堡街巷多四通八达、狭窄幽长，巷子呈丁字形，巷口有巷门林立，院与院间有仅容一人的过道相连，坊与坊间有过街楼连接。这过街楼在古建筑中是罕见的，相当于现在的天桥。它们像迷宫一样，让攻城而入的敌人如入迷宫，居民却可以从四通八达的巷道和过街楼迅速逃脱和反击。

明清时期潞泽的富庶之地砥洎城，藏过多少女子？多少女子在砥洎城里植物一样开花结果，却又实在是以“动物”圈养着。砥洎城是用炼铁坩埚和砖石修筑的坚固城堡，整个城堡以砥基而建，呈平面椭圆形，坐北朝南，占地约 3 万平方米，周长 704 米。它依岩为垣，因涧为池，三面环水，形势奇险，为防御之天然屏障。因明清时期这一带的沁河为洎水，愿望其城，如似砥柱中流，砥洎城因此得名。这是天下少见的一座古堡，工匠们利用废弃的坩埚和石料青砖，用石灰和炼铁渣调浆垒筑。城墙高约 10 余米，上面设有炮台、垛堞、望楼、马道、藏兵洞等一整套防御体系。城下还设有水旱两门，旱门朝东南，可走骄马，通往陆路。水门朝西北，直通滔滔沁河，可供舟船摆渡。水旱两门两种营造，两种景观。堡内主要巷口都设有巷门，大的建筑群中还建有望楼。它的建筑特色突破了北方四合院单一独立的布局，大部为二进或三进式的二三层阁楼小院。沁河流经此地变成一条蛰伏尘世不能飞翔的卧龙，地险出于天成，胜概收其精气。可以想象沁河拍打在城墙上的共鸣声，如雷声划过长空。苟无顶天立地之骨、呼风唤雨之气，焉能挽狂澜于既倒？这也是一座可以拟人化的古堡。该古堡创建于明朝末年的社会动乱中，是由时任京城大兴县知县、润城人杨朴修建，工程历时五年，于崇祯十一年（1638）告竣。“居住为本”是砥洎城的建筑风格。

砥洎古堡，在我怀乡的情绪里定格成为风景，不曾为外人关注，以至它颇有传奇色彩的种种来历，在民间自生自灭。

进入砥洎城那天是五月端阳，老宅子上都挂着五色丝线和蟾蜍图案剪纸，想来是避邪驱五毒。进屋后知道宅子里故去的主人姓张。单看那门窗、外廊、拱柱、封檐、瓦脊，便透出几分大气来。老宅的中堂里有清代数学家张敦仁书写的楠木雕刻双屏：“己所不欲勿施于人，行有不得及求诸己。”我看这样一副联子时，屋外的榴花开得正红。我反复念着，声音里透着某种苍凉况味，尾音颤动，苍凉中又转出一份决绝。一个人用一生最后的感悟用生的快乐写下来，我突然觉得该有一种什么样的故事发生过。

张家屋后不远处很大一块废弃的园子，堆放着破瓦烂砖，同行的张老师告诉我，那曾经是杨家的后花园，传说中奇花异草不下百种。或者说杨家此时的老宅子已经易主张姓。张姓从杭州城里带回一个女子，那个女子从西湖来时脑海里装着一池荷塘，荷在青白月影下让她灵魂自在轻盈。富贵面前年轻女子可以满足天下风流。夏日黄昏，花苞上飞落的蜻蜓，调笑似的拂一下她耳边的细发，之后，就又重将身子吊在荷叶上了，是谁的琴音挑拨了一下，她觉得一股热流蔓延到了全身。

守护后花园的人在夏天的一个夜晚收拾看管的奇花异草时，

突然起风了，霎时雷鸣电闪，他来不及离开园子，在一棵梅树下，一道闪电随之来了雷，雷炸响的瞬间，他身上衣裤翼状般地飞起来。人们第一时间知道看园子的人死了，下葬前一天，雷雨之后风静天晴，看园人在炕上醒来的瞬间，看守他的人想到是诈尸。只见他奇迹般坐起来下炕，一身死人行头，微笑着走到后花园深处的凉台上弹拨他的古琴，他奇迹般地活了。那个女子站在荷塘前满脸倦容迎风而泣。之后，每到雷雨之夜，看园子的人都要撑起油布伞在凉亭下面弹奏古琴，有时候月明之夜也弹，静谧在自然天籁中，喧哗在心灵幽巷下。女子每每听到那琴音便不能自持，脑海里重叠出与之有关的往昔，她掩饰得很好。大野蕴藏的一湾映日照月水潭，到底发生了什么？古堡中有多少故事中的女子藏着她的心事，用女红转移她生之负荷。我看到城堡里留下来的绣品，各种绣法：破线绣、皱绣、打籽绣、平绣、包梗绣，那不是北方普通乡下人绣得出来的，绣品的所有花朵上水头很足，她用去了多少时光？我忽又想到她来自杭州，美好如天国的地方开满花朵。传说她几年后就跳水死了。如今她落水那个水池里飞满了绿头苍蝇，城堡之下沁河水再也听不到拍岸惊涛。

生死之间将情义带走。她一定是死在秋天。古书上说，秋是刑官，它令草木凋零、万物变色。秋从不怜惜憔悴和肃杀。“文革”中她的棺材被人刨出时，如今活着的张家后人说：“那上面的花朵描了金，见了阳光，金霎时就成了一团黑。”什么样的花朵描了金会好看？死亡永远都是一团黑。砥洎城头落下一排不知名的黑鸟，城门里各户人家的厕所拥挤排列在一起，各种污浊的水流在脚下，五月的苍蝇安之若素飞起飞落，它们让我想到了人世间的翻天覆地。

古堡的风水学中那些牌匾隐含着的儒家文化

风水学是中国的国学，源远流长，神秘诡谲，深奥艰涩。在这个学说中，山岳河流均与天人相通，林莽草蔓皆有灵性，人生历史无不由此追根溯源，富贫兴衰都可得到征兆暗示。风水学用到建筑中完成了知识从动到静、从独到融的选择，抬头抬眼之间可安妥人的灵魂。

中国科举从隋朝文帝开始，三年一考，持续到清代光绪三十一年（1905）废除，长达一千三百余年，除去元代中断科举八十年，也有一千二百余年历史，举行科举考试大约四百余场。与古堡的建筑兴起于明代一样，我们看沈登苗《明清全国进士与人才的时空分布与其相互关系》统计，明代全国有进士二万四千八百一十四名，山西全省共有一千一百九十四名进士。地脉风水不仅是中国一种古老的很有影响的文化传统，而且也是社会风俗的不朽流传。尤其是沁河流域的古堡群建筑，依山傍水，人之习性形成于山，人是山水灵淑之气钟聚，山水文化的标志。登高望远，欲附云汉，腾空而去，进去不止。作为封建社会乱世产物，它的建筑修筑者丝毫不敢有任何含糊之心凌驾。

沁水郭壁，这个流淌了千年历史长河的古镇，铺着石板的古驿道穿村而过，楼映院连五里多长，沁河流域号称“五里金郭壁”。村内划分的众多区域之间，分别通过内门楼或过街门楼分成若干互相联系而又相对独立的街区。这些街区均以“坊”或“里”命名。如现存的“宁远坊”“三槐里”等，依旧保持着当年的格局。读书人的人生目标，就是金榜题名，学而优则仕。读书不能“朝为田舍郎，暮登天子堂”，人生是没有出息的。熟读诗书的底蕴和官位亨通后的见识，在建筑审美中开始胸有成竹地凸显。比如城邑门匾的取名，处处见渊博儒雅。其村内有名的大院为“青缃里”，可说是堡中之堡。它矗立在村西北的最高处，是为官至陕西、山东按察司兵备道王纪的府第。青者青色也，寓意名垂青史；缃者浅黄色也，代称书卷之意。“三槐里”则来源于《周礼》的“面三槐，三公位焉”，这是解甲归田的朝臣对庙堂的执礼和怀念。而宅第的额“迎爽”“乐善”谈的是为人处世的品性修养。

古堡内民居的轴心线和对称，是对古代城市修建中隐藏的儒家文化“礼”和“中庸”的效法，但它更多的是晋东南本土“四大八小”的棋盘式布局，取中国建筑传统美学中的“四平八稳”之意。——这些委婉的、趋利避害的谐音修辞格和数字象征意义，被娴熟地运用在建筑中。古建筑三大理论之一的风水，岂能被深谙此道的他们忽略？比如上文的四平八稳，就属于阳宅风水，是说休养生息的地方，宜静不宜动。而沁水县上庄村的古堡则是另一例，它自上而下铺到樊溪边，又自下而上垒到对岸南坡，臻合于局部、谐调以总体，手法自然舒畅，还暗合“芝麻开花节节高”的寓意。

沁河流域的湘峪古堡，由明万历年间户部尚书孙居相、都察院右副都御史孙鼎相兄弟主持修建，因孙鼎相行三，府邸便被称为“三都堂”，古城亦被称为“三都古城”。湘峪原名乡谷，谷与峪同义。从乡谷之名分析，有谷而无山水，有碍风水。孙氏后人便在乡谷二字前面添水加山，有了湘峪古堡的后来。湘峪古堡除了是冷兵器时代防御工事的杰出典范，还有个与传统相悖的建筑形式“双插花”。中国传统观念讲究尊卑有序，体现在房屋是中间高两边低，但湘峪古堡竣工于崇祯十一年的院落，却反其道而行之，中间正房高三层，左右两侧房高四层，乍看仿了中世纪欧洲教堂，实际是中国古代官帽的形状，叫“双插花”。希望子孙书香立世、读书做官，不要落魄牛耕。如古堡的西门匾额“来奕”，语出汉代扬雄《太玄经》：“次六，息经消石，往小来奕。奕，大也。美称金，恶称石。金生水，善思恶。除故，小去大也。”来奕，即往小来奕：送走小的，迎来大的；送走恶，迎来好；送走今日或今世，迎来明日或后世。而古堡三门的匾额是一个意思：东门“迎晖”，意迎来朝廷恩泽，古人常将帝王比作天日；南门“宸薰”，意建功立业闻达朝廷。科举曾对中国的社会与文化产生极深远的影响，然至明开始走向僵化、教条。八股取士的迂腐，范进中举的疯狂，对双插花是个注解。

如今的郭壁古堡也罢，湘峪古堡也罢，都已显得冷清了。曾经安抚了一辈辈当地人的灵魂，已完全隐匿在新建的红墙红瓦之间，往昔的灿烂、曾经的盛景，与现实生活疏离了，惯常的情趣与人生的欲望也疏离了。我看到一个壮年汉子赶着三五只羊走过攀援而上的台阶，那上面荒草丛生，他走下时，台阶松动塌落下来，躲开的瞬间，一群蚂蚁惊慌失措来来回回四下而去。

沁河古堡，从古到今背影下都有一个偌大的影子，在这个影子里不知过往了多少人和事，鸡变成了凤凰，狐狸变成了精，这就是我们的岁月道场。

建筑承载了历史

“我们应该研究汉阙、南北朝的石刻、唐宋的经幢、明清的牌楼，以及零星碑亭、泮池、影壁、石桥、华表的部署及雕刻，加以聪明的应用。”梁思成如是说。那些没有如是做的，是没感受到古堡建筑的大美。美是有“生气”的，这种生气源于富贵。沁河流域马家北院的斗拱、东岳庙献殿八角亭穹庐顶，皆昔日艳色尽失，然一支支斗拱木叶绽放如初，其姿其势像百姓张臂问天，更像他们慷慨激昂、万手托天。

北方的天地间是苍黄土色，它需要一抹亮点。女子的红袄、孩娃的红兜肚、汉子的红裤带、院子里的榴花似火，它比南方更迫切地嗜红。在残垣断壁的旧地，一抹红甚至能挑出阳气。走进那些没有红的古堡，红腿或黄腿的蚂蚱，从藏身的草丛间一跃而起，它的弹跳力显示了生之旺盛，而那些城墙上的电线被风吹乱得沙沙作响。沁河古堡除了“皇城相府”的中道庄，其他极为有限的内容里，我看到岁月正展开不动声色的阴谋，我很害怕它们像大地上没有钉牢的钉子，有一天会突然歪了下来。

沁河尚在流淌，它曾不辞劳苦地润泽着一方水土一方人民。千百年间，岁月绿了又黄，开了又落，荀子、董仲舒、李商隐、荆浩、郝天庭、唐寅、郝经、李瀚、常伦、刘东星、茹太素、萧照、毕振姬、王叔和、刘羲叟、李俊民、张慎言、王国光、张敦仁、陈廷敬、贾景德、孔三传、赵树理，一个个从沁河流域走过，农耕、从商、修建、求仕、祭奠，石磨面做麦芽枣糕、戏台上扬上党宫调，花样迭出，艺术而坚韧地活着。沁河古堡因了他们终成一方胜地，我走过，忍不住回头再望，那实在是叫天下着迷的地方。

风把手艺刮进了天堂

谁把打铁声摁在了文明喧嚣深处？

此时的雨覆盖了这个山村的各个部位，那个叫铁匠铺的地方，蛛网上粘着许多小虫子，我能想象出当年铺子里的热闹，所有的人都是顶着雨声到来的。

铁匠铺永远都是一个动词，动在雨声的浸淫之下。

它的持续时间是那么久。

红钢从烈火中钳制到铁砧上，锤起锤落，叮当磅礴，小锤点击，大锤紧跟。铁匠对于铁是一场浩劫般的惊扰。

铁匠铺的热闹为什么总是在雨天里？当然，更多的热闹是在冬天。真正的冬天开始了，北风呜呜吹过，一路卷起干枯的树叶和草根。农人看在眼里的活计都拾掇完了，那么收拾好残缺的农具，沿着蜿蜒曲折的路走进铁匠铺。一个长长的冬季，锄头、镢头、铁锹、镰刀，日出或日落的声音，对于听觉敏锐的农人，大锤小锤的声音都是奢望，都是天籁，都是比时间要重要得多的来年春暖河开。

猎人走进了铁匠铺，他是来漏铁砂的。我曾看到过一只狼的腹部，一杆猎枪冲着它直射过去，视野里没有遮挡，那只狼打了个滚抽搐着，它被猎人提回村庄，它的胸腔开满了紫色的小花。那只狼的死亡对我是一种神秘的极致，它活着时曾绕道来到村庄，它学着小孩的哭声，声东击西叼走了一头母猪。

轧钢淬火，好铁匠的声名是一把镢头能刨几亩地。钢水好能出活。农人说：好地废农具，好汉废老婆。

铁匠的另一生活是给马蹄钉蹄铁，冬用的蹄铁要打出三个防滑蹄爪，夏季蹄铁是平薄的。牵马人站在铁匠铺门前，铁匠揽住马腿，削平蹄底的老皮。铁匠和马腿，在我看来应是臻于禅境的，无悲无喜，无怨无怒，对造化万物心存感念，并与万物同一同在。只见那铁匠把一排铁钉含在口中，肩膀顶紧马后胸抱紧弯曲朝上的马腿，把蹄铁合紧马蹄，钉子穿入蹄铁的孔眼，那一片唾沫湿，随蹄铁直接钉入马蹄深处。铁匠此时有可能抬头看一下远处，廓外斜依的青山，风姿万千的杨柳，时光无时不在，无处不存，目无所视，手有所触，寸寸光阴，都只在盈手之间。那双手，就那么优雅而琐碎地生动着。

铁匠是农耕文明的先驱，也是土地本身的选择。

那是一个打铁的镇子，每年的农历九月十三，一年一度的庙会开始，铁匠们聚集在集市上，搭起炉灶，燃起炭火，拉起风箱，将烧红的铁块放在砧子上，抡起铁锤，甩开臂膀，叮叮当当，各自施展绝艺，吸引四外八省的商人前来交易。空气里弥漫着烧红的铁锈味，这气味又随着热风，浸入一切开放的空间。热浪紧似一阵，像潮汐，奔来涌去。镇子上因为交易铁货，所有的木门、木窗户都钉了密麻麻的铁钉。嘎吱作响的铁门用劲推开时，门头上挂着一个南瓜大的铁铃铛，如现代人的门铃。人勤的时候，铁铃铛像一树花，开得肆无忌惮，随风微颤，这家的热闹仿佛要挥霍尽铁匠最后的元气。

铁门上的“铺首”给岁月古拙沧桑之感，门环轻叩，从门楼上倒挂下来的雨滴，一只素手，到底是撩人的，悬如雨，和铁的内部有着脉络牵系。人生故事都是轻叩中寻来。是的，那铺首，过去，无论是帝王将相的皇宫、宅邸，还是平民百姓的小家小院，一般都要有一座院门，两扇街门中央门缝两侧、在一人来高的地方都装有一个类似门把手的物件，可以是门环，也可以是菱形的门坠，而衔着门环或吊着门坠，固定镶扣在大门上的底座称为铺首，又叫门铺。铺首、门环都是大门上不可或缺的重要组成部件。

龙生九子不成龙，各有所好。铺首由龙子演变而来。世上本无龙，龙的神话由人创作。编造龙神话的枝枝蔓蔓，于是有“鲤鱼跳”，有“生九子”。关于铺首，兽首衔环，作为龙的九子之一，其“形似螺蛳，性好闭，故立于门上”，由商、周人模仿螺蛳，到“形似螺蛳”的椒图，形式未变，变化的只是源出。螺为水族类，归于龙的家族应该说是顺理成章的事。椒图，包含在形式里的内容，即所谓“性好闭”以螺之闭，来强调门之闭。“守御”慎闭塞，闭藏周密，铺首以一种精神，在朱漆的黑漆的门扇上展示了几千年，它透露着属于中华门文化精髓的东西，由铁匠铺锻打出形。

铺首造型之精美，以庙宇皇宫大门所饰用者为华贵。华贵的铺首呈圆形，兽首下面，分上下两层，上层形若衔环，饰以飞龙戏珠图案，叫做“仰月千年锦”，只具装饰功能，而无门环功用。这一层之下，有飞龙饰纹衬托“仰月千年锦”铺首在朱漆宫门上，同金色门钉相互映衬，显示出皇家建筑的帝王气派。铺首别名金铺、金兽。汉代司马相如《长门赋》：“挤玉户以撼金铺兮，声噌吰而似钟音。”描写叩响门环的情形，玉户金铺的视觉效果和金属碰撞的听觉效果。皇家流落到民间的东西少，尤其是金子做的，如果不是含了足量的铜，那响声能出得来出不来还是两说。我喜欢民间的铁铺首，轻叩门环的响在夜静的时候是压得住黑暗的，可以使走向村子的东西远远停住，也可以让它们悄无声息地融进墙影尘土里不再出现。

谁呀?

我呀。听不出来?

声音是话语的影子，走近时隔着门缝就能辨出是谁家来人。

与兽面铺首相类，是门钹。门钹状似钹，周边通常取圆形、六边形、八角形，中部隆起如球面，上带钮头圈子。普通民宅门上的这种门钹，样式简介，却不乏装饰美，有的还带着吉祥符号，如外沿圈以如意纹，或镂出蝙蝠图形。在民间，更多的是铁匠铺里的手艺，也只有铺首可以抬高铁匠的文化素养。

我们的党旗图案有镰刀锤子，这同民间工艺关联，作为一个物件，它完成了符号代表阶级的过程。我还记得收割谷子，有一个谜语说：河南上来个逗打逗（意思两个谷穗弯腰逗趣），脊背朝前肚朝后。谜底是谷子。春天的谷子到秋天黄灿灿的，在北方的泥地上，谷子、玉米、大豆、高粱、麦子，全都要镰刀来收割。我还记得五月端阳我娘领我去一个叫雨井山的高处用镰刀割艾，端阳节家家门前的铺首上插艾，闭五毒。艾药香的端阳节，在我精神的午后让我欢愉、心安、美好。若干年前铁匠送我一只他锻打的锤子，锤形像一只豆包，我喜欢它敦厚温良的样子。不知为什么，我一直不喜欢钢钉，手工的铁钉不守规矩，可它们适合挂厨房的用具，时间越久它们越是黑得像天空下的夜色。坐在院子里的阳光下用手中的铁锤砸核桃，像人脑一样的核桃仁引来很多活跃的蜜蜂，它们依附在核桃仁上面，阳光照着它们，我不像一个经历风浪的人，我看着它们笑，在它们面前我如此卑微。

在夜空下看到过最壮丽的铁花，化开的铁水由匠人拍打进夜空，那是堪与秋日丰收无垠的繁华相媲美的一种壮观，一种极为廓大的气象，看的人和被看的人嘴都咧开很大，铁花承载了某种希冀，映着他们的笑脸，光彩夺目。

喜欢铁匠，喜欢铁匠铺子里的雨声。大锤小锤的击打声，仿佛天地间万物生出无数的口子，它们从隐处进入显处，看到铁匠手中的铁精巧灵活，它们构成了人生凡世，让我看到了人间奇迹。铁匠，铁匠铺子，我一想到它，我手心就有了热气。

也许，我把铁匠铺子想得过于富有了，只想用文字的方式去理解他们，但是，毕竟是一个远去了的把文明活在骨子里的年代。如今的村子里再没有铁匠铺子里打铁的声音，没有了铁匠铺子，似乎整个村子里都没有了声音。铁铺首都锈烂了，铁钉子换成了膨胀螺栓，五毛一斤的旧门板买了用来烧木炭。我们丧失了许多，恰恰可能是有关生命最高秘密的隐喻和福音。我不能知，在衰败中，我唯一不想放弃的是想入非非。

善陀，是一个消失了的村子

善陀是一个村子，若干年前它在一座山的山坳里，它的热闹来自于屋子里的那些人声。

若干年后，善陀消失了，植物覆盖了它。

冬日树叶落尽时，看过去，备受摧残的村庄显得生硬和突兀，一座寺庙的舞台还在，只是没有了背墙，敞开的舞台犹如一扇落地大窗，更多的自然透过敞开告诉世人，物质完好的东西到最后都是这样一种形式完结。

村庄里一些屋墙之所以还在，是因为曾经村子里的人过于铺张地用了石头。

不知道现在谁还用石头盖屋，这种粗重的体力活计已经被现实中的人们舍弃。阳光从石缝穿透，有青草茂盛，风来它们摇曳，风去它们也摇曳，只要有光、有雨水。

我能想象曾经的戏台下，男女老少，到了赶庙会时分，唱戏的、卖香烛的、卖火烧的、卖丸子汤的、打情骂俏的、偷鸡摸狗的，等等等等，都是围绕着对面的大雄宝殿开始。

跳大神的嗡嗡如蜂，与香烟缭绕、人声鼎沸的戏台傲然对立，二者之间，总是掺杂着皱纹的脸和骨软的腿。

那时候，入村瞧戏，我们就这样一窝蜂地拥进了善陀。

善陀实在是不大，十来户石砌的屋子，青绿的草铺天盖地。有些花朵开着，犹如小女孩身上的碎花布衫，望过去异样的舒畅。

曾经的庙，高耸在小村中央，有几朵白云，从绵延起伏的山冈走来，庙脊上的琉璃瓦被云彩遮挡了一下，一群不知名的小鸟呼哨飞起来又落下去，小小的跳动，衬托着背后葱茏的山峦，这些庙顶上黄绿相间的瓦楞，更显得轮廓分明、光亮夺目了。

红的庙墙，翘起的檐角，善陀在人们无数的好感觉中，一定有触摸到世外文明气息的感觉。鞭炮响起，那些咧开大嘴笑着的人，点燃香烛跪下，高香上的烟气缭绕着，求佛的人根据自己的欲求，还原着自己想象的生活。

我偷看那个卖香火的老人，她在比较两张纸币。她把明显干净的一张装进了衣袋，另一张握在手里，等待找零。她嘴里喃喃：你该烧一炷高香了，看那些开着小轿车的人，有人前呼后拥，都是前世烧了高香啊。

把钱看成一种吉祥幸福是一件好事，新旧是不是她生存的一种好心情呢？！高香，只是要整理出一个干净、没有臭气、看上去庄严的说法场所，如此，它的意义与高矮又有多少关系？我转身走出庙门，惶惑间居然不知里面供养着什么样的神佛？现在想，好像莲花宝座托起的佛，有一张丰腴的脸。

正是5月，一大片黄灿灿的油菜花，朦胧的潮气，清水流过，禾苗正在生长。念着牵挂着同时被惦记着，应该是很幸福的事了。爱是平常，有爱心，始终怀念爱的人，任凭时间之水流逝，如此，便看见了那个朴拙的老人。

他正挑了一担水走进油菜花田。他弯下腰，然后直立在花田中央的一块土包上。他突兀地站着，哼着欢快小调，很自在地在油菜花田里劳作着他有意义的劳作。那么，油菜花田里还生长着一种什么农作物？这么宁静致远的小村，因何要修一座庙？修庙人一定怀有梦想接近实现的目的。

一盘石碾。疏疏的有一枝桃花斜过来。“人面桃花相映红”“桃花又见一年春”“催出新妆试小红”“为他洗净软红尘”……你看，有桃花在，一切就必然带着浪漫的寓意了。桃花从一座小院的墙头上伸出来。院内没有人住，春风春生的野草疯长起来。石屋的门两侧有春节的对联：“春风送暖驱寒意；幸福不忘报党恩。”多么暖人，像春雪在阳光下就要暖化了。我走近它，记下。没有人住的石屋，贴着暖心的对联，很有味道。

看天。天上有云，云本无根。世人都说那云有一种超然物外的心境呢。是啊，那云，混沌无识无序，依偎戏耍在山的怀里。谁又能说混沌不是一种大境界呢！像这善陀人家，只守着自家的老屋，守着一种不变的生活。日出而作，日落而息，生儿育女，修房造屋，抽几口旱烟，看几朵云彩，心里平和着，吼几声地头田间的秧歌，咂出一些活命的滋味来，你能说这不是一种幸福？其实，幸福是一种自我感觉，体验存在于感觉的过程中。幸福，难以倾诉，也不可理解。就像这云一样，云飞云落，都是平常。

云与人一样，同是一段生命的过程。坐看云低，仿若洞见一段生命的无为和无知。云的家园是山、是江河湖泊、是草丛树林，宁静的自然对于人类，不也意味着一种永恒的家园么？

山、水、草、木、生命、智慧、劳作与汗水浇灌的丰腴。油菜开花，它使我们在生命的轮回中懂得自省与平和是一种美好的品质，让我们知道翻越一座山之后是裸露出的亘古的宁静与庄严。

我走近那位老人。我说，你在浇灌什么？

“浇灌坟茔上的树啊，万年松柏。”

他用手指给我看，先他而去的女人就留在那里。那样轻松，这样说，没有一点伤感，但，仿佛，是真的，如延续着的生活的从前。老人眯着眼睛。挽留一些事情真的很难，很多人事也很复杂，到了这样的年龄，如果有痛苦，痛苦就会与生活永远相伴了，不为痛苦去浪费闲余的时间。

老人走过去，从我面前，以一种自在的神态。

他的女人就在那里，油菜花田，等待着亲爱的未亡人。月球和地球的距离，必然带着诗意的浪漫。扳着手指数日期，一日两日，农妇不紧不慢，安稳得惊人。守候着静止在四季轮换的油菜花田，她是这世上最有定力的一种人。

有一天，老人将回到小屋，重新开始旧的生活。空气净了，心也净了，情绪似也变作透明。冬日白雪覆盖，春天幼苗返青，五月百花盛开。葬在这油菜花田的善陀人真是好福气啊。

时间好似昨日。

沉默下来的善陀，山中的花期这般烂漫，得益于毫无阴霾的雨露滋养，洁净而又恣肆。看到过生命烂漫的时刻，那个存在过的善陀，就像黄土地上一块沉默的土坯，站在山上石垒的豁口处，能看见巨大的深壑，它已经走出了人们的生活之外。

有诗意的生活和有过多物质的生活相比，善陀在大山里，就名字而言，暗隐着某种岁月的从前。

远望城市里的灯火

清嘉庆二十四年正月十三，李道人，一位虔诚执着的修隐者，在沁水县宇峻山下的塔沟修成正果。

其时，白雪像五月花香一样任意散发和飘浮，万物严格遵守的因果规律终于到来。空谷云底，溪水长流。当夜色褪去，雪住风晴，黎明乍现时分，在被一世苦修、佛祖澄明的思想照亮的刹那间，李道人成为佛陀。

我从宇峻山回来后，一直写不出什么，关于山上的奇异。归来，通常我要沉淀一段时日。这期间，我在庙里的许诺都沉入到混沌状态，它们在那里蛰伏。我不知从何处下笔。

宇峻山下曾经是我的婆婆家，我有几年就住在山腰里，我听到过山头上烧香磕头求功名的鞭炮声，那些许诺实现后的鞭炮声充满诱惑。

夜晚的时候村庄里的人想跟上爬往山顶，站在山头上看远处城市的灯火，别样的欢喜、艳羡。远处如萤火虫聚会的地方就是城市，我们张着嘴看得心潮起伏，捡一个石头蛋子扔往远处时，嘴里骂一句：“王八蛋都住在城里！”

对于那时候，我现在就只剩下骂城市的回忆了。

但是关于李道人我却不敢静候文字的收获。我得承认，这个世界上有我所不能理解和解释的事情。“柘木倚寒岩，三冬无暖气”，他悟道的根本就是要叫人看破红尘，无欲无求，但求成心切的他倒占了这一方山水的灵气，我拜什么？求什么？乞什么？不拜、不求、不乞，我得什么？

李道人如佛陀死去后是存在还是不存在？心灵与肉体是一是异，是既一又异，还是非一非异？一个达到超然无我高境界的人，理应“忘我”，又何以慈悲怜悯、自利利他？我试图从一滴水的消失中证明太阳的伟大，然而，我愚蠢。

几天来，我念念不忘的是宇峻山托举出的一只乌鸦和一个和尚、一只碗。

那只乌鸦就在宇峻山的碎石小路上停留。我走过，它“啊”的一声飞走了。我看到它丢弃在地上的一颗果实，硬壳的。

它在我的头顶盘旋。

我用石头砸开那颗坚果，然后走开。

我是在不经意回头时看到它正觅食那颗坚果的果仁，它拍打着灵动的翅膀飞去。一个多么神秘而奇特的巧合，仿佛轻风吹动镀满金色阳光的树叶，心里响起了难言的感动。停止喘息，渴望它再来，但奇迹不再。

想象鸟类和人类的交情，人类以一种玩赏的态度走近鸟类，玩完了，却不去关心一只鸟的伤情。

乌鸦在一棵白毛杨树梢盘旋，我往那里凝视着，以那只乌鸦为蓝天里飞翔的风筝。

宇峻山把那只乌鸦托举起来，使它看起来超凡脱俗。

悠悠散步的云彩像一座华盖辐射在它的峰上，使它看上去很幸福。它生存的真实生活是我所不知的，如同它窥视人类。但我相信，那一刻我们彼此吸引着、感动着，那种感动不啻于对佛的虔诚，那种虔诚在阳光明媚的宇峻山腹地弥漫开来。

这是我们的缘分。

如果，你仔细体会，你会发现生命中时常会有这样的缘分。一只鸟、一棵树，甚至一个人的存在，仿佛就是为了等候另一只鸟、一棵树、一个人的到来。

我走上宇峻山，遇见那个和尚。荒废的寺庙里怎么会出现和尚？他端一只碗过来，说："喝一碗水吧，消渴。"我端了那只碗，碗中无水。我空端着那只碗，想不出，碗为什么要作为一个物体存在于我的视觉？如何取水？

书上说，禅宗大师弘忍圆寂之前，就是送了碗给六祖惠能的。佛学辞典上说，它叫"钵"。然后又送了一件布衫。佛学辞典上又说，它叫"袈裟"。

弘忍的本意是怕后人"恐世未信其所师承，故以衣钵为验"。一只碗、一件布衫，食有所盛，冷有所暖，天下四季转换，六祖惠能就从容多了。

电视上说，印度僧人出门，从不自带口粮，一只碗，印度子民日日供奉，供奉的是自己的前生和来世呢。因此，僧人遍看世界，凡人都是施主。

于尘世，没有饭碗的人，拿什么打理人生？

循声望去，水在塑料壶里。和尚说："把水倒进你的碗里。"

我不可能用他人用过的碗，我不知道他人的身体状况如何，我把碗送回和尚手里。我说了声："谢谢！"

我多么小家子气。

同是器皿性质，我与和尚，就隔着那一声"谢谢"的距离。

看宇峻山上的庙，什么都没有，庙里堆放着锦旗和牌匾，一律写着“有求必应”。

站在残断的庙墙上看山下的塔沟。塔沟有庙，塔已不知去向。庙也年久荒芜。早些年听说时运低的人夜晚路过常听到有人声，不敢停步，匆匆而过。

20 世纪 90 年代有人从塔沟庙里盗走一尊三寸高小金佛，一个姓李的河南人闻听趁着月黑之夜来与他交易。先是十万元，贼不同意，最后加至三十万元，贼依旧不同意，河南人搭黑走了。

半月后有人看到贼在十里柳沟一桥下死亡，双眼无神而睁。因是冬天，人冰冻如冷藏，轻骑在桥下，手上戴着一枚金戒指还在，不是谋财害命，那是谋什么呢？

那尊小金佛从此不知下落。

据说塔沟庙里塑着的泥像里就有李道人极其珍贵的不腐真身，据说“文革”中有乡村“红卫兵”打烂泥塑，还看见过人骨头，后被张狂之人四下抛去。

“红卫兵”，一个富于挑逗性的充满破坏的词汇。对一切生命而言，破坏状态仅仅是一瞬，譬如生长与砍伐、少女与妇人。

聊天中说到李道人，我说：“李道人保持着自身的完整，是否出于灵魂可以无限重返人世的诱惑？”

和尚说：“不知。”

通过长久修习，定会如佛祖般达至佛境，“登狮子座，乘大乘车”就是要更多的人能去自己想去的地儿。

我说：“你来这地儿想拜见山水吗？你想今生求得什么？”

和尚口念：“阿弥陀佛！”

我们大多想象有这么一好去处，极乐。非亲眼目睹，不能论断它的是非。几千年了，人从不为荣华厌倦，从来不知什么叫满足。

看着一只碗，心思却在锅里，掩饰不了，对于“再盛一碗”的不可辩白的一往情深。

来去烟尘之中的人物，一辈子都在求得一个“正果”，官有官道，民有民径，佛有佛愿，这辈子没求得的，下辈子怕也没见回转。常见的一些禅语：“不是幡动，也不是风动，而是心动。”“梦里幻影，空中虚花……是非之辩，都一齐抛掉吧。”

倒让人觉得玩此文字游戏，未免有些远佛而近俗了。

我也拜过、求过、乞过，也曾把握善良的分寸，虔诚地战战兢兢跪下，容下弯腰的方寸之地，容不下的是一个人的痴心、妄想。我是俗人，命定。明知不可为，却脱不了这“尘”。

我来求平安。一种生存方式的渴望拜见，没烧一炷香，我看见和尚坐在石台阶上，他的身后没有香火。

李道人永远地烟消云散了，塔沟的庙只几年光景也叫文物小卒子们捣腾得什么都没有了。倒是宇峻山，听说县里拨款在修建并已经初具规模，修庙时镇里人招回了城里东峪、十里外出的民工，我想现在的社会一定再没有义工一说了。

历史存在的形式，就这样在空间的坐标上与时间纬度交合，它们播下一些奇异的种子，只等来年春雨过后就会长出一番新绿。

月明照窗前

2012年的春天，4月，桃花在温润的地气推助下开花，春天最有风韵的那个部分由桃花的绿意释放出来，我无比陶醉。

看这样的景致时是在傍晚，在一座老屋的脚地上站着，透过一扇老窗的花格，天地间一片花红柳绿。那个安静，那个衰落，那些个桃花开得烂漫。任何时代都需要殉道者，殉道本身就具有意义。那么谁是一个时代的殉道者？破败下去的旧时老屋里的主人吗？还是就应该是一座老屋。旧去了，连老窗的花格都糟烂了，可那规格还在。

一阵风刮过，花蕊的香袭来，花瓣如发情的蜜蜂婀娜而飞。这样的窗户，也只有旧时代。

翠鸟在远处鸣叫，如一个女子的洞房花烛时。

我害怕一丝声息都会惊吓那些花格上糟烂的木纹。窗户之内，青砖地面，几代人走过的脚印重重叠叠，大大小小，生命存活于瞬间真实，有多少眼睛透过窗户的花格望着外面曾经笑容烂漫过？

与天空，与风，与雨雪，与隔窗有耳，有一种深邃的味道。

《说文》说：在墙曰牖，在屋曰囱。牖会意。从片户甫。片，锯开的木片，“户”指窗。先秦多用牖，窗少见。本义：窗户。牖，穿壁以木为交窗也。段注：“交窗者，以木横直为之，即今之窗也。在墙曰牖，在屋曰窗。”苏轼《柳子玉亦见和因以送之兼寄其兄子璋道人》说：“晴囱咽日肝肠暖，古殿朝真屦袖香。”“囱”，应该就是“窗”了。在所有的感觉中视觉定然是使人最快乐的，这让我想到每一块参与建筑的木头，几百年之后依然无言地向你叙述着这些建筑的奇绝和透视的温暖。从人心深处到大千世界，看过去，是生命的活水流动。

窗户内的事情在历史深处早已破败无着，窗外的世界依然日新月异。我一直认为窗户就是建筑的眼睛，哪怕它已经散乱，沦陷到大地的内部，但你依然可以感受到它的明亮。

先从窗棂说起。传统的窗棂大都雕花，如仙桃葫芦、福寿延年、石榴蝙蝠、扇状瓶形等等，极富富贵趣味。富贵是人类向上努力的目标，那个目标之上永远填补不了心灵的空虚。趣味是需要用心悟得，增一分恶，减一分俗。富贵也是修来的，一是修心，二是修性，三是修行。

所有的寓意和自然有关，“人在观察大自然的时候，会把心中最美好的东西拿出来”，这句话是普里什文说的。

再来看我们中国传统建筑中的门窗。木构建筑，墙体一般都不承重，隔扇、槛窗可以做得轻盈通透，窗又常处在人们的视觉中心区域内，抬眼之间，朝夕相处的四季轮回扑面而来。至少从汉代以来，我们的祖先就已将自己的祈愿、祝福和喜悦刻在窗的棂子、绦环板和裙板之上了。那份趣味不仅是窗户上的，也是窗户外的。比如在古典名诗中就有：“窗含西岭千秋雪，门泊东吴万里船。”“画栋朝飞南蒲云，珠帘暮卷西山雨。”“梦觉隔窗残月尽，五更春鸟满山啼。”“深秋帘幕千家雨，落日楼台一笛风。”“今夜偏知春气暖，虫声新透绿窗纱。”美好的诗句流逝不灭！

岁月中一路想起，也只有祖父窑门旁那扇窗户，夜静时望月，一格玻璃，两手青灰。不知多少人从此处望过，生多少种心情？有些痛既是人的，也是窗户的，终究，脆弱的是人，古老的是窗外月。

宋太祖建国时为避免唐安史之乱以来藩镇割据和宦官乱政的悲剧，遂采取重内轻外和重文抑武的国家政策。著名史学家陈寅恪言：“华夏民族之文化，历数千载之演进，造极于赵宋之世。”宋代，更是中国建筑发展的鼎盛期，这一时期出现了大量功能性好、棂条组合丰富、艺术和审美价值较高的门窗样式，最具中国特点的隔扇开始普遍采用，促使建筑的整体风貌与室内的采光、通风得到改善。

民间已经看不到宋代的窗户了，所能见到的传统门窗，大多是明清两代的遗构。一切都不再是从前，一切都在改变。

穿行在老屋四下，以免打断自己的冥想。

一间老屋里，一盘火炕，读书的女子在通透的窗户前，与那个当下保持着一定距离，炉台上的一壶春茶蕴养了她，对往事倾情，窗外的世界旖旎媚惑，推开窗扇，把自己放在靠着窗户最近的阳光下，女子的脸，隆重地盈满了屋子里的富贵。

从前是那样的具象、有力。精神上独自出游，那么谁会与荣华富贵结怨呢？不会。

看那图案式的窗棂你便知道，文化内涵由门窗纹饰与图案一目了然。当门窗成为重要的日常出入时，文人与工匠一道不遗余力地发挥想象和才智，致使门窗艺术万千风华。

官员、商人与文人的需求明显会有差异，文人需求者都会从自己生存环境的角度出发，挑选喜爱或者让社会接受的纹饰与图案。而大多官宦人家喜欢一种含有龙意象的卷草图案做装饰，又叫“卷草缠枝龙”。头部有明显的龙头特征，而身、尾及四肢都成了卷草图案。产生一种连绵不断、轮回永生的祝愿。

民间俗世的，有盘长、梅花、冰纹、大桃子、圆、万字、寿字等等，拖曳着深厚的寓意，把看过去的眼睛养得蓬勃芳香。唐代和唐代以前常常用直棂窗，以直棂窗为代表。到宋代、辽代也做直棂窗，但是，图案的装纹窗逐渐地多起来，金代大力发展隔扇窗，在三间房中两间的窗子即用直棂窗，下部修筑槛墙。清代，除方格窗之外还有槛格窗。

山西漳河、沁河两岸的民居窗户下有压窗石，大多是狮子滚绣球、桃子和石榴。和陕北窑洞及山西平遥合院不太一样的是，平遥和陕北喜欢做一个大花窗。大花为樱桃、双钱、麒麟钱，为的是日日里望向窗外时有温润的喜气。

最早糊窗纸是什么不知道，只知道老家的糊窗纸是麻纸，桑树皮做的，有木质的纤维隐约在里面，特别保暖。

雍正年间，每年夏秋之际，有分别来自英国、法国、荷兰、奥地利和瑞典的贸易大船，挣出雾障海路而来，这些大船前来购买中国的茶叶、瓷器和丝绸，虽然船上带来的基本上都是白银，一般是三至五吨重的西班牙银币，但是也有一些西洋物产，比如呢绒、钟表等，其中有一样比较特别的物产——玻璃。

窗户上镶嵌玻璃，只是大户官宦人家才有的，但也不是满镶，只有窗格中间四格镶嵌就算比较奢华了。

隔窗有耳，如说是屏息静气，那么隔窗有眼，便是不露声色了。

有了玻璃便有了明亮，便没有了秘密。可以看见生出绿叶的春天，开出红花的夏天，秋天的落叶片片飞，灰墨的草丛里白雪落下。一年四季，生活中的普通人是一些知足者，在镶有玻璃的窗户前，看似庸常细碎的日子，抬头时却需要智慧的心力。

在时间里守候恒常的规律，窗外四季变化是受之不尽的，只要守候在窗前便意味着最小的消耗。玻璃窗户前一张笑如春风的脸一闪，便是屋子里最实在的安宁。

我一直喜欢麻纸糊窗那种味道，比如春夜月色之下，强烈地感受光线黄黄的，衬托着糊窗纸上的民间剪纸，很生动，是幸福的印记，也是世俗的色彩。

月光照着窗台，移动那只花猫的影子，炕背墙挡得影子跌落在花被上，跌落到睡觉人的睫毛上，茸茸如霜毫。

过去的老窗户上没见挂过窗帘，倒是有遮羞窗，是不是有了玻璃才挂起了窗帘？有一句老话叫“捅破窗户纸”，有了玻璃以后，便有了“玻璃肚皮——看透心肝”。

《红楼梦》写下一个丫鬟叫玻璃，是不是曹雪芹因了玻璃的金贵信手拈来？

窗下事千般景致，万种风情，成就人一生难以泯灭的情怀。

有题窗上诗：“何人窗下读书声，南斗阑干北斗横。千里思家归不得，春风肠断石头城。”

有纱窗恨：“新春燕子还来至，一双飞。垒巢泥湿时时坠，涴人衣。后园里看百花发，香风拂绣户金扉。月照纱窗，恨依依。”

其实说来，窗下事都是动，拱出窗户纸便都开始发芽了。

晚霞收尽老屋的人声和呼吸，走进春天，青草散发出弥久的清香，花瓣一地，今晚留宿何处？身后的村庄变得幽深，时光的一半是恩赐，一半是降服，突然明白，备受现代文明熏染的人们，毕竟还有乡愁自觉的“痛苦”，两个字，可能已经伤及了离乡人的骨头。

在寺庙的阳光下微笑

秋天，我和朋友驱车去往高平的定林寺。

定林寺在山西高平市城东南 5 千米的七佛山南麓。向东可达开化寺，西与游仙寺毗邻，北与七佛顶相连，南眺三嵕庙、祁贡坟。寺居山之阳，寺侧有定林泉，常年不涸，寺名即由此而得。来时的几日前，朋友说，领你去一个好去处。

无处不在的美，美在它的安逸、隐遁和人迹罕至，美在它的适度遗忘，被遗忘的风景保全了它的纯正，并成为心向往之的清凉主题。

一路上没有人迹，一些秋天的花朵开着，它们是人类的亲人。我突然想起了英国诗人丁尼生的话：当你从头到根弄懂了一朵小花，你就懂得了上帝和人。

风吹过，干净的黄土小道上有黄叶落下。

我们就这样走着。

因为，我既不想进庙里的三佛殿、七佛殿朝拜，也不大熟悉佛教的奥义种种，只是想在有佛的寺院的空地上散淡而无所用心地闲走，只是想看看宋朝的建筑。山野蕴含着古朴的静谧，一种迷离的幸福，那静谧是如此深广、质朴。

进得山门就看见分列有十几米的两棵古柏树。古柏全身的筋骨皮肉都向上扭曲着，形成了一种鲜明的旋转走势，像被千年大风抽上天空的两束干凝了的火焰。苍老的树皮保持着固有不变的沧桑。朋友说，从大宋遗绪与承传的脉络中走走吧，能听到历史的呼吸和沧桑。那么，从宋那个朝代到今天，我倒为树的古老而感慨了，一个单纯地接纳着自然而来的阳光和雨水，由宋朝的小苗到今天的古柏，始终都不隐含外形，始终都是满树的枯裂、嶙峋，满树干凝的火。难道这也可能契合宋朝人本然的状态吗？真正对于古柏细部的岁月，我则无从注目。

后院的一挑大殿飞翘的瓦檐吸引了我。我们从七佛殿后的二堂间的陡石阶而上，就看到止涓、问津二洞。有水清澈见底，硬币在水底闪着金属的光泽。我爬下去，断了气地喝。

经过千年霜雪浸透的水使人精神充足。

抬头就看见庙墙上装贴上去的牌匾："大清光绪年再造定林寺功德录"，人的符号在这里永存了。想想看，人对寺庙的修建真是兴趣酣足啊。从宋、元延祐、清光绪到现今，匠人在技痒难耐中，敲凿声再度响起。"广施福田""吉祥幸福"就是佛的丰腴、流苏的衣裙、兰花状的手指吗？那么可不可以说，人的行善，善就是钱、权、名利和一切不弯下腰吃苦的幸福！守候在佛的足下，人是最有耐力的一种动物。

从"耸峙"二亭上登高远眺，心情充满了美丽的对自由的感情。在寺庙的阳光下微笑，这时，你看到的哪怕是一个古老的年号也不会使你吃惊，一首题写在古墙上的"到此一游"，只能略微让你同情难过。"时有风吹幡动，一僧云幡动，一僧云风动。惠能云：'非幡动、云动，人心自动。'印宗闻之悚然……"悚然的感觉是顿悟之美。今天依然在寺庙的阴影和光亮之间传递。

朋友说，红尘之欲杀生。那么，红尘之欲是最值得逝去，或活下去的人们安慰的唯一。

这些建筑的寺庙，这些山野的气息。阳光在这里如此沉稳大度，如此安谧迷人。这时，我看到一棵树，一棵生长在众树之外的树——小枫叶树。一种阴柔的绿，在阳光下的空气里充满动感，充满快感。

那细碎的叶子，片片充满禅机。

远看很平凡，近看却有一种离经叛道的美。它的生长蕴藏着无尽的生命能量和佛性流传，只可惜它是一棵树，也只能是一棵树，所以通常情况下人们对它的审美到此为止。

一座庙里的一棵树，被时间关注着，如此而已。

定林寺住着一个中原流浪至此的无名僧侣，一个中年和尚。和尚在寺院的一角种植了木瓜、木梨树，在另一角种植了菊花。如此，我想和尚又一个秋天将更为繁华，也更为寂静。

那是一个人在无声的繁华中的寂静啊。

朋友说，时间在这里更具有相等的疏离的意味，他用熟悉的动作操劳他的一生。我想问和尚一些想要问的问题，和尚不语。我用尽了对男人的所有尊称，和尚仍旧不语。

朋友说，这和尚怀有目的。我不这样想。“对那些见到无念的人来说，业（语言）不再发生作用，那么，抱持妄想以及用业破谜，对他们又有什么用呢？”

我有疑问因我有欲、有念、有牵挂、有爱，不能如佛家弟子，无执着、无心念、无不舍。不执着就是不起爱憎之情啊，当这样的往心断念时，它既无住所，也无非住所，随时随地确具无念。我们的存在就如同风一样对和尚是空无一物了。

坐在定林寺外和尚耕种的玉米地边，看那些宋朝的砖木和修建拆下的瓦当，诉说生命的流逝。听远方投宿林间的夜鸟的鸣啼，就仿佛听到了安德列夫的大声诅咒：“我用我的诅咒来克服你，你还能对我怎样？”

我也像是一个朝圣的旅行者，在我的灵魂深处，我却看不见六祖惠能那张穷苦人粗糙的面孔，他对我如宋朝的建筑残缺不全。这时，在山林间谈爱的少男少女相伴而下，这种场面，必然带着浪漫的寓意。

想一想，一些不能释怀的事到下山时任何纷争都消解了，感觉如同深山里的秋天，高朗爽洁，带着林中的泥土、宋朝的渺远和点点凉秋的寒意，这样的地方真是爱情再好不过的去处了。满山的山菊花开着，黄的、浅蓝的，一握握贴着裙边，拂过小腿。朋友说，看着这样的灿烂，我会激动得哭。这时，和尚永绝苦因的诵经声飞出寺外：

泉水那个清清了，南无阿弥陀佛！

回程的路上，我想起一个和尚问长沙景岑禅师：“南泉死后去了什么地方？”景岑禅师回答：“石头作沙弥时，曾参见六祖。”和尚不悦：“我不是问石头见六祖的问题，我是问南泉死后去了什么地方？”景岑禅师回答：“对于这个问题教你自己去想。”

佛是一些涉及事实而不涉及一般的法则，我不够成熟，因此不悟。

襄阳好风日

汉江之美与襄阳之魅

襄阳，一条汉江穿城而过，将襄阳分为江南的襄城和江北的樊城，山川灵秀，襄阳正应了这样一句话，“一江碧水穿城过，十里青山伴入城”。

汉江，又称汉水，因为汉水与银河夏季走向一致，所以也叫“地上的银河”。在古人的认知中，横亘天空的银河与横卧黄河长江之间的汉水，形成天地对应关系。《诗经》说：“维天有汉，监亦有光。”中国文学两大源头《诗经》《楚辞》发源和交汇于此，汉水孕育了荆楚文化，人文资源也非常丰富，曾被历史上无数文人所歌咏。

汉江青青，诗仙李白在《襄阳歌》中写道：“遥看汉水鸭头绿，恰似葡萄初酦醅。”将汉江水的碧绿形容为刚成形的青葡萄。苏轼途经襄阳，在《汉水诗》中写道：“襄阳逢汉江，宛似蜀江清。”而在众多赞颂汉江的诗歌中以王维的《汉江临眺》最为著名：“襄阳好风日，留醉与山翁。”

汉江之美与襄阳之魅，让我们发现襄阳是一个观望历史和让历史观望的城市。历经沧海桑田，气象开阔，当阳光照在大地上，无限风光由一条汉江带走了多少日月下的好春秋？

时间是一条没有起点也没有终点的直线，只不过被人为地划出了刻度，时间的刻度让一座城市的门扉洞开，我们发现襄阳自古多出隐士，隐逸形式五花八门，身隐、心隐、朝隐、吏隐……世间精彩都需要亮相，不然谁知道谁认为那是精彩。

汉末魏晋南北朝时期，是隐士文化的第一个也是最大的兴盛期，由于时代的大动乱，这一时期的知识阶层逐渐从汉代经学的桎梏中解放出来，个体意识开始觉醒，追求独立完善的人格境界，呈现出和现实政治明显的离心倾向，诚如孔子所言："邦有道则仕，邦无道则隐。"襄阳的隐士是这座城市辉煌的记忆符号。

"山不高而秀雅，水不深而澄清；地不广而平坦，林不大而茂盛；猿鹤相亲，松篁交翠，古朴清幽"的地理风物催生和滋养了隐逸之风，孟子说："水由地中行，江河淮汉是也。"把汉江与长江、黄河、淮河一道并称"江河淮汉"。

汉江曲里拐弯流过襄阳，"曲莫如汉"的寓意中，隐士挥舞着命运的手掌，在季节最深邃的部分闪耀出智慧的光芒。

智慧近于妖术的诸葛孔明

走进襄阳的古隆中是在一个雨天，四溢的雨中充盈着不易发觉的季节迟暮，湿漉漉的天地间，一座古隆中牌坊立在前方。

牌坊暗藏着青石莹润内敛的潮气扑面盈怀，我在仰视中，在仰望的瞬间，脑子里重叠着与之有关的往昔。

诸葛孔明，一位有着经天纬地才能的智者，上知天文，下通地理，在军事上也是用兵如神。如果没有诸葛亮，单凭刘备起初的实力，根本不可能成就三国鼎立的霸业。

诸葛亮在隆中十年，结交庞德公、庞统、司马徽、黄承彦、石广元、崔州平、孟公威、徐庶等名士，其中多是当时著名的绝意仕途的隐士，也就是说，诸葛亮周围基本上形成了一个隐士群体，这无疑对诸葛亮的心理、人格会产生影响。如庞德公是东汉高士，说他与诸葛亮、司马徽相友善，居岘山之南，躬耕田里。荆州刺史刘表几次以礼延请，皆不就，可见是位真正的隐士。

高卧襄阳古隆中时，诸葛孔明还只是一介书生，即被当时大名主庞德公称为“卧龙”，司马微赞为“识时务的俊杰”。

做一个真正的隐士无形无息，但还是碰巧被一个枭雄发现了智慧，“三顾茅庐”成为礼贤下士的代名词，历史深处，我感到一种强大的存在。“三顾”是一种言语、一种“假借”，心却是飞扬跋扈的。

“三顾茅庐”之后，诸葛孔明出山辅佐势单力薄的刘备，先与孙、曹逐鹿中原，后与司马懿争雄天下。正是他的智慧，曾无立锥之地的刘备能走出困境，取荆益两州，三分鼎足，成就帝业。使得刘备有资格从一个漂泊而毫无目的的军阀进阶为一个诸侯。这就好比黑暗中的路灯，指引着脚下的光明。

所以，刘备对诸葛亮的评价是：孤之有孔明，犹鱼之有水也。

一颗忠心，两朝元老，三顾茅庐而三分天下，五丈原头卦阵中，六出祁山而七擒孟获。赤胆忠心，足智多谋，助他人之霸业成自己威名。出师未捷身先死，长使英雄泪满襟。

诸葛亮，也可以说是中华民族公认的智慧之神，他整个人的颜色无穷变换、神秘魅惑，在英才辈出的三国时代，当时应该就有“智多星”的称号，否则刘备不可能放下身份三顾茅庐。

与时间有着类似的质地、常用来相互喻意的物质是流水。汉江水浩浩荡荡裹挟着时光一往无前，而往事总是像沙砾般在竭力挣脱和沉淀下来。

在古隆中盛传着诸葛亮另外一个平民化的故事，他不仅是一个种庄稼的好手，而且还是一位种西瓜的能人。土地唤醒人昂贵的欲望，人在土地上获得丰收。诸葛孔明种下的西瓜，个儿大，沙瓤，并且无尾酸，凡来隆中做客的隐士和过路人都要到瓜园里一饱口福。于是，周围的人都向他学习种瓜，他则毫无保留地告诉他们种瓜一定要在沙土上，施肥一定要用麻饼或者香油脚子。

瓜管吃好，瓜籽留下。

吃瓜留籽。一条谋生的好手段传播了他的名声，也给诸葛孔明带来了光明的前程。

在隆中十年，是诸葛亮人生价值观形成的重要阶段。他的出仕，并不违反他当初“不求闻达”的初衷，有道是有大志之人，虽能耐寂寞却不会一辈子默默无闻，其中所蕴含的智慧，便是庸者无法感悟的。

雨水淋湿的路上，想象一位手持鹅毛扇子、头戴纶巾的儒士，一个懂得生存智慧的人，他照亮了襄阳过往的岁月，同时也开阔了旅行人对历史想象的空间。

孟浩然的情义重过生命

孟浩然，一位歌颂田园的诗人，出生在襄阳，世称孟襄阳。和诸葛亮不同，他渴望自己的鸿鹄之志用于治国。可惜仕途困顿，在痛苦失望后，最终修道归隐终身。40 岁游京师，应进士不第，返襄阳在长安时，与张九龄、王维交谊甚笃。后漫游吴越，穷极山水以排遣仕途的失意。

孟浩然诗歌绝大部分为五言短篇，多写山水田园和隐逸、行旅等内容。虽不无愤世嫉俗之作，但更多属于诗人的自我表现。他和王维并称，其诗虽不如王诗境界广阔，但在艺术上有独特造诣，而且是继陶渊明、谢灵运之后，开盛唐田园山水诗派之先声。

民间有一句俗语：生就的骨头长就的肉。在反复无常的命运颠簸后，孟浩然重新回到他应有的原点。他的一些诗往往在白描之中见整练之致，经纬绵密处却似不经意道出。

“故人具鸡黍，邀我至田家。绿树村边合，青山郭外斜，开轩面场圃，把酒话桑麻。待到重阳日，还来就菊花。”（《过故人庄》）

每个人都不清楚，哪条路通向自己最终的目的地，远方是大而无形的希望，故土从来都是质疑者。经过跋涉与灼热、痛苦后的失望，孟浩然以诗歌的方式携带着故土开启了流浪。

对故土的谙熟使孟浩然不需要用眼睛来盛载它，经历痛苦，是为了收获经验，一支笔使一切追求成为最终的功名。

公元 741 年，王昌龄游襄阳，当时孟浩然患有痈疽，是一种毒疮，将要治愈了，大夫嘱咐他不要喝酒、吃鱼鲜。

“朋友这杯酒最珍贵。”

正如古龙曾说过的：“其实，我不是很爱喝酒的。我爱的不是酒的味道，而是喝酒时的朋友，还有喝过了酒的气氛和趣味，这种气氛只有酒才能制造得出来。”

一道美味大餐让孟浩然大快朵颐，结果，王昌龄还没离开襄阳，孟因为喝酒、吃鱼，病发作去世。

筵席最后都是散，一场筵席完成了人间最有情义的离别。

人间是多种力量争夺的阵地，是名利场的风口浪尖，从生命的开始到生命的终结，人生作为放大镜和显微镜式的舞台，每个人上演的戏有着十二分的精彩，看热闹的资源取之不尽，而真正能留下的中国好故事不多。

孟浩然用诗歌成就了中国故事。读他的诗犹如纳凉看夕阳、池月，到微风飒来，到荷风送香，到竹露滴响，然后，由鸣琴而联想到知己好友。所感触到的全部是襄阳花草蓊郁和情感幽怀。和同时代的诗人比，不似李白的豪纵，不似王维的深粹，不似杜甫的盘郁，却着实是孟襄阳的清雅。

米芾装颠疯供养人间烟云

米芾是襄阳人，传说他个性怪异，一个北宋人喜穿唐服，嗜洁成癖，遇见山石称兄道弟，常常膜拜不已，人称“米颠子”。

米颠子常使石头无言。

喜欢米芾的字，他的字显得情绪饱满，有意蕴、有墨趣，如戏剧人物的身段手势，行云流水般流畅，又蕴含力度。不过也有用笔多变时，比如正侧藏露、长短粗细、体态万千，充分体现了他“刷字”的独特风格。米芾的字真是灵动而极富生命感啊。

到了襄阳才知道襄阳是米芾故里。

米芾这人一生恃才自傲，少奴性，性格中明暗的对比，就像阳光和影子，如影随形，和其他历史人物不同，官场的强大吸引力，从他的性格开始，米芾一生在官场如鱼得水般活跃。

“蜀素”是北宋时四川造的质地精良的丝绸织物，上织有乌丝栏，制作精美。由于丝绸织品的纹理粗糙，艰涩难写，故非功力深厚者不敢问津。米芾敢写。据说，蜀素上米芾的字笔意率真大胆，气势飞动。

写瘦金体的宋徽宗很喜欢他的书法，经常招他进宫写字。有一次他给皇上写完字后，偷窥皇上的御用砚台，就对徽宗说："皇帝的砚台不能给庶民用，而如今皇帝的砚台被我用过了，臣子是低等的，既然这砚台已经被我玷污了，皇上就送给我吧。"宋徽宗还没有回应，米芾拿起砚台揣在怀里跑了，宋徽宗的笑声跟随他走了好远。

米芾之狂气在《宋史》中记载得十分传神。

宋徽宗赵佶初次招米芾入宫，请他先在御用屏风上书写《周官》某篇。米芾奋笔疾书，完成后掷笔在地上，并大咧咧地声称：洗去二王所写的烂字，才能照耀大宋皇帝万年。要知道，艺术皇帝赵佶可是王羲之、王献之的天字第一号铁粉，米颠虽比皇帝大卅一岁，但也不该随意消遣二王。

听到米芾的狂言，悄悄站在屏风后面的宋徽宗竟不由自主地走了出来，仔细欣赏他的书法。其实米芾得以在高手如林的北宋书法界称雄，得益于他扎扎实实的功底，从二王到颜柳，他都曾经一丝不苟地临摹和揣摩，尽得前辈精华。

米芾爱砚而深爱石头，常常将一方好砚比做自己的头，抱着所爱之砚共眠卧榻。

这也是为什么米芾要拜石的缘由。米芾把玩异石砚台，有时到了痴迷之态。据《梁溪漫志》记载：他在安徽无为做官时，听说濡须河边有一块奇形怪石，当时人们出于迷信以为神仙之石，不敢妄加擅动，怕招来不测，而米芾立刻派人将其搬进自己的寓所，摆好供桌，上好供品，向怪石下拜，念念有词：

"亲爱的老朋友，相见恨晚，相见恨晚。"

此事被传了出去，由于有失官方体面，被人弹劾而罢了官。

米芾的隐是一种大隐，他乐于用他的方式来与世界沟通，米带在他自己的世界里寻找神话的可能，一半是谋生，一半是供养烟云，把不可能的高处市井化，市井多么美好，辣椒和葱爆肉丝的味道，所有的高贵就成了人间烟火。

汉江带走了惊心动魄的四季轮回

中国哲学讲究“人与天侔”。这里有两重意思，人应该是同环境相和谐，努力同生存的环境保持天然节拍的一致；另一重意思是，人应该和自己的天性保持本真的一致。襄阳在汉江中游，受汉水影响，气候温和，土地肥沃，物产丰富。优越的自然环境使得这里的人民生活较为安逸，性格也较为平和，形成了豪爽率真、忠厚朴实的民风。

据《襄阳府志》记载：“襄郡七属，民俗尚淳，民风崇俭。”《汉书》也讲：“楚有江汉川泽山林之饶；江南地广，或火耕水耨。民食鱼稻，以渔猎山伐为止，果蓏蠃蛤，食物常足。故呰窳偷生，而亡积聚，饮食还给，不忧冻饿，亦亡千金之家。”

古代隐者的故乡，隐既是一种生命形式的结束，也是另一种生命形式的开始。天人合一的和谐，造成了人与自然无往而不适的大自在。好地方，拥有得天独厚的地理方位，襄阳走到现在，她承载的文化是沉甸甸的。

文化似雾、似雨、似风，在城市上空飘、飞、荡、晃。但真正的要抓到实处，怕的就是文而化之。俗话说：好酒不怕巷子深，这是农耕时代，鸡犬之声相闻，老死不相往来的传播学；酒好也怕巷子深，这是现代信息时代的传播学。

所以说，文化不简单的是谈古悦今。

历史悠久、数量繁多的襄阳名人，已成为襄阳的一块金字招牌，地因人彰显，人文之胜，往往牵连出了本土的物质和非物质文化遗产，比如襄阳的绿影壁、仲宣楼、春秋寨、东巩高跷、老河口木板年画，等等，汉水流域文化是一种区域文化，地理与人文相互激荡，最终形成充满地域特色的文明。

有水的地方才可能发展文明。

流域作为一个相对独立的地理单元，往往促成区域内的文化认同。“我住长江头，君住长江尾”，地缘产生亲缘，便有“共饮一江水”的观念。随着南水北调中线工程的进行，汉江又将成为北京人的水源。京城文化将再一次因流动渗入襄阳，襄阳在哪里结束将又重新在哪里开始！

水在水之外活着

历史，由无数个细节组合，大自然由无数个生命构成，河流是一条有历史的生命。

在山西境内，沁河是仅次于汾河的第二大河流，民间有小黄河之称。它从远古就以深切的母爱和血脉之乳滋养、丰润了两岸，人们在河岸上扎下根基建起了村庄，开垦出田地，河流孕育了两岸文明，它终让时间在边界内尽情闪现出灿烂之光。

我于 2011 年 10 月开始沿着它的源头寻着它走，走近它曾经流过的村庄。看到繁华露出瘦削刚硬的筋骨，素净的沁河与壮阔的秋风，无限扩大了村庄两岸衰落后的萧瑟，我不能够欢喜。

看天空，把花魂揉进去的云朵给人间神秘，给人类引领。

车开入河道，河卵石高低起伏着，有青草填补了它们的缝隙，黄绿交织，有繁荣，有寂灭，也有疼痛。

放羊人左腋挟一羊铲，右手舞动长鞭，那一声划响阔开了河道，他在羊群中舞动，仿佛在半空浮游，悠闲、自在。河谷两岸没有人烟。

云朵让天空无限扩大，空了的村庄让我六神归位。

这样的时候，因了空气的绝对新鲜和纯净，声音的穿透力也特别强，不知名的小鸟啁啾，在空旷中游走，那啁啾声便遥远了一切，透明了一切。奔跑过去，让景色生动起来。一条土路被水漫过，形成水路。人走在水路上，密匝匝两行杨树形成绿色拱道，在一个马蹄形的缺口前水流分开到两边山脚下。“源”至此而出。

泉水清澈，冰凉清甜，东边泉眼水流湍急，西边泉眼水流平缓，两股泉水流出数十米后汇成一股，顺河谷而渗入地下。

俯身就地一气喝了数口，一阵剧烈的清冷刺进骨髓，体会了水如何奔流，在我的躯体内，它将在我的胃囊壁上生成露珠，水让我的身体实践着自然法则。

活过了多少年？少年、青春，我何时学会过俯视脚下的这片土地？而我生命的少年时期，我和童年的小伙伴们望着天空飞越村庄上空的飞机，大鸟的翅膀下，惊喜、尖叫声中，一首儿歌让我满含热泪。“小闺女，快快长，长大嫁给洋队长，穿皮鞋，披大氅，坐上飞机嘟嘟响！”文明，洋溢着天生逼人的高贵。

历尽往生，活到现在，活在了电子时代。为什么所有的事情一定要等到后来？山崖壁上有大小不一的洞，能感觉到在远古那些洞都有水出，现在，只剩浅浅的一汪自山间流出。手伸进去，它的深度淹不到我的胳膊肘。水流出泉眼，漫铺开来形成小河，水面刚能把平放的巴掌淹住。走过河对岸，鞋面不小心会被水打湿，也许是故意的，此时的我居然对水生出了敬畏之情。

水面上因了阳光的感光不同，看上去呈颗粒状，有别一番模样。对岸有碑亭，新修却已经残破，是山西省人民政府在此设立下的“沁河源头纪念碑”。

山崖上的那一朵黄花陡然间湿润了我的眼睛。

它原来并不就是这个样子，如今，羊群代替了河水成为河道里流淌的植物，开有五个花瓣的黄花，自在地生动着，羊群走来，放羊人撒了细盐，我听见羊舌头抹布一样擦着石板，像一支曲子在低声部回旋。放羊人再一次挥动起皮鞭，鞭梢带着响，羊群聚集在一起，那一只头羊昂着头，相比于那些勾着头吃草的羊，那只头羊抬高了我的视野。

源头在身后一百米远的地方，就已经看不到水了。

坐下来，羊粪蛋蛋落在草丛间，索性躺下。源头的河床这么宽，那是常年流水落下的影子，现在只能用幻觉来填补它的空缺。不是吗？这个世界仿佛失去了用心灵与眼睛观察的习惯，快乐是持久的，痛苦则是刹那之间，而人都喜欢飞蛾扑火，为眼前的利益狂欢。

明代诗人王徽有诗云："沁水河边古渡口，往来不断送行舟。"在沁河两岸的冲积平地和原有台地上，由于沁河总体水量的减少和沁河水被过度地开发利用，昔日汹涌的河水变成了今天的涓涓细流，日常流量从过去的每秒几百立方米下降到几立方米。

放羊人说："也就几年光景，什么都没有了。"

一种贴近泥土说话的口气。

台地上的秋庄稼卷曲着叶子，阳光电一样烤着它们，一个旋风旋过来，没有旋走，头与尾咬在一起，越旋越大，河道里什么都没有，连它想卷起的土尘都没有，它孤独得只能同自己的影子搏击。

水比去年小了，旱比去年大了。

旋风过去，放羊人说："看着是河的源头，却使唤不上水。"

一条河的旺衰总有一定的规律可循，资源争夺可以爆发最激烈的战争，谁都知道，对资源无节制地开采，其结果是人类集体犯罪。

当一座城市变为一片废墟，一座最为繁华的都会变成一片草场，一条河流的走失，让这个世界上众生的命运令人忧虑。历史遗留下来一句成语“沧海桑田”，人类有过多少次沧海变桑田犬齿交错的格局?

变化，只是多维世界一个很简单的动作，我们对于身边清醒事物的认识最兴奋的事情，依然是挖掘。

走走走走走啊，汲取什么才能够让水苗壮成长?

人们说，爱是让时间暂停的唯一方式。爱能留住时间下一些特定瞬间，爱是否能长久永留?

薄淡轻疏的云彩，正俯视数十万烟灶的生命，并不是太久的岁月，放羊人说：“河道里的水再都不敢喊河了。”

那些植物和人一样喜欢喝清水，黄花遍开，如经脉一样的腰肢风姿绰约在阳光下，放羊人铲起石头扔向头羊，羊群们奋力撒开蹄脚顺着河道走往山外，放羊人的鞭声坚硬而空旷，他和他的羊群走往村庄。

一座村庄，一代人的驿站，路上尘土飞扬，扑打人的脸，水成为村庄的终结，也丰沛了万物。

然而，随着经济建设的飞速发展，人口增多，一方面，沁河两岸的土地面积日趋紧张；另一方面，由于人为设障、缩窄河流、开采煤矿，一条河流，在孤独和将要面对的绝望下虽爱于执着，然，不得不面对它最后的宿命：枯竭。

河水流逝中诗人说：“我达达的马蹄是美丽的错误，我不是归人是个过客。”我走，树给我阴凉，给我欢喜，给我万花盛开。

路上尘土飞扬，当走近河流的时候，清浅的水晃动出我的倒影，岸上连片的玉米、高粱、大豆、棉花，旖旎灿烂，只有一条河和它流动的河岸才具备人类活着的特质。

沁河，它给人间永远的恩惠，它接纳所有走向它的子民，它给它的人民秋日灿烂的金黄。沿着它的河岸走，河水若即若离。已经找不到黄土的道路，只有黄土的道路上，牛粪才能蒙上一层粉白的细尘。

水是生命和文明的源头，所有文明都有一条滋养自己的河流。比如恒河、尼罗河和幼发拉底河，它们是印度、埃及和巴比伦的母亲河，黄河也一样，是中华文明的摇篮。比起四大文明起源的其他河流来讲，黄河的性格是乖戾的，放荡不羁，在它传播文明、哺育文明的先祖的同时，又给我们至少带来了五千年的灾难。《中国大历史遗书》中说，2500 多年里，黄河曾经溃决了 1950 多次，大小河迁徙有 26 次之多。有作家用文字告诉了我们：

“黄河，平均三年就会发生两次决口，一百年里就有一次大的改道。”

择水而居，人类从诞生那天起面对河流就面对了灾难。

黄河，从白云缥缈的巴颜喀喇山下来，由西而往东，关于它的发源，昔日曾把新疆南部塔里木盆地中的葱岭北河和葱岭南河，当作黄河的源流。一直到了清高宗，派阿弥达到达青海实地调查，始知黄河实导源于噶达素齐老峰之下。蒙古语“噶达素”为北极星之意，水作金色！一个“金”字，把黄河的水抬到了文字的最高处。

那么沁河呢？黄河下游的一级支流，北倚太行，东临太岳，南屏中条，西接晋南，当潞（长治）泽（晋城）之门户，扼平（临汾）蒲（运城）之咽喉。《左传·襄公二十三年》：“齐侯遂伐晋，取朝歌。为二队，入孟门，登太行。张武军于荧庭，戍郫邵，封少水。”文中的少水即沁河，当指沁水县端氏附近河段。《水经注》记载：“沁水即少水也，或言出谷远县羊头山世靡谷。三源奇注，经泻一隍，又南会三山水，历落出，左右近溪，参差翼注之也。”

山西的这条第二大河流，从山西沁源县的二郎神沟发出如歌的欢音，让彼岸人相观此岸世界，它是佛，一路走来，宁静心绪、洗涤尘埃、广布和谐姻缘，在青翠广阔的田野沃土上，于云雾山谷间远去。

历史上几次大的人口流动多由于天灾或政局不稳造成，而流入沁河两岸的灾民和流民，他们带来自己的手艺，他们用自己的手艺繁华了沁河。沁河，上苍这份得天独厚的礼物，它用它朴素的胸怀接纳了他们，它承载了纯正的华夏文明。

“清泉百丈化为土”，在岁月节令中成长的一代一代人，不管他们的先祖来自何地，从沁河走出，他们都是喝沁河水长大的人，对养育自己的河流，似乎已是身外无扰、碧水在胸。

水魅惑了天地两界，更主要的是魅惑了我。

走往沁河的源头，树上开着白色的花朵，望远处，迷蒙烟景，小鸟啁啾。

繁华之上，绿色之上，我无法判断那是什么样的香味，我只知道它洗净了我的心肺，像是要重新焕发一个新的我。

每一个人的出生地都会有一条河流走过，每一条河流都用它的乳汁喂养了两岸的子民。河谷两岸简单的炊烟有对于日月认命的担当，视宿命为必然的乡亲啊，知否，一条河养育了子孙万千福分。

祈祷河水长流：希望上苍让我听到弦响般的风声和水声、燕声和人声。走过春暖花开，走过内心的依恋和不舍，我看到一只乌鸦的黑翅，在一块棉花田里张开，在另一块麦田里收拢，它望着虬枝苍劲的老树，叫着，把河流推向远方，推向野花次第开放的远方，推向炊烟飘荡千万年后消散的远方。

河流是需要怜悯的。

流域文化是一种最富情感的区域文化，地理与人文相互激荡，沁河最终形成充满地域特色的文明。然而，谁又能看清文明的底牌呢？沁河的河道像瓦一样粗粝，敬畏曾经在河岸活着的朝气和欲望，谁能知道眼泪是文明最后的一口唾液。

我走沁河，水在水之外活着，却是我心里的急事。

时间让文字留下凭据

在北京的现代文学馆看到赵树理先生，是一尊雕塑，看上去很瘦，显得心事重重，前胸贴着后脊梁，身后是一头小毛驴。我对毛驴很熟悉，小时候和它住过一个窑洞，它是一等一的好劳力，尽管现在的我已被柏油路和现代交通工具宠坏了，但是，每每想起骑驴上下山野的日子，依然激动，依然情怀依依。

在文学馆草地上站着的赵树理，身着中山装，看上去不像牵驴人，牵驴人应该穿疙瘩袄、系腰带、绑裹腿。他牵驴是为了和他搭伴儿思考问题。他是一个饱学博识的人，对世界，有窥见本质之后的感恩和激动。一个优秀的人背后深藏着一个复杂的社会背景，那个背景抬高了他，他神奇地走出了重重雾障的八百里太行，刺目的阳光下他眯眼看山外，世界之大是他始料不及的。偌大的世界显得空旷而并不耐人寻味，走离沁河让他在生命的最后时段有了隐隐的惆怅和后悔。一个三代单传的农民后代，一个小名叫“得意”的后生，打小就背过《麻衣神相》《奇门遁甲》，被乡里称为“神童”的作家，他顶着这顶“作家”的帽子出门时，胸中怀揣了两门手艺：“农民的技术”和“农民的艺术”。他的出门因为太钟情、太理想、太努力、太执拗，他忽略了前行的目标是一个未知的险象和不测。

我仔细端详赵树理的雕像，一直想不出这样的造型是怎么来的。有一阵子似乎明白了一些：他不仅会写小说，还会写戏，还懂工尺谱，还拿得起乐器，还识得阴阳八卦。这么一个有才华的人生长在乡间，泥土不忍心埋没了他的才华，家乡的路把他送往远方。因出身于农民，一天三晌下地干活，他知道了农民乡亲有意思的故事，因为他的勤奋，这些促成他当了作家，当了作家也是写农民，写乡里的事，皆因那一方土地给了他故事。离开那方土地的时候，他发现那些大权在握的人并不是为大伙谋事，是在搞阳谋，另一方与之对立抗衡的人却在搞阴谋。生活在推动他向上向前，面对这样的现状，他觉得善良和同情的情感受到了亵渎，他忽而左右，最终的忠诚的困境是在这个世界上他不知该把握什么方向？有一句谚语："朝星星瞄准，比朝树梢瞄准打得更高些。"因此，人们眼中的赵树理，便成了现代文学馆这样的眉头紧皱的造型。

文学是一扇窗户，由此而向外观望，可以有更清晰的视角，但也有它的误区。当一扇窗户告诉我们窗外风景时，文字的美好像阳光的芒刺，把金子一样的黄落溅在我们身上。我们可能看到了文字的美好，我们没有看到写作者的痛苦、漠然和牺牲。一个社会有许多共同的人性弱点，然而，嫉贤妒能是最大的集体无意识。当时的赵树理渐渐在这样的一个社会氛围中成了一个被迷蒙的人。

对于赵先生，有很多的回忆，也评价不一，有些史实让我们尊敬，我们没法忘记他那些文字记录下的凭据：

他写小说《小二黑结婚》时 37 岁，与鲁迅发表《狂人日记》

时同岁。

《小二黑结婚》让他一举成名。作品经杨献珍、浦安修推荐，彭德怀给予了高度赞扬，特别是在被改编为老家的上党梆子戏之后，在晋东南解放区的带动下轰动了世人。人人唱小芹，人人学小芹，《小二黑结婚》一时成为剧本样板。只是文艺界并没有做出相应的反响，而是保持着一种“古怪的沉默”。

据说，曾到过边区访问的美国记者杰克·贝尔登甚至这样说，赵树理“可能是共产党地区中除了毛泽东、朱德之外最出名的人了”。人怕出名猪怕壮啊！

一部《小二黑结婚》，足以代表一个时代，时代给了赵树理很大声誉，在一部作品上，一个活着的、有很高心智的作家的影子就这样显现出来了。而当下的我们，虽然远隔了他所写的人和事，但是，文字的功能和记忆，让我们在一种观望中不免思忖：他留下的那些个独特的声响、那些个清晰的痕迹、那些个朴素的文字语汇、那样的想象力，何能如此？

也许，许多作家并不欣赏他不加修饰的口语化写作，可有谁知他的心始终是沉迷在乡间炕头，轻松自如地写他眼中的乡间世界，他没有学会油滑和狡诈，面对频繁的政治运动，唯一没有被消磨掉、改变掉的，恰恰是他庄稼人的性情。政治让许多人在追求一些实在的东西，而他只选择了至轻的纸和文字，并且得到声誉。他并非是政治家，也没有脱离政治的联系，或许，从另一方面，他完成了在那个时代文学与社会、与人生最为适当的联系。他的写作面对底层，底层的大众让他的文字折射出了光芒。他是一个从泥土里生长出的作家，不幸的是，因为政治的强大、文学之轻、泥土的混沌，导致他不能自如转换角色，世相人情都当了沁河岸上的庄稼人。

人间混乱无道，最先受伤的是那些善良的人。当一个社会过分的政治化，文学也很受伤。新中国建立之初，不断的政治运动，文学家难以参悟，也难以自持。赵树理学过《奇门遁甲》和《麻衣相书》，能说就完全悟透了这个世界吗？在1949年前，除了《邪不压正》，赵树理几乎所有的作品都受到人们的推崇；而在1949年后，除了《登记》，几乎所有的作品都受到过不同程度的批评，这仅仅是一个“褒贬毁誉之间”的过渡。1950年，我国第一部婚姻法颁布，赵树理写有评书体短篇小说《登记》。1953年，国家第一个五年计划开始，他调往中国文学工作者联合会，任《人民文学》编委，从此不领10级工资，仅靠稿费生活。1955年他发表的《三里湾》是我国第一部反映农业合作化运动的长篇小说，作品以全心全意走社会主义道路的村支书王金生、三心二意想发展资本主义的村长范登高和一心一意做发家美梦的中农马多寿这三家人为主线，表现农村合作化时期的社会面貌。一个优秀的作家一定要学会和时代拉开距离，为的是不因文学的声誉而使自己和普通大众隔绝，顾此失彼。为此，在1956年召开的中国作家协会全会上，赵树理与茅盾、巴金、老舍、曹禺一起，被称为“当代语言艺术的大师”。

社会的特殊政治情势，影响了文学的公正评判。但《三里湾》与李凖的《不能走那条路》、柳青的《创业史》、周立波的《山乡巨变》等表现农村阶级斗争的作品相比，仍然受到了明显的冷落。

1958年的“大跃进”运动，赵树理创作了《锻炼锻炼》，主观意图“是想批评中农干部中的和事佬的思想问题”，站在青年干部杨小四一边，维护农村中的新生事物，让自私落后的人出点丑，但客观上却表现了当时农村中日趋激化的“干群矛盾”。因此，

1959年，《文艺报》组织的“文艺作品如何反映人民内部矛盾”的讨论中，认为这篇作品是对农村现实的歪曲，丑化了正在进入共产主义的农民形象。他恍惚了，他是农民却不了解农民，既然不了解农民那么就让我再一次回沁河岸边上了解农民吧。年底，他请求山西省委让他任沁河岸边阳城县委书记处书记，他此时已经完全没有方向了。这一年，他写下万言书《公社应该如何领导农业生产之我见》，在恳请领导提出“指正”的同时，也试图清理自己思想上的“毛病”。他要求领导指正方向。他想用这种“自我否定”来取得领导的商榷，然而，上级领导是多么的高明！信和文章终于酿成祸根。一个人，一名作家，他是农民中的圣人，却是知识分子中的傻瓜！

生活中的赵树理，有他特有的智慧。他的儿子给他的信中，只写三个字：“父：钱。儿。”他回儿子的信也只有三个字：“儿：0。父。”他们不是在玩文字游戏，20世纪60年代，全社会经济衰败，有多少人因营养不良浮肿得像个发面馒头，人们在生活中的无奈化为文学家的幽默。赵树理不是混迹于官场的出色文人，那个年代里最容易产生双重性格了，因为文人也是人，也需要规矩、服从，也可能倾轧和欺诈，还可能伪装、假话、讨得好脸儿，但是，他不是，他的生命就断送在“他不是”上。他从农民中走出来，他最知道农民，他最知道中国社会暴风雨的中心，农民因土地掌握天候，但是，这个社会农民永远只能握着锄头。

面对社会的风云变幻，他无奈地说过：“1960年的情况是天聋地哑。”他的困惑、他的迷茫、他的不甘，林林总总，令一个作家身心疲惫，也颇感迷惑，也有失误。往极端里想，人不要脸了，天地都害怕。玩政治的人玩到这般火候大多已经开始收手了，他玩文字，玩得有种舍不得过日子的感觉，社会指向什么他写什么，他有一种走不出文字的困惑，他把流动的时间用文字砌死了，时间却把他存在的真相隐藏和固定在每分每秒中，他认为他的写作是如此合理。

赵树理在创作了两篇失败之作《互作鉴定》（1962）和《卖烟叶》（1963）后，以“上党梆子”《十里店》无可奈何地结束了自己的创作生涯。但1964年，先因《卖烟叶》再次被当作“写中间人物”的标本遭到批判。1965年2月，北京已经容不下他了，他全家迁到山西太原。他想回沁河岸边的尉迟村，临近深渊的寒冷、孤独和不甘心，让他迈不动双脚。1966年8月8日，山西也容不下他了，上级部门将他作为“资产阶级反动文学权威”“周扬黑帮树立的标兵”，开始在全省各地到处批斗，他终于回到了沁河岸边的晋城县，与尉迟村很近了，近乡情更怯，他希望故乡给他强大的力量和温暖，然而晋城的造反派别出心裁地摞起三层方桌，让他站到最上面的桌子上接受批判，名曰“三关排宴”。当一双罪恶的手伸出去抽走最下面一张桌子时，他摔下来跌断了髋骨。这个世界上最后一行文字由他曾经歌颂的陈永贵写下：“赵树理是贫下中农的死敌！”9月，他给子女留下一句话：“回乡当个好老百姓，自食其力为人吧。”之后，骨瘦如柴的他不再说话。9月底，他的心荡向了孤独的天空，生命终结。

他是中国文坛上一个独特的作家，他的文学从年轻到64岁之后的若干年，都堂皇行世，为人们记取。他不是天才的政治家，他是一个天才的文学家。以我的理解，因为历经风口浪尖的运动，因为他的本分，他每天都似乎活在矛盾中，除了外部社会的压力带来的矛盾，更多的还有他生命内部滋长的矛盾，即所谓“伟大的人心胸复杂，杰出的人心里复杂”。然而，他在这个矛盾的状态中，却完成了他的文学成绩。他给了我们巨大的文学“民间”

的阅读快乐。他的文字有一种绵远的、发自内心深处的美好。他把沁河两岸的人写活了，他活着时是一个高度。

文学是春天的宠儿，又一个春天就要来临了，赵树理活着时，我没有见过他，从沁河两岸四季变换的风物人事中，从他的作品中，我可以想见他活着时的情形：他只知道土地对他的情分不薄；他只知道他熟悉的人事犹如一条河流两岸的庄稼，收割了就算完事的一茬；他只知道他该牵挂一条河流两岸的风土人情。他太看中这条河流两岸的人世苦乐了，他有牵挂、有不舍、有情怀，他却在牵挂未果中死去。活，就算完事了。

当一个作家多么不易，当一个有个性、独立的作家更为不易！我在阅读他的作品、不断走进他所叙述的人物和故事中，我清楚，是一条河和两岸的生灵规划了他的大命运，同时也铸成了一个作家的品质。他是如此地敬惜字纸，就说书本掉在地上，他先要弯身捡起来用袖拂去书上的灰尘，再放到头上顶顶，才可放到原处。凡是遇到有字的纸片，他都要把它烧成灰，祭撒到河里去。他是一个懂得尊重万物的人，他的尊重敬畏都来自于泥土，所以他最后葬在故乡。终于守着这条河了，可他再也使不上力了！

我站在他的墓前，塑像有逼人的风霜感。村庄外的舞台上，正演他的《小二黑结婚》，前一场戏唱的是《陈州放粮》，包龙图一句唱还在耳边回旋：“在陈州放粮转回京，赵州桥下有冤情。”人行千里路，马过几重山，后一场戏里小芹身段犹如风摆柳，已经没有了当年的那股朴素劲儿，倒是三仙姑让观众的眼睛既兴奋又惶恐。再看台下，发现台下的脸，像四野里的黄昏，也依然没有了当年的那股激情。

“在死者白色的眼皮上，桃金娘花在开放。”

“在死者被忘却的小径上，橡树披上了一层宗教般的绿色。”

（乔治·特拉克尔《爱丽丝》）

我想到世界的绿地，依然让牛羊来啃吃，而更为险恶的世事中牛羊饱腹了谁的口福？当这个世界上的人们在欣赏牛羊的时候，便是在欣赏自己的堕落和罪恶。

赵树理之后，难有他这样的作家，也希望再不要有他这样的后来人！

被荒疏了的日记

对于经历过的人们，这是一个怪异的奇迹。怪异的天象，至少在当时闭塞偏远的乡村来说，是不可理喻的事。月食糊里糊涂地就来了。

新中国诞生之初有过一次“月食”（月全食）。它发生在1953年的农历六月十六北京时间的傍晚6点33分，这时月亮“初亏”。那个时间，我国这时的日照长，月亮还没有升上来，所以，不可能也看不见月食的开始。一个小时以后，也就是北京时间的7点33分，月亮开始“食既”。可惜，“这时候”广大中国农民正在炊烟乡邻和睦的笑声中喝稀饭，也就忽视了这个非常热闹的短暂的时光。当晚，北京时间9时11分，月全食完毕，月亮“生光”。晚风四起时，刚刚开完了党员会议的山西省晋城沁河岸某村的社员们，走出由寺庙改建的小队队部，掐灭草纸卷好的烟头，把剩下的半截卷烟按在耳朵上，嗦嗦的风声跌宕在树木和附近山梁上，似乎是蚁虫在连绵低鸣。有人长舒了一口气，看见月亮渐渐脱离地影边缘露出了金边，突然的一种想喊想叫的感觉，即刻就叫了出来：“天狗吐月亮了！”

站在人群中的广大社员同志们仰头望着扩大的月亮，各怀心事。

刚才的会议是，关于明年三月，要整社该不该放开副业生产的问题的讨论会。因为副业生产不仅直接关系着保证百分之九十以上的社员增加收入的问题，还对支援国家工业建设有重大意义。会上党支部李书记强调了上面的意思。上面的意思是，虽然，政府已经放宽了对生猪和畜产品的收购标准，提高了收购价格，但是社与个人还存在着明确的矛盾。农业合作社应当根据省人民委员会指示的精神，结合本社的情况，明确分工。不应该一切都强调归社集体经营，把社员限制过死。比如，单挑运输、采树籽、刨药材、钉鞋、钉掌、油刷等等，这些宜于社员个人经营的副业，就应该放手；又如，养猪、打猎、编织、打铁、木作、砍山货等，也应该让社员个人经营。社员个人的副业收入应该归社员个人，要制订出多少劳力搞农业、多少劳力搞副业的计划，劳动之余的副业应归社员个人，只有这样社员的劳动积极性才能提高。会议上社员的耳朵都支棱着在认真听，所听到耳朵里的话大家都明白了，都很兴奋，同时眼睛里也流露出风沙吹不尽的好奇渴望。讲话的人和听话的人彼此都在真诚体会自己看得清和看不清的一切，都在想着过去和今后，前途一阵阵清晰又一阵阵渺茫，不知道下一步该先迈哪只脚走路。

没有一个人敢多说什么，整个会议过程大家都静悄悄的，不说话，煤油灯的亮度还照不清楚社员“不想说话时”脸上的内容。每个人的内心都在翻江倒海地倒腾该不该多话？社员们都知道，政策和落实不一样，这时候多说半句话都是铺张挥霍。

主持会议的李书记叫起坐在前排看上去有点屁股不稳的社员李奎问话。

李书记问社员李奎："李奎，你站起来说，你每天能做几个小椅子？"

李奎毫不犹豫地站起来说："六个。"

李书记的眼睛盯着李奎看，这样的看法让李奎心里发毛。李奎歪下脖子看地上脚片子，一双烂了帮的鞋在地上摆着，脚指头黑不溜秋藏着里面有探头探脑的意思。

李书记说："李奎，你抬起头来看我，地上没啥看的。你一个汉子，只做六个小椅子？你的力气就没有用完。"

李奎急上了，一下又坐了下去："你知道还问！"

李书记说："我就要你亲口说出来，看你心里是咋想的！"

李奎说："咋想的，我做得太多也没用，都是大集体的。"

一句话把李书记说住了，没话了。地上的社员等李奎这根导火线燃响儿，想知道上边说的意思有多少成是真的？半天没响儿，等于是哑炮。社员明白了，李书记也就是一个上传下达一下的人物。李书记不能说李奎说的不是真话，既是真话，也不能说大集体就应该少做，人家下了力气做，工分还是八分，多下那力气有什么意义？！话多一个字都不好往下继续，于是，彻底冷场了。宣布散会的时候，李书记要李奎留下来。

这一夜，李书记在他的日记上写下如下一段话：

按照副业生产活计的难易、社员技术高低和产品价值的大小，规定副业生产的劳动定额，社员才能满意的实际情况，我很想让在座的社员都发自内心地讲讲，可是没有人说话。自从分了田地和屋子，社员们就变得没有头脑不说实话了，看政策有甚动静，就等着一有动静了好得实惠。上边的政策好不好，社员们反正都是一个很敏感，这些个社员群众，天天给他们揉眼睛明心胸，可他们就是一脑袋狡猾，一派散沙难管教。我敢肯定，这夜的会议让所有的听见李奎答话的社员心里应该是骚动了一阵子，因为，李奎藏头露尾说了实话。散会后我留下李奎悄悄问他每天能做几个小椅子？他说：“你保证我说了的话不外传？”我说：“我保证！”他说：“十个能够保证，十二个松松的。”李奎不放心地走到门口，指着外面天空的月亮叫我发誓，他要我说，如是我说了李奎说了实话，我到秋口上烂了舌头得吃不下病死了。我才看到天狗吃月亮了。天狗吐出的月亮照着村庄，李奎的烂帮鞋拍打着青石地，这个鬼头鬼脑的家伙，搅得我心乱如麻。

1953 年 6 月 16 日

我是在晋城古玩市场上无意撞到这本日记的，它是普通的硬皮日记，封皮有一个凸起来的毛泽东头像，四角是凹下去又浮凸出来的缠枝富贵牡丹。翻开这本日记的第一页是我国 1953 年全年工业生产计划图，它以 1952 年上半年的产量和 1953 年的计划产量做了比较，从中告诉我们：“五年经济建设的第一年，我们将要获得的辉煌成就。”

这一天的日记到此就画上了句号。之后是一个女人记下的织毛活的编织针脚。

我隐约从这本日记中看到了一缕曙色霞光，但是，现实有时候往往会被不知什么地方的来风吹散，仅留下一个并不虚无的梦境。1953 年之后，我国发生了许多事情，包括 1958 年农作物们在革命东风的吹拂下高产无极限，包括大炼钢铁，凡是古物上的铜铁构件一概地都回到了炉子里。后来的一些事情都束缚了社员的手脚，并且彻底摧毁了“老有所终，壮有所用，幼有所长，鳏寡孤独残疾者皆有所养”的理想社会。时隔三十年、五十年或更远，一页干脆泛黄的纸页告诉我们，鸡毛蒜皮的事传递着当时的气息，由当时的气息而衍生出的幻景眼看着就在前面不远处了，却眼睁睁看着它在指间溜走。其中，又让我感到了社员的“希望”就是适度地“保守”。不管怎样，社员们走到今天，他们响应着政府的召唤该做什么的时候做什么了，不该做什么的时候依旧做什么了，不为什么就为了目力所及之处都是黄土。他们的保守说白了就是聪明，“小聪明”。比方说，他们有足够的麦子，他们却不吃，要吃玉米，对外总说，我没有多少麦子了，屋子里尽落下粗粮了。社员这样说是穷怕了。社员的私心大多是围绕着自身的利益来考虑，只是他们的利益常被政策误导玩弄得太浅近而失去了长远理想。他们说了一些实话，却要保证实话不能外传。他们真正能够敢说真话，是几十年后中共十一届三中全会召开之后。包产到户，一场席卷整个中国、深刻影响中国土地政策转变的旋风一下让他们知道了：是该下死力气的时候了。耕者有其田，也只在此时，中国政府才让中国农民真正过上了充满活力的富裕生活。

天还是这样的天，地还是这样的地。云，远近高低，悠悠成景；风，刮来刮去，万象更新。人们对1953年的日记已经荒疏了，荒疏了一个老党员夜晚很农民的细节。社会是许多细枝末节的细节相连，环环相扣，才能构成社会的进步。往往我们对于细节的荒疏，把社会的进步视为社会的必然进程而忘记了其中的挣扎。

我从日记的扉页上知道了持有日记的主人叫李书平。因为经年的日子，他的名字淡淡地只落下了线条般的几笔写意。

庄稼人的心心念念

这世界大抵有了人，就有了护佑万物的神灵。敬畏神灵的日子里，我始终认为人是幸福的，也是艺术的，就像佛像和壁画，就艺术性来说，实在于我们熟悉的那些经典不相上下，就算是民间的，其所达到的辉煌高度似乎后人永难企及。千百年来无名工匠多如繁星，在生活的各个角落，借助他们的手，让民间的岁月充满了暧昧的激情。

神灵的出现，是人类智慧初开、最富有幻想、思维最简单直观的时期，也是人类生存能力薄弱、来自自然难以克服畏惧、依照好恶、用简单的因果推理想象出的结果。

有了神为中心的故事便有了神的灵迹，接着便有了安放神的庙宇，无疑让我们感受到了遥远的空间和同样遥远的时间里，有一双慧眼无时无刻不在规约着人的行为，满足着你所满足的未来。

大千世界有过多少神灵的存在？有过多少庙宇？

宋代的道教类书《云芨七谶》里有一则关于白泽图的传说，书中讲述皇帝巡游全国时，在东海地方捕到一个奇妙的怪兽。怪兽能说人话，通晓万物，名叫白泽。皇帝从白泽口中得以详细了解到天下妖怪神鬼之事。

白泽用人声描述，鬼物和神怪都由远古的精气和徘徊在宇宙中的灵魂演变而来，有多少呢？有一万一千五百二十种。

皇帝大为惊讶，随命臣下把白泽所言之鬼怪和神灵逐一描画成图，并以昭告天下之人。我们的祖先皇帝，是一个多么高明和不同凡响的人，从源头上为他管辖的氏族解决了人类存在以来难以解决的社会矛盾。

说河流，黄河有河伯。对于河伯有这样的描写：西海之上有一个人，乘着一匹朱鬣白马，穿着白衣，戴着黑帽，后面跟随着12个小童，在西海水上奔跑，如风如雨，名叫河伯使者。他有时上岸，所到之处大雨滂沱。傍晚他便回到黄河。

黄河的河神随时都会有所作为，以一个日子的某一刻为欲望，祭祀让所有的出行充满了骚劲（动）。

我们来看看秦军攻打赵国，秦伯把玉璧投在黄河里向河神祈求战争胜利，果然赵卒四十万人在长平头颅落地，史称“长平之战”。襄公十八年，晋侯攻打齐国，将要渡过黄河时，大将军中行献子用红色的丝系着两对玉璧向河神祝告：河神啊，齐国靠着人员众多，违背盟誓，欺凌百姓，陪臣彪将要率领诸侯去讨伐，如果得胜有功，不带给河神羞耻，都是河神您的功劳。

河神有帮助战争取胜的力量，因而在冷兵器时代常充当誓言的证人。“以黄河之神为证”，河神助长了有力誓词。

我问故乡的子民，沁河有河神吗？他们摇头说，从来没听说过有。那么旱呢？他们说，旱是龙王的事，抬出来晒。那么涝呢？他们说，涝是天不开眼。那么大旱和大涝一起来时？他们说，那是朝中出了奸臣。

守着香火和佛像的人却阻挡不了朝中出了奸臣。

一群多么耐受的伟大男女。

靠天吃饭的乡民，天空为背景，祭日。沁河两岸我也没有看到太阳神庙。他们祭天，村庄的任何一座寺庙都是他们许愿祭祀的场所。

很小的时候，我见过一次日食，民间叫天狗吃太阳。大人孩子们取了自家的脸盆敲击，吆喝声四起，黑漆漆的天空下看那日头一扭一摆地走出来。那时候人们已经不烧香了，虽然仍是古代做法的遗风，只是惶恐程度低，并且知道天狗是吃不了日头的。

古时候发生日食是要用九头牛来祭祀的，仪式中遇到日食天子是要减少膳食、不用音乐，而在朝中击鼓。

沁河源头沁源和屯留的交界处有一座庙叫三嵕庙，庙里供奉着射九日的三嵕爷，也叫羿神。与史书不一样的是，羿是一个卖锅的小商贩，天上出十日时，他正好过屯留老爷山，天地焦黄一片，十日烤化了他的锅，他气愤不过用扁担做弓射下了九日。

人类手中始终掌握着有力武器，人们为神灵进一步人格化创造了条件。

现在的老爷山上立起许多庙宇，有佛有道有儒还有孔庙，最原始的庙宇里敬奉的是佛祖，庙后有座塔，上党战役国共两党在此血战，有许多的弹孔留在上面，更多的时候它是红色文化教育基地。

明月当空照，其实对于月也没有专门的寺庙，祭月是在天地间。

除了月亮在历法方面的贡献外，对月亮的祭拜是有世俗情趣和团圆意味的。月光皎洁，缺而能圆，晦而重光，月亮上面的死海形成的阴影，引起民间的种种猜想。

古时候文人考举人的考试设在秋天，又称“秋帏”，正是中秋月圆季节，中举称为：蟾宫折桂。古人在月圆之时拜月求中举，更多的时候是分吃状如圆月的月饼和聚散常离的家人团圆。外出离家之人，中秋节时多远的路程也要赶回家，就为了夜静时全家围聚在一起祭祀月亮，求得来年丰收之时，也求得家人平安。

沁河的支流丹河边上有玉皇观，供祭星神，有参、辰、南斗、北斗、荧惑、太白、岁星、二十八宿等神。宋代造像，那位月神真叫我喜欢，栩栩生动的样子，我站在她面前，感觉从脚下升腾起一股旋流，将我的灵魂带往星汉。

有多少脚掌在她的面前停留过？她那毫不涉及时光的轻灵的衣纹流饰，悄然释放出无限光辉。原来的玉皇观香客如云，后来淡了。岁月给了它们特殊的照顾，在现代的明晰与幽古的暧昧之间，你会觉得寺庙是灵魂吐纳舒展的好去处。曾经的手艺用微贱的材料就可活泛得叫人心生幸福。

沁河岸边的村庄多山神，多奶奶庙。大村小庄小凹，祭祀着大大小小的山神和奶奶庙。奶奶庙是一个身份明确的神灵，担当着造福一方人丁的兴盛。奶奶庙的香火比山神庙旺，虽然山神在乡民眼里几乎囊括了日常各种需求，但是，用他时一炷香，不用时常轻其为神。

人心过度膨胀发达，处事的圆滑就出来了。“夫山者，万民之所瞻仰也。草木生焉，万物植焉，飞鸟集焉，走兽休焉，四方并取与焉。出风云以通乎天地之间，天地以成，国家以宁。”

其实，山岳的分量在古人心中是很重的。

山神庙在村庄的山脚下，也有建在山洼的，相比世俗的寺庙它简单到只用几块石头就可垒个庙。《汉唐地理书抄》辑《地境图》记载古人对山神的祭祀：入山前必须先斋戒五十天，用白狗、白鸡和一升白盐作祭品，来到山脚下要大呼：“林林央央。”这是山神的名字。

各种邪鬼听到山神的名字便会躲开。印象中山神庙里只有牌位，不见有过塑像，后来听几个“过路客”（贼）说，安泽沿沁河有山神，尺许高，长得半人半兽样。

一尊山神，20 世纪 90 年代卖过两千元。

传说日本的山神是个女神，喜欢男人，凡是男人走过大都会在一定的时间内有一阵子意淫。

小时候见过一次晒龙王，因天旱庄稼都焦糊了。

龙王光裸着上身被抬出来。

燃香、跪拜，敲锣打鼓，念催神咒。龙王长着龙头人身子，在太阳光下暴晒三天，三天不下雨，龙王回庙穿衣，形式结束后龙王依旧是一尊泥胎。祭祀龙王的实用性很强，平时冷落小庙无甚贡品，只有天旱要雨才风光一时，而且是恩威并用。

不过端阳节时，民间并不知道有屈原这个人，只知端午节是送瘟神，有的地方端午节这天要去拜龙王，是否龙王霸占了所有水域，瘟疫的通道只能是顺水而去？

沁河两岸的龙王庙清代以后就少了，龙都上了柱子，盘龙绕柱，或上了屋脊，所有庙宇的屋脊上都烧造了琉璃，让它们享受人们拜佛求神时的香烟，也保护了庙宇不受水灾。

土地庙也是小庙，庙虽小却是一方大神。

河北有一篇民间故事叫《前山土地和后山土地》，说是山前山后各有土地庙，山前热闹山后冷清。山后土地来山前土地庙里抱怨，正好山前土地要出门会友，便委托山后土地代理几天，以便得些香火供品。

山前土地前脚走便来一人祭祀，请土地刮一阵顺风，明天他要行船。接着又来一人，请土地明日千万不要刮风，他的梨树正在花季。没等土地决定又来一老头祭神求雨，他要种田。后又来一老太她要晒姜。

山后土地实在是没有工作经验，急请山前土地回来定夺。

山前土地告诉他：刮风顺河走，躲过梨树沟；黑夜把雨降，白天晒干姜。

我们说现在的官员都是一方土地神，少有山前土地的工作经验，大多感情判断，跟着对方的来历定夺，不做无用之事，不放过有用之人。

天地间与人掰扯不开的神是农家院子里的天地疙窑子，虽然敬奉的是天地人三界尊神之位，最主要的还是地神。

万物的本源，没有辽阔的土地，人们便会失去生存的根基。我们的上古神话有盘古化生万物，盘古以肌肉化成田土，用血液滋润大地，后来又出现了后土。乡民们开工动土时先要献土，土为“后土”。

后土是谁？共工氏有子曰勾龙，为后土。

因为共工氏统治天下时，他的儿子能够平治九州的土地。后土有凭尊贵和功劳享受庙宇的资本。乡民院子里的天地疙窑子由专门工匠造就，大户人家都在自己正房的门脸前，有一些在进大门处，有石雕和砖雕样式。拜祭地神与拜祭天神是对应的，天地合称为“皇天后土”。

作为司农神的后土神，常和土地的出产物——五谷神合在一起祭祀。谷神最早祭祀的是“稷”。

《风俗通义·祀典》说，稷者，五谷之长。五谷众多不可遍祭，故立稷为代表。在交通不便的方国之中，人们对农作物的需求是一致的，沁河两岸他们祭祀的谷神是炎帝。

炎帝尝百草、识五谷，他在人类进入农业文明的主要功绩是教民种植五谷。他的长相奇特，大多祭祀炎帝庙里的塑像为牛首人身。

我国古代典籍里对牛的作用给予极高的评价：“牛者，所以植五谷者，民之命也。”牛直到现在，依然是农家一等一的好劳力。

上党古城里有百谷山，山上塑了炎帝像，据当地官员说是亚洲最大的。唯一的一座城中山，塑一尊炎帝像也不为过，毕竟人不出三代都是土里刨食的乡下人，敬自己的先祖有什么坏处！可那尊塑像我怎么看都像西方社会里的耶稣，更可恶的是山周围全部修建了别墅和高级会所，我最见不得的事就是人在庙前庙后发财。像任何寺庙都需要有寺庙环境一样，寺庙周围应该绿荫掩映。

发财不是坏事，但美德一定是好事。

沁河岸边的大庙一般都是拜祭佛祖的庙宇，佛祖毕竟是外来佛，天下同一，有一座佛庙便可知天下庙宇形制。作为归宿在河水两岸的子民他们除了拜佛，更多的是拜祭先师人杰。

古代重文教，万般皆下品，唯有读书高。供子孙读书，是天下父母的心愿，也是出人头地的唯一出路。

汉武帝采纳董仲舒提出的“罢黜百家，独尊儒术”的建议后，儒学的正统地位被确立。

孔庙在沁河岸边不一定是单一的一座庙，更多的时候是依附在佛教寺庙里和富贵人家聚集的村庄。

富贵成为乡村梦想，唯一的通途考学有可能实现这一梦想时，渺茫的未来，拜祭孔子几乎成了乡村最大可能的希望。

一老一少奔向孔庙，在洒满落叶的小径上迈动他们祖孙希望的步子，幸福如同明早的太阳。

“我的先师爷哎，护佑我的孙子学业有成吧！”

老祖母尾音拖长，很像戏剧舞台上的道白，那长音一拖，所有跪拜者心里已经营造了一个自信满满的未来。

文孔子，武关羽。关羽在道教里称“关帝圣君”。民间简称“关帝”。宋徽宗封关羽为“忠惠公”，由皇室落草到民间简称：“关公”。明朝万历三十三年（1605），皇帝加封关羽为“三界佛魔大帝、神威远震天尊关帝圣君”，才有了“帝王”的尊称。

我们这个以标语、口号为地标的国家，很容易制造一些繁琐出来，也热衷于演绎繁琐。

到清代咸丰年间，关羽的封号已经长达十八个字：“忠义灵佑仁勇威显护国保民神武关圣大帝”，咸丰为了显示自己的过人之胆略又加上了“精诚绥靖”的封号，紧接着同治、光绪又加了“翊赞”“宣德”四字，关羽封号长达二十六字，越来越绕口了。

一个人成为神之前他是有血肉的，当他由人成为神之后，在汉语言众多青面獠牙的词语中关羽完全就成了一个张牙舞爪、无所不能的一方恶棍。

关羽的无所不能直接进入了店铺，更多的时候大户人家把关羽当了财神来供。这是商家自诩“以义为利”“不取不义之财”的表示。

什么是先进文化？历史从来都是崇拜金钱文化比崇拜自然文化先进得多。

疾病使人痛苦丧命。

沁河两岸的乡民对病原存在两种解释：首先是厉鬼作怪，活人做下了孽事；其次才是风热暑寒所致。

曾经有许多庙宇供奉着神农、伏羲、燧人，他们供奉三皇是希望原谅他们做过的错事，希望由祭祀而得到去除病魔的功效。真正供奉历史上名医的反倒少，大多供奉的是眼光娘娘、疙瘩娘娘，也有药师佛，具体是哪个似乎也说不清楚，敬奉的药神地方性强、实用性强，名位多并且杂，一般不占正殿。

倒是手艺人敬奉行业祖师的多，“百艺朝宗”“百作手艺供鲁班”，祭拜祖师是收徒弟的第一课。当有一天学艺到手了一定要怀一颗恭敬心，用恭顺的话语，三叩九拜行出师礼得到师傅首肯。

我见过土屋上梁时木工祭拜鲁班的仪式。木工师傅把斧头、墨斗、曲尺放在桌子上，五尺斜靠在桌子的前方，瓦工的瓦刀、挂尺放在右前方。一切准备就绪后，木瓦工和房子的主人净面，燃香点烛，恭请木工上梁。木工掌墨师傅走到桌前叩首恭请鲁班。所有工具挂红，燃香封梁，祭酒结束后上梁。

上梁时女人都回避，民间传说女人的月事是不洁之物，女人在这个世界上是阴性动物，女人出现的地方所有阳间将会有一个难以修复的创伤。

上梁结束后，祭祀果品由主家撒向四方。

旧时的颜色就是由手艺人描绘的。

我一直不相信有天堂，天堂在我的意念中该是旧时代的颜色。可惜社会的风情变迁，历史的风云变幻，无论旧时代如何显赫、繁华，尘埃落定后都将成为过眼云烟了。

沁河是真实的，即使在今天的河道里仍然映现着昔日的热闹。

河流两岸被遗弃的故事都有风姿绰约的女人，或凄迷或暧昧，或勤劳或勇敢，她们与神相伴，半是缄默半是憨态，寻常的蒲团上，被光线和色彩相加，借助了低成本的民间本色，这些神和谐了两岸生灵。

还有一尊神，落地生根，凡声色场所、饮食之地，他总是昏暗在那里。

他是灶神。

灶神不如释迦牟尼佛，永远丰润的脸上是永恒千年的安详和不易察觉的微笑，因为他背后靠着皇权。

灶王苦寒，一年只吃一碗冷饭，腊月二十三骑一根谷草编的草马上天，清凉太虚之上他显得如此苦寒。

灶神是谁，你看他，并非看不见，无非墙上一张老年夫妇漫画，大部分时间因为人的心肠太硬，一直认为他老两口不需要怜悯。

有时候对神的理解很微妙，我一直认为灶神就是自己的父亲母亲。

一年劳作，年节所敬，敬完神也该敬敬自己了。

一个人和他自己够不够近？一个人和他自己的距离够不够远？

敬奉我们自己，一碗冷粥筷子插得周正，距离就来了。

人和人的对抗在这里变得清晰和残酷起来，所有活着的生命中，或许只有灶神最清楚生命最本质的改变，从埋锅造饭始人们总是懂得节俭，主灶的人冷锅冷饭一口，而灶膛里的柴火升起来，无疑意味着日子过下去真正的狂欢。

乡村城市化的过程中最明显的一点是让我们丢弃了神，世界在文化巨变前，神们消失得让我们目瞪口呆。

多么辽阔的大地和多么绵长的传统，才能孕育出这般诸多的神，他们如繁星散落在穷乡僻壤，默默地闪烁着性灵之光，贫困和苦难如影相随，神们却报答给敬奉他的人们温暖的未来。

平实而有规约的追求下，神们给予人们深厚的历史情感和丰富的精神指向，当我们满足神灵摄取食物和显示威风的双重需要时，神灵对我们的制约是自觉的。

春秋早期的随国贤大夫季梁说：“百姓是神灵的主人，圣王先团结百姓而后才致力于神灵。”当神鬼没有了主人，这个世界又能求得什么样的福气呢？我怀念那些与神为伴的日子，那些日子里的百姓都有神性的快活。

茶已成水

去宜兴是一件美事，因为宜兴这座城市是紫玉金砂的艺术堆出来的。宜兴文联主席徐风写了一本关于紫砂壶的长篇小说《国壶》，写了两代壶王的故事，故事里的事有趣，一招一式有板有眼，因艺生戏，因戏生情，这是徐风的能耐。徐风的《国壶》，来源于宜兴的紫砂壶历史，一座城池的历史让徐风拥有一身狂放与豪气，全都因为紫砂壶扩展了徐风的快慰。说到国壶，人们自然会想到那一捧泥，由泥而做下的壶，是用来泡茶的。在宜兴，壶是乾坤，茶已成水。

我走进宜兴并站在宜兴的街道上，我感觉宜兴不大，我喜欢不大的城市，它使我走近的感觉更加集中而且信任。因为紫砂壶，我便像打量一件古玩一样打量宜兴，它在春天的味道里像一个轻轻陈述的词：宜兴，以壶为雕心为艺。

宜兴的店铺做紫砂壶的居多，这让我感觉宜兴不同于别的城市，有一些雅趣横生。凡是做紫砂壶的店里都备下一套茶具，泡茶用的便是上好的紫砂壶，特别是喝老茶，喝顶级的好茶，对茶具的要求更高。这个时候行家一般会用老壶，因为老壶已经退火，不夺香，这样冲出来的茶感觉很“厚”，也就是茶喝过后舌面依旧有很长时间的“附着感”。久在繁忙里，呷上一盅茶，让清香在嘴里徐缓发酵，真的，现在的人都开始好这一口了。饮茶方式对北方的我来说，很难从粗放式羹饮过渡到细啜慢品，面对宜兴的紫砂壶，我决定改掉曾经羹饮的习性，不然我对不起我买下的这些紫砂壶。

我一直觉得一个城市一定要找到自己的魂。魂，不是政治，也不是经济，是文化。文化才是城市的魂。做一件与文化有关的事情，几代人延续，那一定是一个守得住决心和信心的城市。宜兴是。紫砂是传统工艺，因为实用功能发展起来，它有着强烈的传统文化和地方文化色彩，宜兴要做大做强，文化意义已经成为紫砂艺术不可或缺的重要部分，而紫砂艺术的坚守，对宜兴可说是“此中有真意，欲辩已忘言”。宜兴领导人知道，宜兴普通老百姓更是明白其中的理儿。我问几家开店的店主他们的孩子们都学什么专业，他们告诉我，在学艺术。想来他们最割舍不下的还是宜兴的这一捧紫砂泥，那种质朴无华，却由骨到皮都透露着浑厚凝重气息的艺术精髓，他要后代们继续延续这个城市的魂。

我在宜兴学得了许多对于紫砂壶的认识，徐风告诉我，并不是所有的茶都能用紫砂壶来冲泡的，比如绿茶、黄茶、白茶，这些茶比较细嫩、口感鲜爽，如果用紫砂壶来冲泡，绿茶就会有一股焖熟味，如果改用玻璃茶具冲泡绿茶，则会散发出一种清新的味道，而且玻璃茶具更直观，可以直接看到绿茶在里面的绽放。如果用紫砂壶来泡黑茶那就是绝配，包括云南普洱茶、湖南安化黑茶、广西梧州六堡茶、四川边茶、湖北老青茶、陕西泾阳茯茶等。紫砂壶的特点是不夺茶香气，又无熟汤气，壶壁吸附茶气厚，日久使用空壶注入沸水也有茶香。紫砂的茶具除了适合泡黑茶，还适合泡乌龙茶，包括闽北乌龙系的武夷岩茶、水仙、大红袍、肉桂，闽南乌龙系的铁观音、奇兰、水仙、黄金桂，广东乌龙系的凤凰单丛、凤凰水仙、岭头单丛，台湾乌龙系的冻顶乌龙、包种、阿里山乌龙等。

说到壶，好像唐代之前，茶、酒与食之器是混用的，没有明显的界线，唐代开始，因为茶圣陆羽写了一本《茶经》，茶道开始盛行，茶具也开始与餐具区分开来。唐代流行煎茶，茶具喜用青瓷，宋代茶具以绮丽为时尚。这与宋代风行的斗茶时尚相适应。到了明清，茶具呈现一种返璞归真的趋向，那么紫砂壶的命运是不是从明代开始？饮茶方式改变，之前盛行的龙团凤饼不再时兴，散茶流行，前代流行的碾、磨、汤瓶之类的茶具都废弃不用了，宋代崇尚的黑釉盏也退出了历史舞台，代之而起的紫砂壶显得清新雅致、赏心悦目。

看一把壶有没有收藏价值，我觉得最重要的是看它的工艺和稀缺性。工艺是手工，真正能卖起价来的壶都是手工制作，而稀缺性更是适用于所有的收藏品。有些壶受到矿石资源和手工制作难度的制约，成品数量有限，价值自然就高。一把好壶是为友情而存于世间的，它背后有故事。

在宜兴，民间紫砂壶博物馆很多，做生意的人喜欢玩文化，生意做得越大，文化便玩得越上瘾。看他们的收藏，人被定在那一刻，屏住气，稳住身，生怕失去那一眼。世间美好的欲望是不可以刻意追求的，但不可放弃追求情怀。因为美只赠予能够感受美的心灵。我在此时又想到了徐风的《国壶》，敢把宜兴的紫砂壶叫“国壶”，好！气派！它在历史上是撞击过文人墨客的情怀的。

今天的宜兴，大街小巷凡是走过的人，我能看出他们说话时的眼角不时流露出一丝不易察觉的自豪感，他们住在宜兴这样的城市，他们命好，有紫砂泥养着，他们托得住那自豪里的幸福！

看那月亮升起在高山顶上

那时的月迎着煨桑的青烟升起，升起在达古冰山的山顶子上，蓝色的夜色之下，如墨的达古冰山，山脑上的雪像梨花炸开的花瓣，极佳的播种月份里的黄昏，所有看见它的人们被感动了。我们走在青青绿绿的黑水县城。汶川地震之后重建的县城。安安静静，高处的雪和低处的那些花都让走进县城的人心情烂漫。

临近傍晚，藏族和羌族人的寨子里，那月亮敞开的眼睑之下，年轻人和远方的客人跳起了欢快的锅庄。造山者何人？天地也。月亮分开了天地，容出空，留出位，任由那欢歌笑语来填满。这样的夜，人生能有几个这样的夜？月亮，一位司美司静之神，当人类以动迎静把欢乐的气氛送往高处时，达古冰山是月亮至霄汉送给人间的“最近的遥远”。

这也是作家阿来写给达古冰山一句美好的宣传语。当我走近遥远的最近时，我的身体是有欲望的，因为高原，我的欲望携带着我出生时的习性和偏好。

写《尘埃落定》的作家阿来就出生在达古冰山下的阿坝州马尔康马塘。我很羡慕心灵和身体能够和一座雪山靠得很近的人，他的一生必定携带着返回自然的童心，像《尘埃落定》进入人们心灵的过程一样，我从阿来的镜头里看到了花开的高原。他一直在努力认识那些海拔三千米以上的花朵，努力回报他出生地给予他的恩情。我在看到朴素、善良、安喜的活泼在高原上的同时，也看到了一个攀上山头、趴着山岩、弯腰伸头缩脑寻找花开的阿来。他喜欢他的高原，喜欢高原上人们迈开脚步的节奏。在这里的藏族、羌族两个民族，他们充满了对自然和人类的感激、爱戴和热情。在他们中间我忘记了时间，或者说是月亮让我忘记了时间。我喜欢他们手拉着手跳着锅庄，围绕着喜悦，狂热地追逐着明天那个使心清耳静的精神和理想世界。第二天的阳光下，他们甚至跳在了海拔 4888 米的高处。他们相信，不与自然共舞，人类的快乐便一无所有。

达古冰山的与众不同，还在于她“怀抱”中的洛格斯山，藏语里是“群山守护神”。月亮照着，太阳照着，远望，洛格斯山就是一尊拥抱人间的大佛。只要人们踏上祈福之路，走上山顶，看山的灵光洒向清澈的娜姆湖湖面，你的心便静极了，一切杂念俱消，世间的一切欲望都不能抵消这瞬间大静。

那些在山顶子上跳锅庄的藏族、羌族和汉族手拉着手唱着祝福歌：

扎西德勒彭松措！（愿吉祥如意美满）

顶多得娃吐巴绣！（愿岁岁平安吉庆）

朗坚央宗拥巴绣！（愿年年这样欢聚）

回到自然与自己的灵魂取得联系，天地人融合，才是人间最大的和谐。

我已经很少看到湛蓝的天空了，走向高原，如走进语言里的感觉，一切把时间静止了，临近遥远，心和当下的热闹如此圣洁。

目睹了达古冰山，一切朗照在澄明天空下的美好，这让我想到了宇宙的胸怀，它给了我朝圣的方向并告诉我，世界上有一个地方叫“黑水县”，县城傍着一座大山叫“达古冰山”。它在这个世界上美丽着最近的遥远。

读书的日子是最好的日子

由幕阜山走入平原，沿途风景不俗，回头仰望，奇峰耸立，风光奇险，越过蜿蜒崎岖的谷道，群山环绕景色清幽的山间盆地，坪上书院迎面而来。

正是初夏，书院黑瓦白墙醒目，一派静谧，颠簸之中偶见三三两两的行人，他们肩着农具下地劳作，顿时，我产生了归家的感觉。

一座老屋，在回忆里重重叠叠，这个世界没有一件可以永留，它们飘忽不定，因为离开的时候是慌乱的，拥有它的主人甚至奋力去遗忘过，曾经的欢乐不曾遗忘，一代一代人走过，总有一瞬间无可预料的风吹来，吹出了它的容颜。

“远移工部死，来伴大夫魂。流落同千古，风骚共一源。”宋朝王得臣对伟大爱国诗人杜甫葬于平江县，与同样长眠汨罗江畔的屈原相伴，有无尽感慨。

杜甫所葬之地平江县安定镇，亦是坪江书院之地，地处平江县南部，西南与浏阳市社港镇相邻。相传明洪武初有安定郡陈氏族众迁此，建有一座石桥，名安定桥，安定镇因此得名。

一座老屋旧了，经历了长久的期待而郁结下的新鲜渴望，被今人唤醒，让一种安静的美好呈现，犹如遇见故人。从黑暗中涌现出来，从旧时代中跳脱出来，这个时代能够与心灵对话，与肉体交谈，与梦想商量的物件一定是旧的，这个世界给你一切，同时又在剥夺一切，旧是有记忆的，唯有记忆每一次遇见都揪人心肠。

坪上书院，原本只是一栋老屋，2015年被定为“农村文化建设示范点”。如今，这栋有着200多年历史的老屋，已经成了村民闲暇读书的好去处。

读书的日子是最好的日子，也是自己的日子。

有点像老庄说过的“小国寡民”。对“小国寡民”的解释，近代学者一般喜将老子的“小国寡民”理解为实指，即国家小，人民少。

秦汉时期的河上公则不这么看，其注解说：“圣人虽治大国，犹以为小，示俭约，不为奢泰。民虽众，犹若寡少，不敢劳之也。”这就是说，“小国寡民”不是实指，而是以之为小，以之为寡，实则国大民多。

坪上书院是乡村书院，以民为本，来读书的大都是当地农民。相当于乡村图书馆和阅览室。我记事起乡村不仅没有图书馆而且许多学校都合并了，当下乡村能读书的人大都剩余一些孤寡老人，就算是好的村庄，为了生计，农民也都基本不读书了。

常见老年人听收音机，青壮年大都人手一机刷微信、玩游戏，女人们跳广场舞。农村现在耕地不多了，机械把农民从繁重的体力劳作中解放出来，物质生活的改善和劳动强度的减轻并没有带来相应的文化提升，生活方式一如既往，甚至不如从前那么简约疏朗，很多人一闲下来就凑到一起喝酒打牌。

乡村几乎看不到可以凭借的精神资源，乡村书院是当下民间迫切需要。

在坪上书院，我看到一双粗糙得能把皮肤割破的手，手里捧着一本书，他的阅读似乎不受周围干扰，我走过回头看他，他抬起头笑，一张被忧患琢成苦瓜模样的皱脸如此生动。我侧身而过去看那些挂在墙上的油画，不时地回头看他，没有被吵闹声惊扰的他低着头把一本书读进去了。

老屋的书，品种多样，在这里，不仅可以学到各种知识，还可以让心灵得到净化。

想到了“安定”二字。阳光每一天都是新的，而更多的人每一天都在离去，能够留下来的肯定是有什么缘由，或者肯定不需要什么缘由。凡是有能力越过时日的风雨，日益鲜明起来，是否真是需要认真品咂这“安定”二字？

安定镇民国时为安定乡，新中国成立后为思安乡，1958 年为东方红人民公社，1961 年为安定公社，1984 年改为安定镇，1995 年由大桥、长田、安定合并为安定镇。安定镇以低山丘陵为主，温暖湿润，适宜植物生长。

公元 769 年，杜甫从长沙孤舟入洞庭，因重疾复发，盘资用尽，只得溯汨罗江往昌江县投友求医，不幸病逝，葬于安定镇小田村天井湖，其子宗武、孙嗣业留下守墓，杜氏自此繁衍，一脉相传。

安定，作为恒常的生活庇护，天启和神谕有多么重要！

真是人心所向、众望所归啊。

时间永远在空间上运行，我们惊讶于世界的永恒，它带给我们无力的安全感，带给我们更深的失落，安定已是一种梦想。

一方水土养一方人，一方人也会因这方水土形成独特的生活习俗。眼前的坪上书院，青山与绿水之间，古旧的门、雕花的窗、青砖垒出的墙、五颜六色的花朵，大厅左右两侧各开一个天井，晴耕雨读，一种古老的诗意栖居在此。

老建筑让人气定神闲，在异乡人的心中穿越，书香气让灵魂深层喜悦。每个人心里都有一个山阔水长的背景，那里是否就应该是自己走远了的故乡？

在乡村紧张地追求时尚而牺牲传统的当下，我们怎么可以忘记乡下的信义和祖宗？下棋人懂得留个眼，画画人懂得留白，坪上书院，是村庄里的气场，也是乡村技艺传习所，它把那些尚有生命力的艺术元素培养起来，给大家一点乐趣。书本让人开阔视野，让农民的日常生活有一点审美上的依托。

安定镇秉承杜甫遗风，崇文尚武，代有人才辈出。从这里走出去的，武有开国名将傅秋涛上将，历任炮兵司令员、第五机械工业部部长、总后勤部副部长邱创成中将，还有徐德操少将、吕展少将等，文有彭见明、彭东明两位作家兄弟。我们的朋友彭见明，凭《那山那人那狗》享誉文坛，改编的同名电影也多次在国内外获奖。

站在坪上书院的脚地上，人的浮躁、人的狂妄，因坪上书院的书香气变得沉静，在这样的沉静里，人又像更年轻时那样拥有了激情、美感和幸福了。

面朝大海

一直喜欢一座城市的原生态风貌，虽地偏但山水却佳，目眺处因贪看景色误了时光，眼迷心痴时，突觉有人喊你“起身走了”，那景色却是拖曳得人连路都走不动。这样的城市不免叫停留客玄想非非。

浙江玉环，来历不俗。“榴屿何年改玉环，望中犹是旧青山。遗民不记当年事，唯有潮声日往还。”我如此喜欢其中的“旧青山”三字，时间，过去了，不堪回首，我们现在需要的是守旧，这是时代遗留，不是时间。时间是时代的反义词，时间的物理性质，作为第四度空间，时间是否均匀。交通畅通，能带来什么，同时也能带走什么。熟悉的东西变了模样还是熟悉的模样吗？

玉环还是玉环人的玉环。

玉环是面朝大海的。

人们，也就是潜在的邻居，户户有工厂，也许是手工业，也许是制造业，勤劳，好像也并不生事，不生妒忌，更不搅和事端。一个民风纯正的地方，不唯令人耳目一新，也让人的心灵得到安抚。

退潮的沙画是海水留在人间的记忆

海洋是玉环最大的优势。玉环是一个海陆双栖的城市，悠久的海洋文化历史和不同地区的移民及其多元文化生态，给玉环人留存了大量的海洋非物质文化遗产。在一般近代的历史视野里，近代以来欧亚文明的冲突被表述为“海洋文明”与“陆地文明”的冲突。在一般人的脑海里“强掳由海上来”的深刻意识定性在人们的脑海中。其实更多的是中西文明在冲撞中的文化进步。从历史上看玉环是一个靠打鱼为生的地区，出海打鱼，靠海生存，这也许就是神意，但是，真正的屏障却是人心，是玉环人心中的信仰，或者说是朴素的、有信仰的玉环人。他们以“任沧海横流，我仅取一瓢饮”的“适度”哲学为“万世法”，以泛神论为朴素信仰，以自信的文明的存在，热爱海洋，他们认为海洋的物产是最丰富的，海洋同样也给予了他们胸怀。“两斧头，三凿子”能办妥的事情，绝不缠绕不休，口头的应诺比书面更显效用。常年的海洋生涯，在“同舟共济”的思想基础上产生了“同海共济”。

海的元素发酵，玉环最为基本的元素其实只有两种，海和陆地的性格。从某种意义上讲，陆地更像是玉环一部缓缓展开的历史，鉴于此，玉环的一些民俗及文化，就绝对不是遗留下来的老房子、老船或者一座廊桥就能代表的，它具有一种更深的意义。草木通神，万物滋生，养育了玉环人性格的海水告诉了我们。

是的，海水退潮时遗落在沙滩上的那些记忆。时光流转中镜头下的玉环海、沙画，虚拟与现实，是自然变化的记忆，作为艺术图像，同时上升为一种历史和人文的景观，记述着用语言表述不清的魅力。

潮涨潮落，玉环岛的沙滩上延伸着夕阳最后的华丽、奢侈的暖意，偌大的海，混沌的海，海水湿漉漉退潮后，海水的波纹彻底透明了沙滩，其实每天海水都在沙滩上写下它对陆地详尽的日记。海水涨落，目力所及，除了沙，还是沙，你可以想象无穷，只要你愿意俯身下去，便会发现自然从诞生开始有多少影像，就像荷兰风景画家扬·凡·戈因笔下的自然美景，自然变得纯粹，清幽的宁静、轻灵润秀的离弃，婉转舒缓的流盼，叫看见的人感慨万千。玉环人的沙画摄影作品唤起了人们对海洋走向陆地的奇思妙想，海水懂得大自然的心声，那是上天神奇的造化。

大鹿岛听雨

雨水敲击海面，犹如荡漾在海面的因微风而产生的涟漪，登上玉环的大鹿岛，一种生命热情之后的小栖，是静息，是源于对生命的领悟，对自然的领悟。

大鹿岛的礁石上，随形而雕刻的海洋鱼族，保持着自己各个不同的姿态。没有人迹的喧哗，它又像有意要“犹抱琵琶半遮面”，被雨帘的雾霭遮住了。鱼族的野心，是生命力的天际张扬、舒展，是血性的大地上溅呈的千姿百态的图案，那些雕凿它们的人，也自然有他们的奇迹和欢喜。那神态各异的样子是它们生存在海洋中的样子，在我们面前就像我们吉祥的目光，鱼类把它们的世界游动到了我们面前，它们把累赘之生，熄灭；把长大成群的儿女遣散，接受自然生生息息的命运，可以去抚摸它们，它们出神，入画到了忘记这个世界的地步，它们或者陆地的巨大变化，它们同时遗忘了自己，它们有它们的道业，如果不是雕凿，没有人能唤醒它们。我走在上面，突然就想绕开它们而行，它们的存在是一道风景，当你用目光传递出你的爱和关怀时，它的瞳映见的或是你身后一千年的山河岁月。

在大鹿岛的雨中行走，植物的绿和花朵，差不多堵塞了我对大鹿岛的想象。时间被取消了，海、礁石、植物、雨水，雨水对于岛上的植物犹如甘霖，被雨水浸泡也是件很温暖很有美感的事。

我想象雨住后的大海在岛之外的广阔，天空一定比雨天要高很多，白云和蓝天的关系也得到了澄清。贫贱的植物给我很多暗示和浮想。大鹿岛的生机被盎然的雨笼罩了，而树叶上闪烁着的柔和的富有弹性的敲击声，虽然不是音乐，不是美妙的天籁，但是听得舒心，一种海岛植物对雨水的缠绵，雨把广袤而雄伟的天地相互呼应地糅合在一起，将视觉之旅行对这天成之美的空间世界多重变换，让你欲罢不能地喜欢上了大鹿岛，以及那些依附在礁石上生存的“雀嘴”。

东沙渔村里的记忆和欲望

一座村庄搁浅在岸上，咸涩的空气扑面而来，在最潮湿的夏季，是的，花事总是在最潮湿的季节开放。渔村对生命的态度就是：迎接。平常的院落，给植物浇水的老年妇女在那口嵌有锔钉的大缸前，她的笑容是甜美的。拾级而上，幽深处，巷子里的老屋呈现出一种不被我们染指的自发状态，一种自给自足的平静。一对恋人在老墙一面花墙前拍照，他们拉着手，没有夸张的动作和表情，但他们有默契，他们的存在和老屋的花墙充分展示了历史发展文静的风度，时光从来都是不慌不忙的。

东沙渔村有过它饱满的形象，一些卖鱼皮馄饨、妈妈粽和渔家海鲜美食的特色店铺，在车走过的村边敞开着门，如果你愿意吃一顿丰盛的午餐，请走进去，人生礼仪的婚娶生子、节庆习俗，比如清明、端午、七月半、冬至和新年，你都可以在此处寻见，再到鱼丸、鱼饼、鱼羹、鱼面等，整个房间里浓香馥郁，走出来时，呼吸里都散发着新鲜的海味儿的香气。他们热情好客，如果愿意你可以随便品尝，看着你们的吃相，女人们捂着嘴想笑，在她们的指缝里，那张粗糙黑红的脸，突然绽开了一脸的笑，散发出被海风吹、被阳光晒透了的干香。

同行的民俗学家告诉我，玉环岛上居民多数从闽南、温州、台州迁移而来，他们带着原籍地的风土人情、宗教信仰与生活习惯择地而居，有些习俗在长期的相互接触中被同化，或者被淡化，但是，祭海，一直延续至今。

海龙王信俗是原始先民“万物有灵”的关照，只要是与海、与水、与龙有搭界的活的生命都可充当龙灵。玉环地处“外海孤悬处”，先祖靠海吃海，祭海也是祭龙王，感谢海给了渔民丰收的岁月。“三寸板内是娘房，三寸板外见阎王”，渔民认为旦夕祸福都掌握在海龙王手里，唯有祭祀龙王才可保佑渔民四季平安。

岁月是不需要加减的，因为岁月本身就是斑驳纷呈、五彩缤纷的。对岁月的敬畏，对生存的敬畏，面对大海，我们只是微尘。如果我们不敬畏生命，不对所有的生命存满感激，人类将无法讲述一个完美的故事留给未来。

理想和生存永远是矛盾的。无论是走远的岁月还是当下，现在的东沙已经成为一个旅游景点，原来的玉环县也改成了玉环市，对东沙渔村的游客来说，这一切似乎都不太重要，他们更喜欢浸淫在东沙渔村隔世般缓慢的古老节奏里，面朝大海，虔诚一拜。

那个等待的相遇，给我安心

一路向前，带着凉意的风陪伴左右，阳光照拂，软金色的光芒异常灿烂。无穷的想象被道路牵引，蛇行的路顺着山坡蜿蜒着，偶尔停在一片空地，向下看到谷中铁青色的公路已如一根细线缠绕，这时才知我们已身在高处。

冰河在下，颇有大地在脚下的空妄自豪感。

一直以来我都有一种预感，四姑娘山在我的生命中就像一个断层，它不像青藏高原边沿舒缓，所有的山脊呈现一种优美的流程走向。

四姑娘山在我心中是戛然而止、无法再继续升高的存在。

我以为所有的崇高和辉煌只有高山才可匹配。

四姑娘山海拔 6250 米的幺妹峰，是一座陡峭的刀尖状的冰岩混合型山峰，在四川仅次于海拔 7556 米的“蜀山之王”——贡嘎山，因此被喻为“蜀山之后”。

此时，娜夜说：“你看，那只鹰。”

鹰在高原之上，我们的视觉之内，它是一个剪影。我发现自己天生的并无意义中培养起来的孤独感像金子一样可贵。我感觉到了娜夜的身体里也有一只鹰在飞，许久我们不说话。一种完整存在的力量拽着我们的视线。

太阳普照，光芒的颗粒均匀分布，我体会了鹰在每一天遇见太阳光芒的幸福。

什么鸟可以如鹰一样盘旋在四姑娘山上空？四姑娘山，栖息心灵的地方。在我们的美好期待中，我们将走向她。

高原，对我们高贵却又脆弱的尊严具有强大的意味，请把她作为善美的典范，作为一种自我救助、自我超越的能力；高原，阅尽人间沧桑，她以一种恒定的大度接纳了所有。

十月尾的双桥沟沙棘遍布，黄色的果实，因大风袭击而匍匐在地的美丽，一群牦牛、一群羊，我看到所有来朝圣者亲切的面孔——亲切的相遇而并非偶然的面孔。

海子清澈，透骨的湖水上涟漪妙曼着高原的前世和今生。

一个牧人在我的镜头里微笑，所有的相互致意都是过客。那些来者，他们抛开现实的目不暇接的纷纭世事，走到这里的时候，心和蓝天和湖水和高原处飞翔的鸟一样，也就走进了一块洁净的空间。

所有人的心都是透亮的，如同空气一般相融在一起，是因为四姑娘山，因为广阔的高原——横无际涯的天空下的隆升！

我的身后是闪耀着美妙芒刺的雪山，这个长达 34 千米的更新世古冰川槽谷中，我们甚至没有感觉到缺氧，只有精神的愉悦，而精神的东西是需要精神的沟通与回应。

我们能给山水什么呢？除了兴致、情致、哲思，恐怕还要向山水学习寂寞。

古猿峰、猎人峰、鹰喙岩、金鸡岭、五色山、望月峰……在双桥沟的深处，阿来兴奋了，不停俯身拍照，那些花朵，地有锦绣，山有飞鸟，一种生命的悸动在心底升起。

我和娜夜在栈道上，席地而坐时我们看着远处，一个朝圣者长叩的身影，大好的晴天下，有福人，他将历尽艰辛，也将功德圆满！

牧人赶着他的羊群和牛群沿着谷地走，羊群和牛群走过，我看到地上冒着热气的粪便，牧人走过时的嘴里哼着“歌”，当他开始唱的时候，我感觉他被高原晒黑的肤色是青色中的另一种美丽，也是另一种太阳的颜色！

我看到四姑娘山时，我的脑海是一片空白，历史感突然水一样蒸发了。

她的形成与发展经历了海侵、隆起造山、冰川雕塑几个阶段。在 4.9 亿年以前四姑娘山地区是一个古大陆，之后进入三叠纪末期，由于古特提斯洋的消减闭合，致使昌都陆块、扬子陆块和华北陆块碰撞，导致松潘—甘孜海槽关闭，海水退出，结束了区内海洋历史，进入碰撞造山和陆内变形新时期。这一时期主要表现为隆升形成高原，并伴随大规模酸性岩浆侵位。四姑娘山燕山期花岗质岩石就是这一时期酸性岩浆（富含硅元素的岩浆）侵位的地质记录。

山上看不到任何植被，山坡谷地长一些地梅、绿绒蒿等高原荒漠野生植物，她的孤独、她的寂寞让我想起了登山者。

“我登过无数座山，就像见识了无数可爱的姑娘们，每个姑娘都有独到的美，但总是和她们擦肩而过，不曾有过任何一次深入的接触。直到我深入踏进了四姑娘山，她的阳光把我整个灵魂照亮，熠熠生辉。现在我将以一个爱美之人的身份，向大家传授如何撩‘妹’。”

登山人脚下没有路，脚下的每一步路都是对命运的叩击。

没有人的四姑娘山，于身外的世界它并不寂寞，于寂寞的身外的我被寂寞撞得很痛！我一直靠我的想象支撑，我知道仅仅靠汉字对这座山的讴歌是不公平的，它看上去那么荒凉，但是，雪山用高度堆砌出了她的精神。

一只黑色的鸟，在我们走近的一刹那线一样飞离。

与四姑娘山合影，她会把你从岁月的尘埃中托举起来。

我来过了，来过有多么重要，正如人自身的生命，时光从漫长的远方伸向了我的内心，这样空间下的日子令人敬畏，并让我以后对生活的选择附丽了太阳光照的颜色。

出山的时候我们骑着马，当地人赚钱的工具。老马识途，只是山路崎岖。马靠四姑娘山上的水草长出力气，到了能工作的年龄就开始驮人、驮物。日复一日，年复一年，当有一天强壮的身体被岁月掏空，再也不能去驮人驮物，主人便把它放归山林。有一天也许会回来，主人从它充盈着泪水、凝视着高处的眼神里可以读懂它的心思。但是，离开是注定的命运。

山的险峻、路的陡峭，它们有一天会老得掌握不住身体的平衡，从山上摔下来，死亡又是多么家常。牧人讲起来就像讲一段往事，没有什么了，能有什么呢?

我骑着的是一匹白色的马，有着十六年生命的公马，马有三十年寿命，它正当壮年。它的主人给它起的名字叫：白龙马。

人的一生和马的一生多么相似，为使命而辗转劳顿，嬉笑哭泣。许多不舍也便是因为这个过程的未知和精彩。

来四姑娘山，享受高原的静谧和祥和，也只有这几天，我才是真正经历了生存的美好和干净，这几天或长或短的攀爬，给我剩下的几万个日日夜夜增添了有重量的回忆。我想说，那个等待的相遇给了我安心。

我离开雅安时记忆还在雅安躺着

奇怪的，我去雅安两次都是春天，所有的绿憋足了劲往出冒，温厚就适时铺陈在我的周围。

青衣江温情的潮水被夜晚的月光引着，我听到风声、鸟鸣，浩大的春事急欲破壳而出，人的慧敏大多因自然开启，雅安的风致柔软了我。

来雅安是为了一本雅安的画册《爱上雅安》。只有当爱的光芒照亮一片天地、投射一片阴凉时，爱才具有它的价值。我对雅安的爱持抱，不想松手，这就是我为什么一来再来。

这是一块传奇的土地，也是一块奇异的土地，更是一块用意志和智慧创造了奇迹的土地。遍地故事，遍地欲念，那一季季花落虽频，意绪闲雅的景观，我无法表述。于情于景于人，雅安的摄影家们的镜头是细微入神而又大气壮怀的，天地绵长，大自然的造化和生态链条始终是一个谁也无法企及的“天意”，《爱上雅安》会告诉你上帝把心跳丢失在了这里。

我想告诉你们我离开雅安时记忆还在雅安躺着。

同时，我喜欢雅安的历史。旧时的茶马古道，渐渐老去的痕迹，背脚子走着，承受了苦难之后遗弃之美，我闻到遗落在路上的茶香，苦难透着发酵之后的光亮，天色与阳光依旧千百年不变，他们是一些走长路的人，怀抱梦想，走啊，文明因脚力在另一块土壤上发芽。

有水的地方才可能发展文明。流域文化是一种区域文化，地理与人文相互激荡，最终形成充满地域特色的文明。

独特的地理让雅安成为世界上最滋润的地方，密如蛛网的青衣江水系，遍绕山川。

杜甫有诗曰：“地近漏天终岁雨。”

白石老人刻印称：“家在清风雅雨间。”

张大千在《蜀西记游》画册中慨叹：“孤峰绝青天，断岩横漏阁。六时常是雨，闻有飞仙渡。”

水在雅安打开你行走的方向，四面八方，你看雅女在清涧欢歌，廊桥之上春风温暖，你会想起一句情诗：“那一刻，我升起风马，不为乞福，只为守候你的到来。”

谁说过，枝是空中的根，根是地下的枝，山以水而青，水以山而秀，你看，云雾是雅安升起的风马。

雅安的生物可分为两种：一是动物，二是植物。动物之灵，是大熊猫；植物之灵，是珙桐。我敬重世界上每一种形态的生命，尤其是为人类贡献了欢喜的这些有灵之物。

大痛无忘，大雅稀声。

大熊猫在雅安是一所村庄的村民，有时候也会选择旅游去向，也去走走世界什么的，更多的时候是出于“和平”的身份界定。寂寞的时候也去人居住的村庄串个门儿，看到人时那眼睛像蝶恋花似的须臾不离，是贴心贴肺和人亲近的动物。

村庄里的人们张开双臂拥抱它，人性、爱、神性，抱着天就开了。

花开时节尽都是美，珙桐的花像突然跃起的鸽子，肆无忌惮，狂欢是一种脱离秩序的宣泄，也是一种寂寞，珙桐的花开得不琐碎、不计较、不拘谨，它开了多少年，多少年之后的今天，那风姿依然千娇百媚。

有一天，我也许会抛下生活，再一次去雅安独享精神的盛宴，因为，落脚在这里自有其不可言语的妙处等着！

伊水岸上有佛

一条叫“伊水”的两岸，是佛居住的地方。

此时，我刚从少林寺出来，想到了徐步长先生在《少林寺与中国文化》中说过：“中国之诗，一人山水，便有几分禅机；中国之禅，一人文学，便有几分诗意。”这话说得好，很简单就把禅家常话了。

可也不是一般的家常话，是文化层面上的话家常。

从少林寺到洛阳，如果不去伊水，还能有比去伊水更好的地方吗？我不知道。

方向决定了我的脚步。伊水之上的风如往日一样，我突然觉得我有些迷信了，我迷信佛教的权威。权威是一种非常蛊惑人心的东西，它的蛊惑性在于通过手段的形式给人类看起来以强壮的保证；同时因为极为简单，极易做到，它轻易就拨动了世人脆弱的贪婪情绪。这是宗教的力量，也是宗教比科学更能吸引大多数人的理由。当然，任何时候宗教在现实面前都显得不堪一击。

我知道，我需要迷信的是那些手艺匠人。伊水两岸的崖壁上，所有的佛造像，规规矩矩列队在那里，一朵花的全部美丽蕴涵在佛的脸上，每一尊石佛龛的背后，有着佛国世界的山阔水长。它们具有思想和精神上的营养价值，我想我已经不具备想象力了。人们已经不具备嘲笑的能力和理由，如果人们还愿意破齿一笑，一切赞美都应该是由心而发，应该是没有任何不敬的理由的。

知识的欠缺注定我难以描绘出大美的伊水之畔的龙门石窟。翻阅每一本汉语著述的书，我们都会看到一个自命不凡、自以为是，经济和位置优越的大汉中土。中土的汉王朝又以坐拥关中骄横恃傲而视周围的少数民族为“夷敌”。此外，由所谓华夏文明所化育出来的民族“傲气”来对抗四夷的“蛮气”，又使大汉中土作茧自缚，四面楚歌。那么，我们来看一看企图力统大汉的鲜卑拓跋部的祖先吧。他们原是居住在黑龙江上游额尔古纳河与大兴安岭北段鲜卑族的一支。公元1世纪，趁占据北方草原的匈奴内部发生严重分裂之际，他们由东北向西南开始征战。不断地征战让鲜卑拓跋部不断迁徙。我们尽可以想象，无边的荒漠上天低云暗，雄性的马队驮着悲壮的鲜卑部落朝中土奔驰而来。朔风凛冽，从最辽远的白山黑水上游，鲜卑部落像在一路收网一样，而居于沃野的汉民族却那么自大狂妄、浮躁散乱。

我在行走的敬畏中带着恐惧。有几分钟我习惯保持着前倾的姿态，然而，再行走时，我脸部的肌肉却别样的酸麻。汉民族没有从自身文化达观和厚重下受益，却被一个胡儿小国击中了中心“本源”内层的香——这就是佛教吗?

石头要变成更芬芳的品质了，而石头，正是大地所提供的精华。它们之和，足以取走一个民族薄弱的理智。

鲜卑拓跋部入主中原后，他们已经在不断迁徙中不适应马背上治理天下。一方面，作为入主内地的统治者，由赫赫战功所培养起来的“蛮气”，使得他们从心底蔑视汉人，将汉人称之为“恶汉”“贼汉”，还不解恨，就乞助于“武器的批判”：“狗汉大不可耐，唯须杀却。”（《宋书·索虏传》）另一方面，作为游牧民族，又不能不在相对优越、文明的汉民族农耕文化面前产生卑惧。生活方式且恨且羡，茫然无措。“用夷变夏”既不可得，“用夏变夷”又心不甘，文化的冲撞奔突，在随之而来的文化“同化”中，就实难保持胡文化的所谓纯粹了。这时，经西汉末期至东汉初期经由陆路传入中原的印度佛教开始大显“神”威了。当然，北魏拓跋部为缓和日益尖锐复杂的阶级矛盾和民族矛盾，也很想从统治阶级的思想武库中寻求一种大化的出路。这样一来，宗教势必成为一个无法摆脱的词汇。然而，此时的宗教对北魏政权又恰恰是一种异质的东西：他们渴望着运气、渴望着超自然的主宰出现。

宗教成为他们最亲近的兄弟，成为他们最贴心的倾诉。对万事万物的好感善良，使他们距宗教只有一步之遥。而此时的宗教，也在太武帝拓跋焘灭佛余烬中急于想找到另一种皇权制度踏实的依靠。

龙门石窟始凿于北魏孝文帝由平城（今山西大同市）迁都洛阳前后。当时的平城，作为我国北方政治、宗教和文化中心，集中了全国的优秀人才。包括凉州僧徒三千人，吏民、工匠三万户，以及先后从山东六州、关中长安、东北及龙城等当时北中国经济、文化发达地区迁移到平城的数十万人口，他们中间不乏长于造像的工匠和高僧。文成帝和平元年（460），数十万工匠在大法师昙曜和尚的带领下，浩浩荡荡奔赴云冈。武周山茵茵草地上，质朴而纯真的生灵们瞪着一双双惊恐的眼睛，长久凝神回望——回望这东方圣土上寂静之后的喧响。武烈河水独自流淌，清澈、高贵。生灵们被岸上的风景相融但又在聆听中被人类驱向不可知的远方。从有限的资料中，我知道这几十万工匠，每日定量食盐 2

担2斗、辣椒3斗。这也许是朔风吹拂下，严寒的日子里，他们需要足够的盐分和辛辣来调节日常缺少的生机和活力。处于一种几乎是彻底的石头击节声中，而唯一的就是置身于、再次置身于有秩序的大地的纸张上，经风霜并忘掉季节。

当时孝文帝深感国都偏于北方不利于统治，而地处中原的洛阳自然条件优越，于是在公元493年迁都洛阳，同时拉开了营建龙门石窟的序幕。龙门石窟经历东魏、西魏、北齐、北周、隋、唐和北宋等朝，雕凿断断续续达400年之久，其中北魏和唐代大规模营建有140多年，因而在龙门的所有洞窟中，北魏洞窟约占30%，唐代占60%，其他朝代仅占10%左右。据统计，东西两山现存窟龛2345个、佛塔70余座。龙门石窟是我国古碑刻最多的一处，有古碑林之称，共有碑刻题记2860多块，其中久负盛名的龙门二十品和褚遂良的伊阙佛龛之碑，分别是魏碑体和唐楷的典范，堪称中国书法艺术的上乘之作。龙门全山造像11万余尊，最大的佛像卢舍那大佛，通高17.14米，头高4米，耳长1.9米；最小的佛像在莲花洞中，每个只有2厘米，称为微雕。

石窟佛造像是历代皇室贵族发愿最集中的地方，它是皇家意志和行为的体现。北魏和唐代的造像反映出迥然不同的时代风格。北魏造像在这里失去了云冈石窟造像粗犷、威严、雄健的特征，而生活气息逐渐变浓，趋向活泼、清秀、温和。

这是对“佛”性终极意义的全然不同的另一种理解和诠释吗？前后不断充补的工匠，在潜意识中形成了一种魂，是惊动鬼神的力量支撑着这个庞大的雕刻，我在此称他们为石头匠人。对石头的情有独钟和自觉感知，很大程度就像神佑般地将思维深入其中，让美丽和信念永远立足于高山、流水、白云、蓝天、土地之间。这些匠人同步于时间的离逝，时间的更替和季节的变化，每每安稳地盘腿坐于伊水河畔的崖壁下，不屑一顾而又忘我地刻着、雕着、诵着。蛛网般额纹，霜雪般的鬓发在日光里枯竭，他们的目光既安详又沉着。让心、让魂魄只依恋奉献的崇高，一锤又一锤地，泪花一闪一闪地，干瘪而满是岁月伤痕的嘴一敛一努，安详地斧凿一份心灵认知和魂魄之美。骨头变硬了，神情庄严了，血流奔涌着。灵，铸入到石头生命中去了。

北魏地理学家郦道元在《水经注·漯水》中写道："凿石开山，因岩结构，真容巨状，世法所希。山堂水殿，烟寺相望，林渊锦镜，缀目新眺。"龙门石窟的开凿，不凭借天然洞窟，完全以人工劈山凿洞。

想到这个民族的许多超拔的艺术之手，都把自己的信念融凝于石头了时，我就禁不住去猜测：人啊，我们自己深刻于神，还是神佛之尊智慧艺术于我们呢？原来，是人的铸进石头、生长于大地上的智慧，是艺术唯一。真的，不枉了神佛，不枉了自己，我想，真正该树典立尊是那些鲜有留下姓名的石头匠人。看见的，可以想见石头匠人头上映着的小太阳般的汗珠，该是那深沉博大的民族之灵的大树的太阳果，而匠人手上可目睹或可想知的老茧，毫无疑问，那才是一个民族的魂！

可惜，我在龙门石窟停留的时间太短了，今日熙熙攘攘的游人太过于功利，上车睡觉，下车留影，高远的情操和生活疏离了，惯常的情趣与人生的思考也疏离了，我想对于龙门石窟的着迷，我会来，再来。

武汉的腔调

这世上的山和水都是自然界给你搭配好的。武汉，一条江岸的码头，码头是依了水的，只有水路上才有码头。虽然武汉作为码头在世界上不算非常有名，但与多数著名的码头相同，武汉建在水的岸边，并且是一条大水——长江的岸边。沿江有一条宽敞的路，叫江滩，恋爱中的武汉人都在江滩上散过步。我也在夜晚的江滩上走了一回，夜幕的深处，长江水无声地流着，它的对面是武昌，武昌城的繁华透着灯光折射在江面上。江面上有船走过，我能听到江水对整个堤岸的抚摸，长江就在我的脚下，脚能触摸到的地方，就是力量起始的地方。我在武汉的江滩上念天地之悠悠，想百舸争流相映的景观，如此，我也像一条鼓满了风的小船，向前倾去。

武汉原来是个镇，叫江夏，现在没有镇的影子了。不叫江夏的后来叫汉口。“汉口”这个叫法是有来历的。因为江夏在汉水、长江交汇之处，水上交通古时是一条正经路。水上码头，它容纳往来船只停靠，收留了源自四方八面的通行者。码头要像兄弟一样对待他的宾客。码头宽厚松弛地接纳南北东西过往船只，首先它告诉世人停靠者目击了码头上的繁华。

长堤街、汉正街、花楼街这些有意思的街道，江夏时就开始相继建成。当时，由水路来江夏做生意的大部分是本省的商人；外来客商中，要算陕西来的商人最多。因为，江夏是汉水流入长江的出口处，而汉水的发源地又正好在陕西。当时在他们中间流传这样一首歌谣："要做生意你莫愁，拿好本钱备小舟，顺着汉水往下走，生意兴隆算汉口。"陕西人把江夏叫汉口。他们说：汉口、汉口，就是汉水的出口。汉口成为商人的发财地，江夏结束。汉口肆意在他们中间横行。虽然中华人民共和国的各级政府行政建制中，从来没有汉口这个区划，但是在一些系统之内还是常常将它们在武汉市的机构冠以"汉口"二字。比如《汉口租界条款》，它说的是武汉发生的事情，那些事情过后，武汉留下了西洋建筑。

明成化年间的汉水改道。一条水肥沃了庄稼的长势和商人的情绪，对于从前热闹的追忆，文字有大量的记载，一条水默默地流着日月，流着阴晴不定、水光潋滟下的陈年往事。当汉水从龟山南边注入长江，到成化年间，其主流则从龟山北的集家嘴注入长江，汉水改道后的低洼荒洲地带，至清嘉庆年间发展成为与河南朱仙、江西景德、广东佛山并称四大名镇之盛誉的汉口。不过民间的汉口似乎就只指武汉？或若是我的印象。汉口自鸦片战争后开埠通商，欲望像藤蔓一样在脚前迅速生长，如蜘蛛吐丝缠绕不绝。这世上鞭子都不能成为欲望加速膨胀的有力武器，只有利益。长江之水往古至今泛着金色的光芒。

很小的时候，折一只纸船，船上点半截蜡烛，我轻放在有水的河上，潺潺的溪流带着纸船上的灯光走往远方。我好奇地问我娘，水也有重量，能托得动船吗？

我娘说："船底长着脚，水是一条路。"

“水明明是水不是一条路呀？”

我娘答：“水叫水路。沿着水走能找见宝藏。”

“水路有多长？”

我娘答：“像黄河长江一样长。”

“可船有走不动的时候呀？”

我娘答：“走不动时就歇在古渡滩头，落脚在那里生儿育女。”

长大后，知道古渡滩头是被水夯实过多少遍的地方，水肥沃了码头的历史，建筑肥沃了码头的腔调。

我在沿江大道上走着，夜色流岚，对面的建筑被衬得生机一片。那些建筑成为武汉市的城市地标，衡量着这座城市的文化、道德、手艺、繁华的流向和气度，地标建筑中曾经都住着漂泊江湖的人。在武汉市汉口沿江大道中段，江汉路以北、麻阳街太古下码头以南、中山大道东南的滨江地段，长约 2.2 平方千米的土地，这里哥特式、洛可可式、巴洛克式等欧式建筑一应俱全。世界上没有离开水可以活着的生命，没有。水从不返回，水的母性如大地一样是万物的种源，搁浅在武汉的江湖，是时代风云历程和心路，它映照出中国社会与政治、宗教、民俗等宏大主题的天光云影。这些 19 世纪 60 年代至 20 世纪上半叶汉口租界的遗存，按地理方位从西南向东北排列，分别为英、俄、法、德、日五国租界。历史的细节，犹如历史枝干上摇曳而繁茂的花花叶叶，使后来者如我这样对此有兴趣而又知之甚少的好奇者，好像看到了历史的细微表情和时代的真切面容，而这样的表情和面容是我们阅读各种历史教材无法看到的。汉口租界的数量仅次于天津，居全国第二位，面积仅次于上海、天津，居全国第三位，其影响力位列内地各外国租界之首。

一个城市有一个城市的腔调，武汉，作为一座城市，它的码头文化是历史上的大文化。中英鸦片战争、中日甲午战争、中法马江战争、庚子八国联军，当“强掳由海上来时”，他们绝不是通过海上的炮舰这一单一向度来完成，通过长江航运，他们将一个“亚洲内陆市场”作为帝国旧梦来掌握世界的金融体系。外国列强根据不平等条约，在租界实行独立于中国政府的行政系统和法律制度之外的另一套制度，成为国中之国。当我现在回过头来看武汉遗存的这些建筑时，这些建筑，成为我接近消失的灵魂最真实的地方。光阴的味觉，光阴的停滞，客观一些说，也推动了武汉的近代化进程，在城市规划、城市基础设施建设以及城市交通、公共卫生管理等方面，给我们留下了许多可资借鉴的经验。

一切固定的东西都会烟消云散，热闹终究会成为过去。过去的武汉租界其实是设在中国的帝国主义政府。汉口开埠后，各国洋行及轮船公司于租界内外相继修筑轮船码头。1863 年，英国宝顺洋行在英租界宝顺街建宝顺栈五码头，为汉口港首座轮船码头。1871 年，俄国顺丰洋行在俄租界列尔宾街（今兰陵路）建顺丰砖茶码头，专供汉茶出口外运。辛亥革命前，汉口沿江一带深水港几乎全为外商码头占据。这些码头的背后便是富人居住的租界，他们在此风花雪月，在他们的租界上，外国人不是外来人，而是武汉的一个特殊阶层，也是一个摩登的阶层。从沿江大道看步行街，江汉关、日清银行相峙左右。作为武汉近代标志性建筑，江汉关庄重典雅的古典风格，从石材的色泽里，从科林斯柱精致的毛茛叶中，浓浓地散发开来。房屋维修的建筑师对它的评价是：一座有生命的庞大艺术品。

我推开一座由租界改装的咖啡屋，看看门外忙碌的人，这里可真是一个闲散的地方。如果你要忘记光阴，不管说这是你的脆弱也好虚荣也好，在这样的地方你就是一个不为别人的想法而活着的人。找一个地方温暖自己的寂寞。找一个可以不掩饰自己的地方，这些遗留在武汉建筑改装成的酒吧和咖啡屋是容纳你情绪最真实的地方。

从租界的建筑里，依然能够看到租界与租界互相攀比，它们豪华、气派、舒适、美观，我依然要把最美的赞辞、最高的褒奖献给这些建筑，它们遗世独立，成为光阴遗留在这个城市独有的建筑风景。虽然它们是根据不平等条约，愣在长江边上因利而割出一块块地进行殖民统治，作为那个时代条约制度的产物，或者说政府对政府的懦弱行为就是割地，我已经不想去追问了。

这些建筑让我了解武汉的从前，码头的从前，一条大江成为入住者的天然条件。今天的武汉依然隐现着昔日的香艳，每一座老房子都有它自己的故事，承载着繁华的旧梦。徜徉在江汉路，台湾银行、上海银行、大清银行，石头建成的楼房，花饰精巧，线形曲美，繁富整饬，可谓奇妙绝伦。熟悉江汉路的老人说，江汉路是武汉20世纪建筑的博物馆，任何其他地方都无法复制。码头之后是租界，租界之中是银行。西方列强凭借种种政治特权和经济、技术优势，纷纷来汉，既倾销洋货，又利用内地廉价劳动力和原材料，加工农副产品运销国外，同时直接生产商品占领中国市场。我们看到沿江租界地区先后有8国商人建立银行，开办汇兑、信贷、储蓄存款、买卖货币、发行钞票等业务。这些外国银行80%建立于清末时期，少数建于民国前期，1920年达到18家。最早在汉开设银行的是英国的麦加利银行，它于1863年率先来汉在英租界设立分行，随之英国又开设汇隆、汇丰、丽如、利生银行共5家。美国有花旗、友华、万国银行3家，日本有正金、住友、汉口银行3家，还有德国、俄国、比利时、意大利、法国等国开办了德胜、清华、华比、义品、东方汇理银行等。在众多的外国银行中，历史悠久、业务最活跃、势力最大、作用最突出的要算汇丰银行了。19 世纪汉口开埠后，据史料记载，到 20 世纪初，汉口洋行一度超过百家。

人在适合自己生存的土地上会设法营造自己的福祉，钱是开路先锋，犹如：文官执笔安天下，武将上马定乾坤。

若干年前，我从女作家池莉的小说中阅读过汉正街。历史悠久的汉正街是汉口最古老的街道之一，据《夏口县志》等书记载，这条街迄今为止已有 500 年的历史。早在明朝万历年间，汉正街就已形成市镇，这里沿江从西至东，出现了宗三庙、杨家河、武圣庙、老官庙和集家嘴等众多的码头，为商埠吞吐、集散物资。由于水上交通便利，沿街店铺行栈日益增多，贸易往来频繁。到清代康熙、乾隆的经济发展鼎盛时期，汉正街已成为“汉口之正街”。乾隆四年（1739），汉正街修起条石路面。同治三年（1864）郡守钟谦钧在此主持修建了万安巷等新码头。从此，汉正街更是商贾云集、交易兴盛、市场繁荣，被称为“江湖连接，无地不通，一舟出门，万里唯意”，吸引了四方商旅、八方游客，热闹繁华，盛极一时。

于是，本省荆州、孝感各县，外地山西、陕西、四川、湖南、江西、安徽、浙江等省人口纷纷迁入。正如清代汉阳人徐远志的《汉口竹枝词》所云：“石镇街道土镇坡，八码头临一带河；瓦屋竹楼千万户，本乡人少异乡多。”眼前的汉正街，游客和商贩整日把它挤得水泄不通，成为一种民间生存背景与氛围，它养育了多少代人，虽然它倍受摧残的容颜与那些寂寞的老建筑相比形成了两种境界，也许正是它那柴烟的气息养育了红尘男女的幸福。

武汉是大码头，早就是热闹繁华地、温柔富贵乡。情随事迁，心由物转，江汉平原让我有想和历史靠拢的亲近。凭借文化意象的导引走进武汉，有感于世人喊武汉是大码头，真个是人间有方圆。我喜欢武汉的万国建筑，这些建筑让我看到了幽深曲折、像春天的花园一样绚烂多姿的人间，如今，这样的人间只有建筑才能描绘。建筑是城市的雕塑群，它让我对武汉产生丰富的联想。

超然物外、遗世独立、与世无争。灿烂之极归于平淡，逝者如斯，来者如斯，光阴夹击着每一个自信忙碌或无所事事的人，时间带来什么，但同样能带走很多。这些租界遗留下的建筑给武汉一种腔调，一种旁若无人的自在。氤氲生香的酒吧和咖啡馆和这些老建筑联系在一起，明晰与幽古的暧昧之间，那些快要泛滥的窗棂，那些寻常靠椅、种植的花，被光线和色彩相加，我走进去，异国情调并不豪华或者奇异，而是借助了低成本的民间本色，同时又讲究着人气和搭配，这些当年遗留，是经得起你挑剔的。文化借助老建筑就地生根，让你好好享受武汉的腔调。除了洋文化泛滥，武汉还有一群民间艺人，他们是武汉夜晚的歌手，他们在市民的饭桌上怀抱吉他，并制造出悦耳、智慧和富有冥想气质的调情。

小小的鲤鱼红红的腮，
上江游到下江来，
上江吃的金丝草，
下江吃的水青苔，
金的金丝草，
水的水青苔，
不为这些好朋友我不到这地方来。

那些老建筑，那些民间歌手，都是武汉高楼下面开放的向日葵，而光阴中，白天黑夜，武汉都有可能是叫你生情的地方。

后记：走过时间

河流阻挡不了村庄的走远，自然的生动性、社会的丰富性，我依然阻挡不了心的走远。

乡村散落在各处的文化留存，以其丰富，以其精彩，让我目瞪口呆。多么辽阔的大地，多么绵长的传统，才能孕育出河水两岸朴素且无比华丽的建筑群体啊，默默地在时间的天空下闪烁着性灵之光，贫困和苦难如影随形，贫苦中的奢侈，让人无法不为之动容。

只是想寻找到一种人与阳光和水同质的语言。

回到出生地，回到我初生的背景，虽然已经找不到一张熟识的脸，然而，乡村，总让我有俯拾皆是的热爱。

多么好的村庄，沉静细碎的阳光洒满了泥路，多么不寻常的一条河流啊，那热闹，那生，那死，那再也拽不回来的从前。时间怅然，当我再一次回到出生地，时间悄然流逝，倏忽间，村庄成了时间的遗容。我妒忌这时间，把什么都贪走了，贪得乡村成了荒山野沟。

一路走一路想，是否，只有乡村繁华了，才能在上面栽种稼穑，否则，这社会丰收的是什么？

河流让生命走向文明，我们遗失了什么？一路走下去，其目的意义已经明确，是血液和神智的引导。

人总是意识不到自己家乡的美，总是贵远贱近，甚至不知道自己的家乡有何名山胜水。“天地灵淑之，湮没于庸耳俗目。”

这个世界，私人的生活空间和个人归宿，每个人都有每个人的追求，如天堂一样难以界定，当每个人都有自己的天堂时，那么当代科学中会告诉我们有多重宇宙的可能性，我想说，每个人都有一个天堂，那就是自己的故乡。

如果一个人出生在乡村，童年也在乡村，一辈子乡村都会给他以饱满的形象。而乡村，任何一个催人落泪的过去，都将在时间的流逝中消失。活着的人，生长的过程，不是随意地看着过去的日子凋零，而是要在过去的日子里找到活着的人或故去的人对生活某种目的或是境界——虔诚的一面。

现代文明的喧嚣是如何一步步边缘化了乡村，在追逐童年的记忆里，我找不到我的青山绿水了。我对所有的要求将变得迫切起来，只有乡村才能缓解我紧张的情绪，它让我生动活泼。

乡村成为我生死不移的眷恋与诱惑。

生命在日子里发芽。倏忽间，这图景全然变作印象，沉淀于记忆之谷的深处，幻化出流年碎影。

所有经历的言说都纷纷展开，人们以往的精神空间被淡缩成薄如纸张的平面，时光跳跃，曾经美好的经历横立在我的面前。河流，大地音符般的曲线，当我看着它走失，看着土地张着龟裂的嘴唇，寂寞无声，而依附着它的村庄像失水的南瓜一样干瘪时，我发现没有河水流经的村庄连一个人也难以留住。

村庄，柔软肥沃的土地上长出的耳朵，它在听见时间的叹息和自己内心的曾经热闹的同时，它还听见了热爱它的人在寂静的土地上对于生命的守护，对于时间的绝世应答，对于永不会撞个满怀的转瞬即逝的繁华湮灭。面对时间，我只能学圣者浩叹一声：逝者如斯夫，逝者如斯夫——感通广宇，戳破时空的沉寂，我写下它衰败的一页。

一路走一路在惊叹，曾经美好的衰败、细碎的叹息如流苏扶摇。

村庄将要变成什么模样？找不出病句的标语口号写满了即将透气漏风的墙壁，岸上的百姓浑然无知，他们已经由农民而走向农民工，走向不归路，村庄就这样被一个时代丢弃在了身后。

那些守护村庄里的老人，八十多岁了，依然身健体壮，坐在村庄的街心里他们回忆老去的时间，和老去的时间里的热闹。

这些朴素无比的村庄，曾经凝聚过精气神的村庄，早就没有了老去的时间里人与人相互激荡的情绪了。村庄，虽然保持了原有躯壳，也因为离开了固有的文化，失去了感人的魅力。在破与立之间，精神上已经没有多少仰望的村民，什么是保护？什么是破坏？于他们来说都是一样的词汇，和城里一样生活才是他们毕生奋斗的目标。

习惯于山高水深间男耕女织的小农经济，守着老祖宗留下来的“房地累世不轻弃”，较少开拓创新精神，却一再祈求鬼神来保护自己平安顺利。所以寺庙始终陪伴着人们伫立在村庄，当寺庙的根基由村庄而向村庄延伸时，敬畏产生了，他们祭祀天上日月星辰、风雷雨电，是因为对光明的瞻仰；他们祭祀地之金、木、水、火、土，是为了生殖财富；他们祭祀大地、大山、大河、湖泽，是因为它出产了财富。他们活在一个敬畏的社会里，敬老恤贫，修德求福。也因为“人鲜盖藏”而落后，即没有多少生产积累和生活积累，长期停留在“强半糊口”的社会生活水平中，当衰老的土地因为发展而濒临存亡时，他们彻底醒悟了，既然消失已成必然，他们还等待什么！

我必将怀揣着从这个社会中消失的一切美好行走，一年年走下去，走进我生命长逝的深处。

想想看，一个大村，一千多年的历史，让不同地域的人走在了一起，这不仅是一个融合的过程，还应该有着一个凝聚的气场，在这个关键的链条上，卑微的乡人恰恰最看中的是这相约、相知、相信、相诚以待的情感积聚地。乡间人以一颗爱心和同情心活着并同我交往，我是乡间走出来的，没有一株青草不折射风雨的恩泽，我爱乡间就是爱我自己。乡间有一颗承载苦难与负重之心，苦难与负重、快乐与苦涩，在乡间看来都是充实的。乡间对我来说是六月天的甘霖对久旱不雨的粮食的滋润，我就是那粮食，是乡间给了我养分。这个社会上如果我活着不能做些有益的事情，我就愧对了这片厚土！

天下事原本就是大地由之的，大地上裸露的可谓仪态万千，因天象地貌演变而生息衍进的乡村和她的人和事，便有了趣事，有了趣闻，有了进步的和谐的社会。乡村是整个社会的缩影，整个社会得益于乡村的人和事，而繁荣，而兴盛。乡村也是整个历史苦难最为深重的体现，社会的疲劳和营养不良，体现在乡村，是劳苦大众的苦苦挣扎。

乡村活起来了，城市也就活了，乡村和城市是多种艺术技法，她可以与城市比喻、联想、对比、夸张，一个奇崛伟岸的社会，只有乡村才能具象地、多视角地、有声有色地展现在世界面前，并告诉世界这个国家的生机勃勃！乡村的人和事和物，可以纵观历史。

因此，对于行走，我是不敢敷衍的。